中公文庫

二魂一体の友

萩原朔太郎
室生犀星

中央公論新社

二魂一体の友　目次

I　さびしき友・室生犀星――萩原朔太郎

II

砂丘を登る人・萩原朔太郎――室生犀星

III

詩集に寄せて

Ⅳ　詩への告別

巻末対談

二魂一体の友

I　さびしき友・室生犀星

萩原朔太郎

室生犀星の印象

室生とはあまり知りすぎて居るので、却って印象というような者がない。私が始めて彼の名を知ったのは、北原白秋氏の雑誌ザムボア（今のザムボアではない）で、彼の叙情小曲を見た時からだ。その時分は僕等もまだ少年時代の心もちがぬけないで、たいそう純樸な若々しい情緒をもって居たので、お互に浪漫的《ロマンチック》な小曲をかいていた。言わば此の時代は、あの「コサック」を書いたトルストイ、「貧しき人々」を書いたドストイェフスキイの時代であろう。

室生のリズムが、どういうものかすっかり気に入ってしまって、たまらなく感心したのでとうとう未見の彼と逢うことになった。郷里の停車場で始めて逢った時の室生は、詩から聯想していたイメージとは、全《まる》でちがった人間であった。私は貴族的の風貌と、青白い魚のような皮膚を心貌《しんぼう》に画《えが》いて居た。然るに事実は全く思いがけないものであった。妙に肩を怒らした眼のこわい男が現われた時、私にはどうしてもそれが小曲詩人の室生犀星とは思えなかった。

　こういうわけで、室生の最初の印象は甚だ悪かった。容貌ばかりでなく、全体の態度や、言葉づかいや、言行からして、何となく田舎新聞の記者とかゴロッキ書生とかいう類の者を思わせる所があった。然るに不思議なことは、その後益々彼と親しんでくるに従って、彼の容貌や、そのユニックな人格や態度が、奇体に芸術的な美しさを以て見られてきた。「愛とは美なり」ということは、実際どんな場合にも事実である。彼と私との友情が加わるに順《したが》って、始め不快であった彼の怪異な風采が、次第次第に快美なリズムに変ってきたのは不思議である。今の室生は勿論、全体に於て昔の金沢時代の彼とは変って居るが、とにかく彼の容貌には、どこかヴェルレーヌやベトーベンに見るような、芸術的の「深みある美しさ」があることを、近来になってしみじみと感じている。ほんとの美というものは、矢張人格や心性からくる者であって、単なる皮膚や肉づきから生れる者ではないようだ。「偉人の容貌には奥深き美がある」ということは、たしかに真実である。

　室生のようなユニックな個性をもった人間は、百万人に一人も居ないと思う。北原氏は室生を許して「自然児」と言っているが、この言葉は彼の性格のある一面を最もよく説明している。ホイットマンでも、ヴェルレーヌでも、詩人の性格にはどこか皆純樸な子供らしさや、ナイーヴな野蛮めいた所や、エゴの強いお坊っちゃんらしい所のある者だが、とりわけ室生にはそうした方面の傾向が烈しいようだ。併《しか》し彼はまた一面に非常に涙もろい処女のような優しい心をもった男だ。それは彼が長い間逆境にあって苦労したためである。

苦労した人間と、苦労しない人間（世間的生活的の意味でいう）とは、他人に対する

「思いやり」や、気の毒な人たちに対する心のもち方ですぐわかってしまう。同じエゴイストでも、苦労した人はどこか他人に対する「思いやり」が深い。之れに反して、世間的の苦労を知らない人は、よほど善良な人でも、こうした博愛的の感情をもたない。心の中でもそうしたことを考えていても実際の行為では仲々できないのである。トルストイとドストイェフスキイの相違も実にここにあるのだ。そして室生は、この点でドストイェフスキイ系に属する他愛的エゴイストである。

室生を知っている人は、だれでも皆彼を賞めるが、よく知らない人や、一度か二度位しか逢ったことのない人は、たいてい変な顔をして、一種の怪奇な人物のように彼の噂をする。それは彼の性格が、あまりにざっくばらんで、あまりにナイーヴでありすぎるからだ。彼には遠慮とか気がねとかいう世間的の感情は殆んどない。電車の中でも何でも、大きな声で婦人の月旦をする。そのくせ非常に神経質で小さいことに気のつくことは驚くほどだ。たいていの詩人は、皆ナイーヴな自然児らしい一面と、非常に神経質な感覚的の一面とをもっていて、その両方からリズムを組み立てて行くのだが、室生の如きも、この点で申し分のない詩人的天稟《てんぴん》をもった人間である。

室生の詩には、ほんとの生きたリズムが出ている。彼のリズムを粗暴だという人があるが、それはほんとに新しい言葉のリズムがわかっていないからだ。詩の微妙なリズムとい

うものは、決して妙な息づまるような語句の美にあるのではない。室生の「雨の詩」のリズムのような者は、実に何とも言えない音楽的の者だ。彼の神経過敏なことと、その感受性の鋭敏なことは、彼の詩のリズムによく現われている。一見無技巧のような言葉の中にこそ、近代人の鋭どい感性が働いているのだ。こうした真のリズムは、手先の技巧では作れないことだ。之れは全く天稟であり、神経である。ただ最近の詩に見る概念的の人道主義は、リズムとしても、思想としても、彼としてはやや良心を失った者ではないかと思う。

併し室生のほんとの印象は、到底、こんな断片的な者では言いつくせない。何《いず》れ機を見て私の知っている詩人室生犀星なる者を、世間に紹介してみたいと思っている。

（『秀才文壇』一九一八年六月号）

さびしき友

私が友人というものを持たないのは、一には気質のためであるが一には境遇のせいでもあった。ただ昔から知っているのは、室生犀星君だけであり、今でもまたその通りである。私が東京に出た時、心から私を出迎え、私の両手を取って悦んでくれた人が、またこの唯一の旧友であった。駄々っ子で世間知らずの私のために、身辺一切の世話をしてくれた。私に対する彼の友情は、いつでも保護者のようであり、情愛の厚い監督官の様でもある。

「僕が俗塵を脱《のが》れようとしている時に、君は俗塵の中へ這入ってきた。」

二人が始めて逢った時に、私の監督官がそう言った。この十数年間に於ける、二人の生活の相違がその時始めてしみじみと考えられた。ずっと昔は、ほんとに僕等が一致していた。趣味でも、作品でも、思想でも、境遇でも、たいてい二人は類似し合った。それが今では、むしろ正反対の傾向に行こうとしている。一切が、何もかも逆に食いちがっている。

「君は風流を理解しない」

と室生が僕を非難する。しかし理解しないものは、単に風流ばかりでない。生活に対する心持ちが互に矛盾しているのである。しかしながら友情が、今では同志の関係でなく、肉親の関係に進んでいるのが、ふしぎに直感されるのである。――愛は、理由なく愛する故に愛である。――

室生の厭世思想は、けれども私よりずっと暗黒であり、現実に望みなき人々の、はかない嘆息の感傷である。（詩集「高麗の花」と「忘春詩集」を見よ。）それに較べてみれば、私の厭世思想には熱と悩みが充ち切っている。何故だろうか？　私と私の旧友とが、静かな大理石の卓に向って、いつものように沈黙しながら、冷たい紅茶を啜っていた。我々はいつでもそうして互に話もなく黙って居るのが習慣である。（なぜといって二人の間には、もはや話すべきこともなく、また話す必要もないから。）

ふいに疑問がとけ、そして私の提案が解決された。然り、私はまだ『夢』を持っている。あの稚気のある、くだらない夢を持ちまわっている。所で友人の方は、とっくに其の稚気を脱してしまっている。彼は現実に触れ実生活の幻滅を知り尽しているのだ。それからして彼の悲哀――絶望的な感傷――が湧いてくるのだ。彼の所謂《いわゆる》『風流』こそは、彼のあきらめの韻事であり、幻滅の感傷である。私はそれを理解し得ない。それ故にまた彼を理解し得ない。彼は『夢』を失いそして私は尚『夢』をもってる。

ともあれ犀星よ。我等はさびしき友ではないか？

（『讀賣新聞』一九二五年五月一八日）

田端に居た頃　室生犀星のこと

鎌倉へうつってからは、毎日浪の音をきくばかりでさむしい。訪問者も絶えて無いので何だか昔の厭人病者の物わびしい遁世《とんせい》生活を思います。西行という昔の詩人は、特別にこういう生活の情趣を好んだらしい。「鴫《しぎ》立つ沢の秋の夕ぐれ」などという歌をよむと、昔の厭世主義者の詩境がよくわかる。しかしあれは茶の湯や禅味と関聯した「侘しさ」のあわれであって、現代人たる僕等の気分とはぴったりしない。近代の厭人病者は、むしろ都会の雑閙《ざっとう》中に孤独で居ることは好んでも、こういう閑寂の自然の中に孤独でいることは好まないだろう。

しかし僕の厭人病も、年と共に益々ひどくなって行って、今では病がコーコーに達した感がある。訪問者のないのは此方から逃げているからで、自分で孤独を求めているようなものである。尤も「人嫌い」は一つの惰性的の習慣で、つまり交際がおっくうになるのである。これにつけても子供の教育は大切で、早くから人に慣れるように交際社会へ出してやらぬと、皆私のような変人になってしまう。

田端にいた時のことを思い出す。今からみると、あの頃の身辺は可成賑やかだった。尤も田端という所は、妙に空気がしずんでいて、禅寺の古沼みたいな感じがするので、僕としては甚だ趣味に合わなかったが、それでも夕方から夜にかけては動坂の通りが賑やかで、怪しげなカフェなどへ行くのが楽しみだった。鎌倉へきてはそうした散歩の楽しみもなく、材木座あたりの真暗な別荘地帯で、夜も遅く犬が鳴いているばかりである。

田端にいた頃は、毎日室生犀星と逢っていた。犀星とは私は、昔から兄弟のような仲ではあるが、二人の気質や趣味や性情が、全然正反対にできているので、逢えば必ず意見がちがい、それでいてどっちが居なくも寂しくなる友情である。田端に住むようになったのも、実は室生の親切な世話であったが、私が土地を讃めない上に、却って正直な感想をもらしたので、甚だ犀星の機嫌を悪くした。

「君はどこに居たって面白くない人間なのだ。」

これがその時の応援だったが、言われてみると全く私はそんな人間なのだ。「どこにいても満足しない」、恐らくこれが私の生涯の運命だろう。犀星は怒るといつも私の急所に辛辣な断定をあたえてしまう。それが後に反省すると尽きない哲理をふくんでいる。しかし彼は一国者《いっこくもの》で、何でも自分の主観で人のことまで押し通し、それが意の如くならないといって腹を立てる。成程、田端の情趣が彼の俳句的風流生活と一致していることを、後になって私は悟った。しかし私の趣味としては、もっと空気の明るく近代的で、工場や、煙突やが林立し、一方に生産的市場が活動しつつ、一方に赤瓦の洋風家屋などの散見する情趣、即ち大都会の郊外にみる近代的生活の空気がすきなのだ。だから以前に居た大井町などは、所としては殆んど理想的に気に入っていた。尤も私の住んでいた附近は、文字通りにひどい所で二度と帰る気はしないが。

犀星の書斎は、いつみても実にきれいで、畳の上が水を打ったように掃除してある。机の上には硯箱と文鎮があり、庭には若竹の影が敷石の上にそよいでいる。所謂《いわゆる》明窓浄机というのはこれだろう。反対に私の居間ときたら、原稿紙と鼻紙が一杯に散らばって、その上に煙草の吸殻が座敷中に捨ててあるので、犀星の所へ訪ねてくると、いつもゴミタメから座敷へ招待されたような気がする。

「障子を何故張りかえんか。」

「玄関に下駄が散らかっている。」

「子供が立ってあいさつした。なぜ行儀をしつけんか。」

犀星が私の家へ来る毎に、最初にいう小言の種はいつもこれだ。頑固な年寄りの伯父を持ったようで、僕は甚だ迷惑するが、こういう所にも、彼は自分の性癖や趣味を押しつけねば気がすまないのだ。然るに私の方ときたら、極端にまた彼の正反対だから滑稽だ。もし客観的に人が見たら、この対照は喜劇的のものにちがいない。

　或る夏のくれ方、いつものように犀星の家へ訪ねて行った。例の如く掃除の行き届いた庭の隅に、青々とした草がそよいでいて、蛙が時々侘しそうに鳴いていた。冷した麦酒を御馳走になりながら聴いていると、いかにも風雅な気分がするので
「好いね！　蛙が鳴いてるじゃないか。」

と言った。すると急に犀星が欣然《きんぜん》として、さも意を得たように言った。

「君にも風流の情趣がわかるか。なかなか話せるぞ。」

　それから二三日して、犀星が私の所へ訪ねてきた。見ると頬っぺたを脹《ふくら》まし、ガマのように顔をふくらして、何か喉《のど》の辺でグーグーという奇声を出してる。

「君、散歩に行かんか。」

「よかろう。」

　少し一所に歩いていると、急に彼は黙ってしまって、またグーグーという奇声を出してる。

「何だねそれは？」

　とうとう不審になって尋ねてみた。

「蛙の鳴声さ。僕のように芸のない人間は、宴会などの時に困るんだ。それでこれを習ったのだが、どうかね君。」

それからまた暫らくたって言った。

「人生は悲しいものさ。」

犀星の哲学はいつもこれである。昔彼が放蕩していた時分、いつも下宿屋の机の上に玩具の安っぽい鳩笛が飾ってあるので不審に思ってきいてみたら、

「僕は寂しくなるとこれを吹くんだ。」

と言った。異性もなく金もなく、いつも飢えて都会に放浪していた頃の彼を思うと、私はいつも涙ぐましい思いがする。

故郷は遠きにありて思ふもの
そして悲しく歌ふもの
よしやうらぶれて異土の乞食となるとても
かへる所にあるまじや。

というあの有名な小曲なども、皆彼が吹いた鳩笛の音から生れた哀調である。そうした昔の詩人犀星は、今も尚依然として悲しくしおらしき犀星である。彼の「哲学」にはいつ

もいみじきユーモアがある。或る馬鹿正直の人間がもつような、真面目すぎて可笑しくなるユーモアである。その笑の底にしおらしい純情の心がすすり泣いてる。知れば知るほど、犀星は人の愛情をひきつける徳をもっている。

鎌倉へ移る少し前、初冬の風のうす寒い日に、僕等二人は連れだって活動写真を見に行った。日暮れに近く、上野に電車を待つプラットホームを、寒い冬の風が吹きさらしていた。

ふと何かのことで、また僕等は口論をし始めた。始めから犀星は強情で我がままを張り通していた。彼は自分の意見を主張し、文句なしに私を圧倒しようと企てている。これは珍らしいことでなく、いつでも犀星のきまったやり方だ。たとえば散歩に出るにしても、彼は最初からプランを立て、自分の好きな道筋や観覧物やへ、文句なしに対手《あいて》を引っぱって行くにきめてる。そして対手がそのプランを好むと好まないとは、全く思慮に入れないのである。「我れの欲する所は必ず他人の欲する所」というのが彼の独断的の固い信念であるからして、他人が自分と同意しない意見や趣味をもつであろうということは、天地が逆さになるほどあり得べからざることなのだ。「明日君と銀座へ行くにきめた。」いつも彼の調子はこれである。

この日も例の通りであって、何かのつまらぬことで二人の意見が衝突した。私もたいていの場合は彼の発議にしたがっているが、あまり対手が独断的に出てくるので、時には意地悪から故意に反対することもある。

「僕は厭《い》やだ。」

そう言い出したら私も仲々強情なので、いつものようにニラミ合いが始まってくる。私の知ってる限りで考えても、室生のように気持ちを顔に出す男はない。表情という言葉には人為的の技巧があるが、室生のは自然児の表情で、子供が怒や悲しみを顔に出すのと同じである。私が彼の発議に反対するとき、いつも吃驚《びっくり》したように――有り得べからざることが起ったように――奇異の顔付をしてぼうとしている。それから黙って、世にも憎々しげに人の顔をにらみつける。「毒々しい憎悪」という言葉があるが、こういう場合にみる犀星の眼付ほど、真にこの表情に適ってるものはない。その表情に現われた憎しみの感情は、成人のもってるそれでなく、むしろ子供や野獣などにみる純真の原始本能に類している。理智の知り得ないもの！　室生の人物にみるすべての神秘はこれである。

「君もずいぶん強情の男だな。」

「君こそ我がままだ。」

長い不愉快の沈黙の後、両方から吐き出すように言い合った。それから友はくるりと背後を向き、いかにもすげない冷やかな顔付をして、一人でずんずんと歩いて行った。その様子には

「もう貴様のような奴は友人でない。」

という冷たい感情がありありと現われていた。

「ざまあ見ろ！」

背後姿を見ながら、私も心の中でそう叫んだ。

冬近い夜の風が、薄暗いプラットホームを吹き渡っていた。見ると友はホームの反対の側に立って、遅い夜行電車のくるのを待っている。黒く悄然と、さびしそうな影をひいて。ホームを越えて、遠い夜空に上野あたりの街の灯火が浮んでいた。暗い霧のかかった空で、地平のあたりが桃色にぼんやりしていた。いつか雨さえ降ってきた気ぶりである。友はまだじっと立っている。

「何という孤独の男だろう！」

黒く悄然としている友の背後姿をみている中に、何とも言えないいじらしさが、湧然として私の胸にわきあがってきた。そうした彼のさびしい様子は、明らかに彼の心中を物語っていた。

「友さえも私を容れない。」

今、室生は明らかにそれを考えている。すべてに於て、彼ほどに自己を知っている男はない。そのくせまた彼ほどに自己を反省しない男もない。彼の我がままも、彼の一国も、彼の自己を押して行くエゴイズムも、彼は皆自分でよく知りながら、そのくせまた一方では知らないのである。室生はいつも自然のままの野生的な子供である。何故にエゴが人生に容れられないか？　そういう反省をする理智はどこにもない。彼の知り、彼の感ずるすべての思想は本能である。その原始本能が、理智の能わない不思議の智慧を彼に教える。

今も彼は寂しげに考えている。何物も私を容れない。友さえも私を容れない。私はいつも孤独である。どうして私はこうなんだろうか？　私はさびしい。なぜこの世の中は、すべて私の思う通りにならないだろうと、あの「忘春詩集」に出る支那人みたいに、いじらしい宿命を嚙みしめている。

今に限らず、いつも犀星の腹を立てて怒る時ほど、彼のしおらしい叙情詩を態度に表現することはない。あの「抒情小曲集」にある心根のしおらしさも、「忘春詩集」等に描かれている寂しげな宿命観も、皆その一の気質的な情操に属しているので、至純の心にのみ宿る純情の美しさが、ひしひしと人の心に迫ってくる。何と言って説明しようか。これを心情の「美」というにも適切でなく、「自然」というにも意味が足らず、「正直さ」というもぴったりしない。丁度ドストイェフスキイの小説「白痴」に書かれた、あの自然人としての子供のような、そうして獣のように無智で純真な心をもってる、あの神秘的な貴族の青年がもつ心情がそれであり、一言でいえば「しおらしい」という言葉の深い意味につきてる。

そうした彼の純情性が、いつも人に怒ったあとで高調してくる。それは懺悔に似たようなものであるが、また懺悔のように常識的のものではない。室生はどんな場合に於ても、決して人に詫びはしない。また自分自身にも詫びはしない。いつまでもいつまでも、彼は心の底から苛だたしく腹を立てて る。その怒は人にも向い自分自身にも向っている。意識上では彼は確かに怒っている。意識上では自分の正しきを信じていて、あくまでも他人の反抗を憎んでいる。しかるにその反省のない心の影に、不思議な本能的な反省が忍んでいるので、それが潜在意識として態度に現われ、世にもしおらしくいじらしい善人の悲哀を感じさせる。その悲哀はどうにもならない悲哀である。世界のあらゆる人間がもつ、宿命の底知れぬ悲哀である。

こうした室生の心情にひそむものは、すべての至純で善良な人が感じている、あの人類普遍のヒューマニチィに外ならない。彼の「愛の詩集」はこの観念を打ち出している。すべての人の罪を許し、すべての人が互に愛して抱き合おうという観念は、単に観念としては空虚のものに思われるが、人もし或る日の室生に接すれば、それが生きた思想として迫ってくるのを感ずるだろう。何がなし、その純情の美しさが心をひき、涙ぐましい「いじらしさ」が感じられ、そこに或る何かの意味深いもの、世の常の思想に表現できない神秘の意味を感じさせる。そしてこの「意味」をもし反省すれば、それが釈迦やキリストの嘆きであり、トルストイやドストイェフスキイの哲学であり、そしてあらゆる至純の人の心にひそむ、どうにもならないヒューマニチィの悲哀であることを知るだろう。「忘春詩集」も「小曲集」も「愛の詩集」も、彼の詩境を一貫して流れている蠱惑《こわく》の中心点はこれである。（ただ「愛の詩集」には「人道」の概念性があり、他の詩集にはそれがなく、単に純真の情緒として現われてる。それだけ後者の方が純一であり、本質的の深い神秘性に富んでいる。）

今も現に暗いプラットホームで、そうした室生のしおらしい姿が立っている。野獣的の烈しい憤怒に燃えていながら、そのくせ世にもしおらしく悲しげな姿である。何たる不憫のことだろう。私の眼には熱い涙がこみあげてきた。或るふしぎな、汲めども汲めども尽きない愛情。世の常の愛ではなく、もっとずっと意味の深い、ヒューマニチィの秘密にふれる、ふしぎに美しく純粋の愛が泉のように湧きあげてきた。

「この愛すべき友！」

私は心に熱して繰返した。私は懺悔したいような気持ちになった。そして思いきり彼を抱擁したく、こみあげてくる友情で胸がいっぱいになってしまった。

暫らくして電車がきた。我々は黙って車窓に向い合っていた。田端の暗い夜道を帰ってくるとき、急に友が親しげの言葉で話しかけた。

「いつ君は鎌倉へ移る？」

「近日中。」

「早く行けよ。居ない方が気持ちが好いから。」
しかしその言葉は、限りなき友情を示す反語によって語られていた。

（『驢馬』一九二六年五月号）

移住日記　大井——田端——鎌倉——馬込

1

田舎の郷里を出てから、この二三年の間に、私はずいぶん諸方を移転し歩いた。始めは大井町に住み、それから田端に移り、さらに鎌倉に一年ほど居て、最近また東京の郊外に帰ってきた。

田舎から始めて出て、あの工場町の大井に住んだ時は、一ばん印象が深かった。省線電車の停車場を出て、煉石《れんせき》の工場区域に吸い込まれて行く、あの大井町の気分ほど、不思議にのすたるぢやのものはない。三股の繁華な通りには、工女や職工の群がむらがって、空には煤煙《ばいえん》がただよっている。

さびしいではないですか
お嬢さん！

私の「青猫」という詩集で、悲げに幻想していたことは、丁度そっくり大井町の景色に現れていた。そこの裏街には、空地のさびしい草むらがあり、古く壊れかかった印刷工場などが、青ペンキのはげた窓を並べていた。路を行く時も考えてる時も、頭の上では常に機械が廻転し、汽缶や、蒸気や、革帯《ベルト》やの、轟々という音が鳴っていた。職工や工女の群は、いつも郵便局の窓口にあつまって、貧しい貯金を取ろうとしていた。空には無数の煙突や水槽《タンク》があり、冬の日ざしの中で黒ずんでいた。

大井町！　いかにしても私はその記憶を忘れない。丁度私が此所に来た時、私は自分の前から幻想した、詩の中の景色を現実に見る気がした。私の詩集「青猫」で歌おうとしたのすたるぢやが、丁度そこの工場町で、幻灯のように映されて居るではないか。私はすっかり大井町が好きになった。恐らく永久に、私は此所に住もうとさえ決心した。

いろいろな事情が、しかしながら私の転居を余儀なくした。何よりも、室生犀星君の強い誘惑が、私を田端に移転させた。私は大井町と別れることを、愛人と別れるように悲んだ。けれども室生君の近所に住み、このなつかしい古い友と往復し、日常会話したり散歩したりする幸福を考えると、遂にこの好きな町を去ろうとする、最後の決心に到達した。

2

田端に移ってからは室生君や芥川君との親しい交情に飽満した。私は常に幸福を感じていた。けれども土地に対する愛は、始めから全くなかった。田端という所は、第一始めから印象が嫌いであった。妙にじめじめして、お寺臭く、陰気で、俳人や茶人の住みそうな所であった。私は気質的に、こうした空気が嫌いなのだ。室生君が得意で見せてくれた正岡子規の墓も、私には何の情趣もわからなかった。芥川龍之介氏が紹介してくれた自笑《じしょう》軒《けん》という京都料理の茶席も、イヤに陰気くさいばかりで、営養不良の青っぽい感じがした。何もかも、すべて田端的風物の一切が嫌いであった。薄暗く、じめじめして、味噌汁臭く、俳人臭く、要するに私の所謂《いわゆる》「自然派小説的なもの」の全景を代表している。

田端に来てから、私は丁度自分の求めている世界の正反対に、自分の環境を見出すように思った。悲く思ったことは、室生君と私とが、根本的に趣味を異にしていることの自覚だった。室生君にとってみれば、田端の風物や環境ほどにも、彼の趣味にぴったりと合うものはない。彼の住んでる景色の中に、丁度彼の「詩」があるのである。室生犀星と田端の風物とは、最も必然の聯想で結びつけられている。田端の中に室生が居るのか、室生の中に田端が住むのか、殆ど表象上に分離できないほどである。けだし田端は、室生の郷里金沢と極めてよく類似している。あのお寺臭く、味噌汁臭く、陰気でじめじめした金沢の延長が、丁度田端や根岸辺の風物なのだ。そして此所に、あの俳味や風雅を楽む金沢人としての室生が居る。

室生君が始めて大井町の家を訪ねてきた時、彼は例のズバズバした調子で言った。

「こんな所に人間が住めるか。」

あの工場町の煤煙にも、赤煉瓦の建物にも、工女や職工の悲しい群にも、冬空にそびえる水槽《タンク》にも、彼が何の詩を感じなかったということを、私はその一言によって直感した。そして私の詩集「青猫」をクソミソに非難する彼の平常の美学を考え、この久しい年月の推移が、いかに我々の間に避けがたいものを作ったかを知った。

「こんな所に人間が住めるものか。」

同じように私は、田端に居る間、絶えずこの不平を心に抱いて居た。一方では、旧友に対する愛情にひかれながら、一方では之に反撥《はんぱつ》して、友情の手から脱《のが》れる機会をうかがっていた。友人の御機嫌を損ずることなく、巧な口実をもうけて、一日も早くこの土地を逃げ去ろうと思っていた。そして遂に、鎌倉へ移る機会を捕えた。

3

鎌倉の一年は、静かな落付いた生活だった。友人が全くなく、娯楽や遊歩もなく、孤独な侘しい生活だった。私は長谷の町を遠く離れた、海に近き材木座に住んでいた。

材木座の町は、いつもひっそりとして居た。海岸に近く、松林の別荘地帯が連っていて、夜は浪のごうごうという音、犬の吠え叫ぶ声が聴こえた。灯火もない、真暗な夜がくる時、私は早くから床の中にもぐり込んだ。その孤寂な一年間に、私は哲学者のような冥想生活を続けていた。あの賑やかな夏の海水期間も、私は「冥想の扉」を固くとざして、岩のような思索に耽《ふけ》っていた。その間に海岸では明るい新時代が泳いで居り、気の軽い久米正雄氏等が、私の妹たちを写真に映した。私は鎌倉に居る間、一度も久米氏や里見氏を知らなかったけれども、妹や女共は、早くからそれらの大家を認識していた。或る朝、新聞の景物写真で、久米氏の撮影した妹の海水姿を見たのである。

4

再度、東京へ帰る機縁がきた。郊外の新居について、家族の間に議論が出た。私はもちろん、第一に大井町を主張した。田端に居る間も、幾度か大井町へ復帰しようと思ったけれども、流石に室生君へ気がねして、はっきり決断する勇気がなかった。室生君があれほどにも非難する大井町へ、再度私が移転することは、友情を裏切る感なしに、どうしても断行できなかった。もし私があえてするならば、あの生一本で怒り易い友は、絶交的にまで腹を立てるにちがいない。そうしたことから生ずる友情の食いちがいは、取り返しがつかないほど寂しいものである。私は友情を犠牲にしてまで、住居を変えようと思わなかった。

しかし今では、既に事情がちがっている。今なら友人への気がねなしに、自分の好きな所へ帰れるわけだ。そこで私は、第一に大井町への移転を主張した。しかし私の主張は、家族や両親やによって手きびしく反対された。女共や、それから特に郷里の親たちは、気質的に大井町が嫌いであった。あの工場や、煤煙や、職工や、労働者や、薄ぎたない裏街の雑閙《ざっとう》やが何よりも甚だしく、彼等の趣味を不快にするのだ。紳士らしく、上品らしくない、どんな詩味についても、決して女共は理解しない。（すべての女共は、先天的の成金趣味者だ。）

そこで私共は、遂に大森へ移転してきた。大森といっても、海岸や山王の方ではなく、ずっと奥になった馬込村である。馬込村という所は、実に自然の明るい所だ。私は東京の郊外に、こんな明るい世界があるとは思わなかった。樹木の色も、田畠の色も、まるで他所とはちがっている。すべてが水々しく、新緑のようであり、土壌は黒ずんで生々している。

4（続）

林があり、坂があり、並木がある。至る所が広闊として、パノラマのように眼界がひらけている。此所に移ってから、私は始めて「自然」というものへの愛を感じた。自然というものは、私にとって久しい間退屈の存在にすぎなかった。上州の郷里に居ても、田端に住んでも、鎌倉に移っても、自然は私に交渉をもたなかった。私にとってみれば、自然は一様に単調で、無味平凡で、人生と交渉のない無生命の物質に過ぎなかった。自然の中に生命があり、力があり、生活があるということを、私は馬込村に来て始めて学んだ。

馬込村の風物は、すべてが明るく青々している。だからこの自然の中では、日本風の煤《すす》ぼけた藁家根や、色彩の暗い陰気な家屋は調和しない。此所では家根の赤い、窓の青い、色彩の単一で明るい西洋家屋ばかりが、至る所でぴったりと調和している。実際、青葉の中に洋風家屋の赤い家根を見るほど、馬込の風物を印象的にするものはない。そして至る所に、殆んど皆洋風家屋が建ち並んでいる。洋風家屋でなければ、この自然と調和することができないのだ。

馬込には坂が多い。広闊とした眺めの中で、至る所に坂がある。そして之が、著るしく風景をロマンチックにする。（坂というものは、不思議にロマンチックのものである。）此所へ来てから、始めて小説家の尾崎士郎君と知己になった。近付きになった翌日、庭のボケの木を抜いて私の所へ植えにきてくれた。尾崎君と私とは、一見旧知の如く意気投合して了《しま》った。不思議にどこか、二人の性情に似た所があるからだろう。この新しい友人を得たことは、私にとっての意外な喜びである。細君の宇野千代さんも、私の家族と親しくされてる。聡明で、行き届いて、そのくせ邪気のない子供らしさを持った人だ。私は元来、女の人とは交際のできない人間だが、此人とならば気軽に話せるような気もする。

北原白秋氏が、最近また近所へ越して来られた。白秋氏の邸宅はたいへん眺望の好い丘の上にある。丘に登る坂があって、中腹に崖ぞいの家がある。青い四角の窓から居留地の裏街が見えるような、どこかに安ホテルの看板が掲げてあるような、妙にエキゾチックの家があって、そこから坂が登っている。天鵞絨《ビロード》の背広に詩人帽を被った白秋氏が、この坂を登り降りしている姿を考えると、たまらなく画趣的のものを感ずる。馬込に移ってきた白秋氏は、墨絵の芭蕉を描いた枯淡派の隠士でなく、歌集「桐の花」時代の洋装詩人でなければ、どうしても調和できないように思われる。白秋氏の邸宅は純粋の大西洋館で、窓の数が五十もある。食卓には白い金巾《かなきん》が掛けてあり、毎朝新鮮な胡瓜を生でかじって居られるのだ。

（『都新聞』一九二七年六月一四日～一七日）

室生犀星君の心境的推移について　忘春詩集以後、故郷図絵集迄

1

冬の日影にかじかんでいる、あのあわれに心細い、いじいじした、陰気な蜆《しじみ》のような悲哀が、いつからとなく、次第に犀星の心に浸み込んできた。

彼は庭を作り、苔を植え、毎日縁側に出で眺めていた。そして冬のわびしい日ざしが、石に這ってる影を感じ、うら枯れた梢に咲く、さびしい返り花をながめていた。彼はまだ四十にならない、若い元気ざかりの青年であった。けれども、いつの頃にか、老いがその心を蝕んでるように自覚した。実際、庭石に這う冬の日ざしや、力のない青竹の影などを見ていると、真にわびしい老人の心になった。彼は自ら、その寂しい心境を悦んだ。そして魚眠洞という雅号をつけ、笑止にも老人めかして世を果敢《はか》なんだ。

2

こうした老人心境――その中に彼の詩的陶酔を感じている――は、そもそもいつの頃から、いかなる動機によって、彼の心境に入り込んで来たのだろうか。思うにもちろん、その真因は彼の生れつきの気質にある。金沢人としての彼は早くから陶器や骨董に趣味をもち、俳人の雅趣を解し、庭石に苔を生やす老人枯淡の風流を解していた。

けれどもこの心境は、あの熊のように粗野で荒々しく、文明典雅の風に慣れず、本能の官能痴に狂奔していた少時の犀星には、あまりに遠くかけはなれた遺伝の人格下にひそむ心境だった。これが表面に現われたのは、彼の衣食に安定ができ、一家を構え、人物としての教養――それを彼は努力して学んだ――ができた後のことであった。即ち具体的に言えば、彼が小説家として成功し、文壇に地位と名声を作り、且つ芥川龍之介君――それが彼にとっては、教養ある人物の典型だった。――等と交った以来の出来事だった。

かくの如くして、彼は次第に「野獣から文明人」に、「自然人から風流人」へと、その教養の趣味を転じて行った。しかしながら、それは未だ彼にとって、単なる趣味の世界にすぎなかった。彼は骨董の趣味を知り、庭を作る趣味を知り、多くの風流めいた趣味をおぼえた。しかも之れただ「趣味」である。彼は壺を手にとって玩賞する。庭石の形よきものを愛賞する。そして、そしてただそれだけの興味であり、ディレッタンチズムであったにすぎない。故に未だ、それは彼の「芸術」と交渉なく、詩にも小説にも、内的心境として現われることがなかったのだ。

総じて趣味は、それが生活の内部に入り、実感の切なる情操にまで切り込むとき、始めて芸術の表現を求めてくる。そして室生犀星の風流趣味もかかる必然の径路により、遂に芸術の境地に入り込んできた。以下この推移する順序を述べよう。

3

思うに室生犀星が、始めて今日の特殊な心境——僕はそれを「老人心境」「風流心境」と概称《がいしょう》した。だが実に正しい称呼は、もっと別の言葉にある。たとえば「冬日返り花的心境」もしくは「冬日蜆貝的心境」等の如く言うべきである。——に入った動機は、彼の唯一の愛児豹太郎の死に原因する。豹太郎！　それは天にも地にも、彼の代えがたく熱愛した長子であった。故にその愛児の死が、いかに彼を絶望的にし、取り返しがたく憂鬱な悲哀に沈めたかは、人の想像以上であったろう。

その頃、実に犀星は悲しんでいた。毎日、彼はぼんやりとして庭を見て居り、何一つ仕事もせず、死児のさびしい笑顔を追憶しては、陰鬱哀傷の思いにふけっていた。この時からして、彼の心の中に「世を果敢なむ思い」が起った。自分のそんなにも愛する唯一のものを、残酷に奪った天に対して、力の及ばぬ怨みを感じ、悲しいあきらめの涙をのんだ。

彼は昔の出家に似た、厭世離脱の情を感じ、益々自分の世界を小さく、地下に滅入るように掘って行った。

あの有名な「忘春詩集」は、実にその死んだ愛児に捧げたもので、当時の哀傷の思いに充ちた、あらゆる陰鬱な厭世観や、運命への怨みごとや、悲しい親心のあきらめや、そうした心細い哀調によって充たされている。実にあの詩集をよむ人は、地下の暗くさびしい穴の中に、魂を引き込まれるような、世にも陰惨悲愁の思い――むしろ時として、それの陰気から「厭《い》やな不快」を感じさせるほど、それほど極端に気の滅入る思い。――を感ぜずに居られない。そこには、あの死児の追憶にふけりながら、毎日ぼんやりと庭を見ている、力も意地も失いきってる老人がある。そして彼が見ている庭先には、冬の薄ら日がかすかにさし、梢には小さな返り花が白く咲いてる。そして冷たい陶器の表面には、夢の中でみるような支那の童子が、涙を淡くながしている。

この「忘春詩集」が、実に詩人としての彼の心境を一転させた。室生君がその心に空虚を感じ、浮世を果敢なみ、ミミズの哀音に似た詩境を地下に掘って行ったのは、実にこの時以来である。（僕は子供の死ぐらいで、それほど絶望的になる場合を想像できない。けれども室生君は、徹頭徹尾人情派の詩人であって、人情が彼の人生観の一切だから、むしろそうしたことが当然なのだ。）この時以来、室生君の心境は変化し、或る種のいじいじした、かじかんだ、継子のような寂しいものに傾いてきた。そして何もかも、一切の野心と希望とを失った、無気力なさびしい厭世観と、世捨人のあきらめた風流韻事が、深く深くその心に浸み込んできた。

4

かくの如くして、従来は単に「趣味」であり、好事であったにすぎない骨董癖や庭造りが、今や生活情操に入り込んできた。即ち彼は、その愛する支那の古陶器から、死児のつめたい涙を思い、冬の日影を追う庭石から、世捨人の悲しいあきらめを考えた。そして風流韻事のあらゆる世界が、宿命的の果敢なさと寂しさとに充ちて、世にも悲しく影深いものに見えた。その苔むした庭石や前栽の葉影を通じて、ずっと人間生活の内部に触れ、宇宙の実在性に通ずる秘密の道を、彼は本能によって直覚した。

かくて今や、彼の風流は一の「哲学」に発展してきた。その骨董癖も庭いじりも、彼にあっては「哲学」であり、深奥な意味を有する「芸術」である。彼は一つの壺の触覚から、一人の知らない微妙の意味を発見し、宇宙の実在界を直視する。一つの石の形状から、一つの植物の生態から、いつも彼自身の直覚による、不思議なメタフィジックを創造する。実に室生犀星は、今日の詩壇に於けるユニックな大哲学者で、彼に及ぶどんな詩人も外にない。僕は——人の知る通り——あらゆる点に於て室生君の反対者であり、彼と根本的に趣味思想を一致しないものであるけれども、この主観の立場を捨て、好悪なき客観の立場に立つ時、いつでもこの本質的な点に於て、室生君を日本一の詩人と呼ぶにはばからない。

5

愛児の死によって、始めて所謂《いわゆる》「風流」の真実感に触れた彼は、進んでその心境を発展させ、さらに「高麗の花」等の詩集を作った。この詩集に於ては、既に「忘春詩集」における切々哀傷の響は失せてる。けだし愛児の死からこの時まで、やや時日がたって居り、絶望悲傷の記憶が薄らいでいるからである。しかしながらこの後の詩境は、人情的なものの実感から、より深奥なる自然的なものへ開展して行った。そこには人情的な悲傷がすくない。けれども自然――木の枝や、庭の石や、植物や、古陶器や――を透して見る、より奥深い宇宙があり、冬の日だまりの影のような、侘しい厭世観が貫いている。即ち彼は、その愛児の死を自然に移し、一部の具体的な生活悲哀を、より普遍的で窓の広い、他の宇宙の方に発展させて行ったのである。

室生犀星の詩境について、特に僕等の敬服する点は、彼がどんな場合に於ても、決して外面的な詩興――浮薄な趣味や、題材の思いつきや、詩人的衒気《げんき》や――で、創作しないということ、常に必ず彼の詩には、人間生活の最も切実な嘆息があり、本質感からの情熱に動機している、ということにある。たとえば詩集「高麗の花」の如きも、可成著るしく彼の骨董趣味や風流趣味が主題されているにかかわらず、詩感の根柢《こんてい》を流れるものはそれでなく、人間生活の苦悩や悲痛を訴えんとする所の、一つの烈々たる熱情が基調している。つまり彼にあっては、この止みがたい詩的熱情が、表現の取材としてそれらの趣味――骨董趣味や風流趣味――を選んだのである。（そして単に詩ばかりでなく、生活に於てもまた実にこの通りである。）

それ故に室生の詩は、どんなワザとらしい古雅風流の想に於ても、必ず人の実生活に強く触れる所の、或る生き生きとした、ナイーヴの、情感に迫った力をもってる。この点で僕等は、最近の我が詩壇――特に若き人々の詩壇――における、止みがたい不満を感ぜずに居られない。概ね今の若き詩人等は、その創作動機を外面の趣味――たとえば機械や工場に関する特殊の趣味。明るく陽快な新時代的趣味。軍艦や海に関する一種の趣味。立体派的都会趣味。或る種の象徴的神秘趣味。その他各人の個性に属する、特殊な様々の新しい趣味――に置いてる。そして単にそれだけが、その趣味（即ち美的好尚）だけが、詩作における唯一の刺戟《しげき》で、唯一の創作の動機となっている。趣味は芸術における「個性の実体」であり、また主題の全体であるけれども、単にそれだけでは、決して真の生命ある芸術は生れない。真の人を動かす作品は、それの取材となるべきもの――即ち趣味――の背後に於て、生活的情操の切実なる訴えや叫びやを、強く熱病的に動機しなければならないのだ。この点で僕は、今の詩壇の多くの詩に不満する。彼等の趣味は新しい。表現は気が利いてる。だが詩の根柢観に於て、本質的な魅力が殆んどない。

6

「忘春詩集」以後、室生君のこの詩境は一貫してきた。単に叙情詩の方ばかりでなく、叙事詩（小説）の方でも、また同じ心境で進んで行った。実に室生君にあって、彼の二つの詩の形式、即ち叙情詩と叙事詩（小説）とが、概ね並行的にもしくは雁行的に展開し行き、両面から生活内景を描写して行った。単にそればかりでなく、その上に彼はまた一種の思想詩（随筆）を書いた。最近出た「庭を作る人」はその一例で、他の叙情詩や叙事詩と合せ、詩人としての彼の全局的地位を見るには、必読欠くべからざるものである。

かくてこの三つの形式を有する詩人、即ち叙情詩人としての犀星、叙事詩人としての犀星、及び思想詩人としての犀星は、一貫していつも物侘しく、茶人めいたる趣味に浸り、庭石の苔を眺めて居り、内に蜆のような厭世感を持っているところの、不思議な「心の若い老人」だった。しかしながら今や、漸くまた新しい一つの転機が、彼の最近の心境に曙《しょ》光《こう》を見せた。

どんなわけか、どんな生活上の事情か知らないけれども、最近著るしく彼の詩風や散文に、明るい健康の情操が混じてきた。それと共に、一方で俳句的の伝統趣味が、いよいよ脱けがたく深くなってきた。（此所で忌憚なく評すれば、彼の俳句は純然たる月並で、固来の伝統的句境を一歩も出でず、文人の道楽的な余技にすぎない。）実に彼の芸術境には、二つの矛盾する別のものが、最近互に食い合っている。即ち一方には、あの元気の好い昔の叙情的「愛の詩集」を偲ばしめる、少年客気《かっき》の情操が芽を出して居り、しかも反対に一方では、伝統の枯淡な俳句的心境に、いよいよ抜けがたく深入りしてきた感じがある。

今や室生犀星の人格中で、その趣味に属する「老人枯淡」と、その本質的気質に属する「少年客気」とが、互に妥協しがたく争っているように思われる。そしてこの著るしい矛盾の不調和を、醜体にまで曝け出したものが、即ち最近における詩集「故郷図絵集」である。実にこの詩集の特色は、詩境に一貫したテーマがなく、前後離叛し、支離滅裂し、詩のスタイル内容共に、寄木細工の如き散漫を極めたる点にある。故に一巻した詩集として、明らかに「故郷図絵集」は失敗である。全体として過去のあらゆる犀星の詩集の中で、之れほど芸術的に無内容のものはなかろう。この意味で、百田宗治君の最近出た出世詩集――僕はあえて出世詩集と言う――「何もない庭」の特色ある成功と、正に不幸なコントラストを示している。

「故郷図絵集」のつまらなさは、犀星のあらゆる詩境の中で、最も油のぬけた熱の低い、そして俳句的な気取りや見得を多量に混じた、余技的低徊《ていかい》詩情を主脈に取り入れた所に存する。しかもそればかりでない。巻頭に「詩歌の城」の如き駄詩――実に駄詩だ――を納め、さらに「星からの電話」の如き、他の詩篇と切り離された凡劣詩を混入し、その他「しぐれ」と「家庭」の如き、全然その情操やスタイルを異にする別種の詩を、前後無秩序に混合したことの、すべての芸術的無神経に原因する。

しかしながら此等の芸術的不体裁にかかわらず、この詩集の別の興味は、最近の一転化を予想しつつ、しかも未だそれに完徹しない犀星の近況を、之れによって推測し得る所にある。実に「故郷図絵集」には、二つの全く詩境を異にする、別の方向に属する詩が混合している。たとえば「雪汁」「石垣」「しぐれ」「結城」「赤飯の草」等の諸篇は、彼の最近深入りした俳句的心境で、熱の低い枯淡の低徊趣味であって、此所に油気のぬけた「老人としての犀星」が居る。然るにその一方では、昔の詩集「愛の詩集」に見るような、少年客気の意気に充ちた犀星が、感動の高い調子で歌っている。即ちたとえば「家庭」「このごろ」「山の上」「菊人形」等がそれである。

此等の詩篇の中、僕は「家庭」という詩に最も深い感動を得た。僕をして遠慮なく極言させるならば、詩集「故郷図絵集」の価値は、ただ叙情詩「家庭」の一篇に尽く。その他の熱の低い、油気のぬけたような俳味詩篇は、むしろ始めから無い方が好いのである。「家庭」をよんで、室生君の旺盛なる人生的熱情に、僕は今さらの如く驚嘆した。「家庭を守れ。悲しみながら守れ。」と彼は歌っている。この詩の心境には、いかに熱情的なる自由への意志が、いかに嚙みしめられたる運命への忍従が、悲痛の歯ぎしりをしていることか。世界のあらゆる人々が、あらゆる社会制度の下に忍んでいる、悲しき人生の鬱憤を、かくまでもはっきりと、感情に充ちて歌った詩は他にないだろう。

この「家庭」に現われてる情操は、あの「愛の詩集」における少年の空元気と、外面的に流れた無内容の感傷性とを、再度内面生活の中に取りもどして、ずっと現実的な人生観で、内容ある感情に充電させたものである。もちろんこの詩の思想には、室生君一流の宿命観が現われている。しかしながら詩の読者は、その概念を見ずして情操を見、情操を見ずして言語のアクセントとスタイルを見る。そしてこの詩のスタイルやアクセントには、来るべき室生君の新詩境と、その人生観の一転機を暗示すべきものがある。

7

僕は前にある雑誌（文藝公論）で、「友情の侵害区域」と題する、五行ほどの短文を発表した。その僕の意見によれば、真の友情は「理解し合う」べきものであって、決して「忠告し合う」べきものでない。なぜならば忠告とは、一方が自分の意見や主張でもって、対手《あいて》の自由な生活に干渉し、その個性を侵害しようとする所の、友情の冒瀆《ぼうとく》であるからである。

この意見によって、僕は決して友人への忠告を試みない。もし二人の立場に妥協や一致がない時は、むしろ正面から友を敵とし、友を対手として戦うのみだ。（戦いは僕に於て最大の友情であり、親密と愛敬の無二の印だ。敵という言語は、僕の字書に於て最大の敬意を示している。）それ故に僕は、僕のいかなる主観上の意見をも、決して室生君に強いようと考えない。しかしながらただ、僕自身について意見を述べれば、前の「忘春詩集」以来一貫せる、室生の人生観には不平である。僕はああしたいじいじした、かじかんでいる、地下に人の心を引き込むような、陰気な滅入った心境に反感し、理由なく憎悪の腹を立てる。もちろん僕も、気質的に厭世主義者であることは、全く室生君に一致する。だが我々は、ああした「魂を滅入り込ませる」所の、いじけた張のない厭世観を、本能的に毛嫌いし、衛生的にも不潔の感を禁じ得ない。詩は厭世的になればなるほど逆に益々反動的となり、革命的になる、故意にも肩を怒らして叫びたくなる。僕の行きつめた厭世観は、或は僕を無政府主義者に導くだろう。だがどんな場合に於ても、僕は室生君のような遁世《とんせい》者や風流人にはなれないのだ。

　とにかく僕は、室生君の人生観に好感できない。好感できないというよりはそれが苛立たしく歯痒いのだ。室生君ほどの天分を持ってる詩人が、そんなことで人生をへこたれてどうなるか。君はまだ若く、君の前途は洋々としている。今からそんなに老人ぶって、自分で自分の穴を掘ろうとするのは、友だち甲斐にも腹立たしく、口惜しくってたまらないのだ。君のそうした引退思想が、単に芸術の上にだけ、趣味の上だけで止まるなら好い。所が君はそうでなく、最近には文壇上にもいじけて来て、自分で身を引くような態度を見せる。もちろん今の文壇は不愉快だらけだ。だが君に勇気があったら、そんな不愉快な奴等を対手にして、大いに戦って見るが好い。君が自分で引っ込むから、悪が益々のさばって来るんじゃないか。とにかく「いじける」ということが一番悪い。そして君の心境には、近頃それが著るしくなってきた。僕が癇癪を起すのは――そしてそれ故に、君の顔さえみれば罵倒するのは、――実にこの点に存するのだ。しっかりしろッ！　と怒鳴りたくなる。

既に前に言った通り、僕は「忠告」なんか決してしない。僕の最も親密な友情は、常に必ず「敵」の観念で現われてる。「罵倒する」ということが、僕にとっては最愛無比の友情なのだ。だから君が怒るなら、それで勝手に怒るがよかろう。ただ僕としては、室生君のような有為の天才が、今の情態でいじけてしまい、世を果敢なんでいる腑甲斐なさを嘆ずるのだ。幸い最近の室生君には、一の新しい心境転化が起りつつある。思うに君はもう「風流」を卒業した。今度は別の方面に行くべきだろう。詩人の生命は変化にある。変化のない詩人は死物にひとしい。君は既に過去に於て、いくつかの目ざましい変化をし、その度々の新しい詩境を完成した。今や正に、第三期の跳躍をすべき時だ。暫らく君はその俳句や骨董に遠ざかり、正に来たろうとしつつある――そして現に既に来ている――その新しき生命感と詩境の方に、専ら生活を集中すべきではないだろうか。これは忠告でも意見でもない。ただ「敵」としての室生に対する僕の新しき挑戦状の手袋である。

（第一次『椎の木』一九二七年九月号）

室生犀星に与う

室生君！

君との友情を考える時、僕は暗然たる涙を感ずる。だがそれは感傷でなく、もっと深い意味のものが、底から湧いてくるように思われる。いかにしても、僕にはその意味が語りつくせない。だが力の及ぶだけ、貧しい表現をつくしてみよう。


室生君！

いかに過去に於て、僕が君の詩に魅惑されたか。君の「抒情小曲集」にある断章や「ふるさと」の詩を、始めて北原白秋氏の雑誌で見た時に、僕は生来かつて知らない詩の幸福を味《あじわ》った。町を行くときも、野に行くときも、僕は常に君の詩をふところにし、そして絶えず口吟《ずさ》み朗吟していた。僕はすっかり、君の小曲を諳誦してしまった。その頃、丁度同じ北原氏の雑誌に僕も詩を書いていた。だが僕は、君によってすっかり征服され、到頭競争の念を捨ててしまった。僕は君の弟子になり、改めて始めから詩を学ぼうと決心した。

僕は或る日、まだ見ぬ君に対する敬愛と思慕の念に耐えかねて、長い恋文のような手紙をかいた。その手紙では、僕は弟子としての礼儀をつくした。僕は君の靴の紐を解くだに足りないもの、数ならぬ砂利の一つだと書いた。それほど君の芸術が、魔力のように僕を魅惑してしまったのだ。

翌年の春になって、雪の深い北国の金沢から、君は土筆《つくし》のように旅に出て来た。我々は始めて逢った。そして桜の莟《つぼみ》が脹《ふくら》んでいる前橋公園の堤防を、二人は寒そうに並んで歩いた。君は田舎の野暮ったい文学書生のように、髪の毛を垢じみて長くはやし、ステッキをついて肩を四角に怒らせていた。単に風采ばかりでなく、君の言行の一切が田舎臭く、野卑の限りをつくしていた。どこか君の言行の影に、田舎新聞の印刷インキの臭いがした。

君は絶えず言った。

「我々は大家です。」

「君の所に記者が来ますか。僕は××新聞の訪問記者に対して、詩に関する談話をしてやったです。」

当時白秋氏の厚意によって、辛うじてその雑誌に投書を掲載してもらっている所の、全然無名な僕等に於て、こうした事実のあるべき道理がないので、君の言うことがデタラメであり、空想の誇張であるということがさすがに世慣れない僕にもすぐ解った。そして君の金沢における生活が、そうした田舎らしい文学青年の談話の中で、常に環境されているということが、すべての言語や動作から推察された。

明らかに告白すると、当時僕は甚だ不愉快の印象を君から受けた。僕は君の詩風から聯想して、高貴な青白い容貌をした、世慣れない温和の青年を考えていた。然るに実際の人物に逢ってみると、意外にも空想が根本から裏切られた。あらゆる点に於て、君は僕の想像に反対だった。容貌から言えば、君は猪のようにゴツゴツしていたし、おまけに乱暴書生の如く肩を怒らし、ステッキを突いて高下駄を引きずり歩いた。のみならず性格が、丁度またその通りであった。即ち一言にして言えば、「粗野」という言語が君の一切を尽していた。しかしそれが、地方雑誌のスレからした投書家などにありがちな、野卑な厭味《いやみ》とキザとで芬々《ふんぷん》たる臭気を放っていた。

僕はすっかり失望した。そして君に逢ったことを密かに悔いた。でも折角遠方からして、招くように呼びあげた芸術上の親しい知己を、そんなことで無情にするには忍びなかった。僕はつとめて自分の感情をおしかくし、君の下宿している利根川の岸の家を訪ねた。君は煙草の銀紙で、洋盃《さかずき》の形を作り、小さな机の上に置いて眺めて居た。

「どうするのですか？」

「僕、これを家の女中に作ってやりました。彼れ、愛すべき少女ですな。今朝僕の部屋を掃除する時、この洋盃《さかずき》をみて笑いました。僕、これをそっとしておくですな。」

今、僕の前に対座している、この如何にも田舎文士然たる粗野の人物が、果してあの青白い貝のような詩を作った、高貴な優しい室生犀星であるだろうか？　僕の心の底には、いくたびか一の解きがたい疑問が浮んだ。

「この男はニセ物じゃないか。室生犀星の名をかたって、僕を欺きに来た詐欺師じゃないか？」

僕はそっと眼を盗んで、君の机の側にある書状を見た。そこには明らかに「室生犀星様」と上書きされてる、二三の手紙が這入っていた。

室生君！

今僕はすべて此等のことを、明らさまに偽らず告白する。僕の君に対する第一印象は、かくたしかに不満足のものであった。けれどもその不満足の原因は、もちろん君になくして僕自身の方にあった。つまり僕が勝手の空想から、君の実際人物を主観的に架空して、現実に符合させようとしたのが悪かったのだ。僕はこの経験から、人が芸術によって心象《イメージ》する人物と、現実の作者たる人物とが、常に必しも同一でないということを知り、密かにあのニイチェのすぐれた言葉を考えた。

「君等がもし或る書物を好むならば、決してその著者に逢ってはならない。なぜならば著者の秘密は、通常性格の最も深い所に蔵《しま》ってあり、一度や二度の面識で現われる機会がないから。著者に逢った読者は、その容貌や人物からして、彼自身の予定しなかった部分のみを発見し、裏切られた不満を感じて帰るだろう。」

けれども僕は、まもなく君に対する前の見解を、根本から一変するようになってしまった。なぜというに君の性格には、不思議に人を牽《ひ》きつける魔力的のものがあったからだ。もちろん君は、依然として粗野であり、依然として垢ぬけない田舎の投書家臭味をもっていた。それにもかかわらず、何かしら君の人物には、不思議な魅力を感じさせるものがあった。そしてこの魅力は、君の荒々しき粗野の性格から、最も強くはっきりと響いてきた。

室生君！

一言にして君を僕に許させれば、君は実に「生れたる子供」「生れたる自然人」だ。君の人物の本質には、何とも言語につくせないナイーヴさがある。僕は今の知っている詩人で、千家元麿にこの同じ自然性を感じている。全く言って、千家元麿は「生れたる子供」「生れたる自然人」だ。けれども君と千家とは、そのナイーヴさの特色に於て、非常にまた著るしくちがったものが感じられる。だがこの比較論は無用の話だ。もっと君について僕の感想を話して見よう。

室生君！

今の君と昔の君とが、いかに甚だしく変った人物となってるだろう。いかに今日の君が、立派な堂々とした風采と、芸術的意味での美しき容貌を持ってるだろう。そして況んや、性格が全《まる》で昔と一変し、君の所謂《いわゆる》「教養ある人物」と成り切ったことだろう。だが僕の観察する所によれば、君の本質たる真の性格は、依然として昔のままに今も一貫している。ただ全く変ったものは、生活の変化に伴う心境上の気分である。即ち自然や人生に対する所の、主観の「感じ方」の相違であり、それが趣味を変化し、心境を移し、芸術を変え、そして結局、君の人格における外部的な風景を変色して見せるのである。本質の部分について言えば、少しも君に変化したものはありはしない。依然として、君は今日も尚「生れたる自然人」だ。否もっと丁寧には、趣味の深い教養と文明的礼節を有する所の、しかも性格の本質部分におけるナイーヴな子供である。

室生君！

そこで僕は、つまりだれよりも君の本質部分について、真の理解を有する友人と言うことになるだろう。だから僕をして、もう少し昔の思い出を話させてくれ。僕は考えてるのだ。もし僕が、今日こうした君の追憶を書いておかないならば、後世だれも君の真の気質を知らず、却って誤解された室生犀星を文献上に残すであろうと。何となれば今日の君は、全然昔と変って見える故に、何人もその心境の皮相を見て、真の人物に触れずにしまうと思うからだ。

室生君！

君は実によく変化した。そして次第に人物が完成してきた。だが僕は君とちがって、相い変らず昔の未熟なままであり、今日尚依然として巷路に彷徨する老書生だ。そうだ！　僕はこの「老書生」という言葉が、この頃非常に好きになった。君は僕を非難して「大家の風格」がないと言う。しかし人物の風格なんていうものは、芸術の完成と相俟《あいま》って行くべきものだ。つまり芸術が完成される時分には、自然に人物が出来上ってくるものなのだ。然るに僕は――君の聡明な友人芥川龍之介氏が評した通り――芸術上にも未完成の人物なのだ。恐らく思うに、僕には生涯を通じて完成なんていう機会はありはしない。僕はいつ迄たっても老書生で、大家になることのできない人間なんだ。

室生君！

だが君は、昔はずいぶん乱暴な人間だった。いや、乱暴なんて言う語は適当でない。君は「自然のまま」を行為する本能の赤児だった。君のあらゆる行為と生活は、人間社会の常識を超越していた。君は野の獣のように、何物の理性にも捉われないで、真の本能が命ずるままに、純真の感情生活を送っていた。すべての野獣の本能がそうである如く、君は火のように嫉妬深かった。あらゆる異性の接触に対して、君は看守の如く眼を見張って、独りで苛だたしく嫉妬していた。君は道で出逢った若い女が、知己の青年にお辞儀をしたというだけでも、世界が転覆するほどの嫉妬を感じ、百の慷慨悲憤をした。当時の酒飲仲間だった歌人河野慎吾君は、幼ない婚約の妻をもっているというだけで、君の苛立たしき嫉妬を買い、幾度か本郷の街路に組み伏せられ、理由なく下駄で頭を叩き割られた。

室生君！

あの頃の君の生活は、言わば「街に放された野の獣」であった。君は自然の森林から這い出してきて、二十世紀の文明都市に迷いこんだ、不幸な寂しい野獣だった。君はあらゆるものを破壊した。夜おそく、東京市中の電灯を門並に叩き壊し、交番の巡査に石を投げて留置所に入れられた。

君はいつも貧乏で食物がなく、十二月の冬空に単衣を着ていた。そして路傍で拾った縄の帯を巻きつけながら、平然として吉原遊廓へ登り込んだ。

君は或る日、道で牛乳屋と突き当った。

「気をつけろ！　乞食奴《め》！」

と牛乳屋が怒鳴った。すると怒気心頭に発した君は、肩を真《まっ》四角にして怒鳴りかえした。

「馬鹿！　室生犀星を知らんか！」

牛乳屋はびっくりして、暫らく君の顔を見つめていた。そして急に背中を向けると、そのまま一散に逃げてしまった。君は得意になって大道を闊歩した。だがその翌朝、君は蒼ざめた顔をしてやってきた。そして昨日の喧嘩した牛乳屋が、夜遅く復讐に来るであろうを考え、恐怖と心配で寝られなかったと語った。

君は食事の時刻になると、いつも極って僕の所へ訪ねて来た。そしていつまでも、黙ってもじもじと坐り込んでいた。

「君、飯はまだかね。食って行き給え。」

すると君は必ず答えた。

「うん！　もう食って来たんだ。」

そのくせ僕が膳を出すと、さも待ち遠《ど》おに搔っこんで帰って行った。

室生君！

君のあらゆる「自然の行為」は、人間社会の一切の習俗を超越していた。君はいつか、素っ裸で家根裏の部屋にふるえていた。その時丁度、米屋やミソ屋の借金取りが、一団となって君を襲撃してきた。君はいきなり立ちあがった。そして素っ裸の腰に箒をさし、手に蠅叩きをもって階上から獣のように叫んだ。

「ここへ一疋《いっぴき》でも登ってみろ。叩きつぶすぞ！」

催促に来た商人たちは、真っ蒼になってばたばたと逃げ出した。

室生君！

何といっても僕たちの強い記憶は、あの千九百何年かの、上野博覧会の時の交遊だった。夏であった。僕は毎日のように池の端の会場へ行き、夜になればイルミネーションの輝やく不忍池畔で、龍宮の形をした場外の酒場へ飲みに行った。

美しい夏の夜。あらゆる博覧会夜景の物音。空に聴える管絃楽。散りばめた電気の装飾。至る所のイルミネーション。ああ僕は、今でもあの博覧会夜景の楽しさを忘れない。

君はいつも酒に酔いしれて、池の端の売店をひやかし歩いた。そこには君の恋を感じた娘がいた。露西亜人の混血児で金髪に黄色い皮膚をした娘だった。

夏の或る暑い白昼《まひる》、君はその娘を見ようとして、人気のない池の端の売店をたずねて行った。灼きつくような午後の暑さに、地面は白く乾いていた。太陽は綿雲の下に蓋《おお》われ、人影の散々としている池の端の上空には、博覧会の軽気球がさびしげに浮んで居た。

君は十銭銀貨を固く握って、売店の前を幾度か往復した。そして娘の手から小布を受取ろうとした時、突然、君の身体《からだ》は崩れるように倒れてきた。俄然！　物の顚覆《てんぷく》する音と一所に、二つの抱擁体が床の上に転がった。君の身体は娘の上に重なっていた。

「きゃあッ！」

という恐ろしい女の悲鳴と、驚くべき異常の騒動とが、夏の白昼の物倦い情景を一変させた。巡査が馳《か》けつけた。群集があつまってきた。だがその時君の姿は、ステッキをふりつつ鼠のように坂を馳けあがっていた。君の行為は実に敏捷だった。丁度君の崇拝していた、あの兇賊《きょうぞく》チグリスのように。

室生君！

君の過去の逸話について、僕は書きたいことを沢山もってる。君のそうしたあらゆる行為と性情とは、僕にまでアナアキズムの第一原理を感じさせた。君は僕にとっての「英雄《ヒーロー》」だった。何よりも人間の自然性がいかに「方則」の上に超越するかと言うことを、君は僕に教えてくれた。僕はただ一日も、君なしに生活することのできない孤寂を感じた。君と一所に居る時ほど、人生が僕にとって明るく見えることは無かった。丁度あの昔の小姓等が、その主君へ特別な愛敬を捧げたように、男色の関係からではなく、僕は君を愛し崇拝した。君は僕にとっての愛人であり、そしてまた英雄であった。

室生君！

だが僕はもう語るまい。なぜならば僕のすべての言語や追憶は、今の君を怒らせることを知ってるからだ。君がもしこの原稿をよんだならば、どんなに腹を立てて叫ぶかを想像する。

「怪しからん奴だ。萩原は俺のゴシップを書きやがる。」

だが室生君。僕は決して君のゴシップを書くのじゃない。ゴシップの興味ならば、対手《あいて》への中傷や、意地悪やもしくは単なる面白がりの悪戯《いたずら》にすぎないだろう。所が僕の意志は、丁度その正反対の所にあるのだ。僕は君を愛する故に、君の芸術の背後にある、君の真人格を世に見せようとして之れを書くのだ。

室生君！

君は多くの小説を書いている。そしてその小説には、君の過去の生活の大半が書き尽されてる。だがそれは君を二分した、一方の部分のものにすぎない。君は君の生活から、或る特殊の部分だけを拾いあげてる。そしてより本質的なる、真の本然する君らしき部分のものは、てんで書こうとしないのみか、追懐のそれに触れることすら厭《い》やがっている。君は考えてる。「過去は僕の悪夢だ」と。だから他人の言が、少しでもその部分に触れる時、君は真っ赤に腹を立てる。君は叫ぶ。「貴様はおれを侮辱するか」と。丁度多くの前科者が、前身について言われることを恐れるように、君も病的にそれを恐れ、君の自叙伝かち抹殺しようと考えてる。

室生君！

だがそうした君の気持ちは、僕にはよく解っている。君の芸術の出発点は、始めから「反性格」に存しているのだ。反性格ということは、しかし「性格に無いもの」を書くという意味ではない。——性格に無いものがどうして書けるか。無から有は生じない。——表現上における反性格とは、実には性格の中に存しながら、観念が行為の表象に現われて来ないもの、したがって生活の意識下に沈熱して、不断に爆発の機会をねらっている所の、一の人格的イデヤを意味している。概ねの芸術は、皆この人格的イデヤのあこがれから生れる故に、反性格こそは、すべての芸術の本質的特色だということができるだろう。

室生君！　いや失礼した。つい筆がすべって君の「大嫌い」の理窟になった。君は実に理窟が嫌いだ。否、理窟というのではなく、抽象的の言語や観念が厭《きら》いなのだ。君は常に本能によって直感する。理智のいかにしても到達できない、深遠秘密の大哲学を「本能によって」直覚し、自然や人生から隠れたものを観照する。こういう点でも、僕は君の性格に「動物的なもの」を感知する。否、動物的という言語は撤回しよう。とにかく「自然のまま」の性情が、概念の至らない秘密を嗅ぎ出してくることで、君は野の獣や鳥のような官能の器官を持ってる。——それが君の小説に「感覚派」の定評をあたえるのだ。——

君のこうした本能性が、一切の理窟を軽蔑し、先天的にそれを悪《にく》むのだ。君にとってみれば、すべて抽象的のものは興味がなく、ただ具象的のもの、レアールのものばかりが真実なのだ。したがって君の芸術観は、始めから理想派に反対して現実派に向っている。すべての自然獣がレアリストである如く、君もまた極端のレアリストで、官能の支配する現実の人生にのみ美を見出してる。そしてこの性情が、君を今日の心境小説に導いて行き、僕の大嫌いな自然主義的レアリズムにまで、次第に傾向させて行ったのは自然である。

だが此等のことについては、他日また別の機会で詳論し、大に君に対する僕の反対意見を披瀝しよう。此所ではまた始めにかえり、君の芸術の反性格について話してみよう。

室生君！

僕をして端的に言わせれば、君の一切の叙情詩と小説とは、君の性格の表象下に沈熱している所の、一のイデヤに対するあこがれである。だからこの点では、君の芸術は君自身に対する理想派の表現である。実に僕は、之れをはっきりと公言する。君のあらゆる生活は、君自身に対する嫌忌と克服によって一貫している。何よりも君は、君自身の容貌が嫌いなのだ。君は自分の顔を鏡に映して、絶えず自分で腹を立てている。思うにその鏡の中には、君が理想とする容貌――それは君の叙情詩や小説によって聯想される如き、優にやさしい美少年の顔であろう。――と丁度正反対のものが映っている。

室生君！　君の如き極端な自己嫌忌者は、君の知る世界に於ては殆んど居ない。どんな

に君が、君自身の容貌を悪んでいるかは、かつて君が鏡を指して

「世界における、僕の最も嫌いな顔が此所にある。」

と言ったほどに有名である。だが君の嫌いなものは、あえてただ君自身の容貌ばかりでないだろう。その容貌に現われている所の、君の性情そのものが、根本的に君は、大嫌いなのだ。

何よりも君は、君自身の性情する「粗野」を悪んでいる。言ってみれば、その「野獣のような自然性」が、君自身にとって最も嫌厭すべき対象なのだ。そこで君の理想は、昔から君が口癖のように言う所の、所謂「教養ある人物」なのだ。

「いかにして教養ある人物となるべきか？」

これが君の観念生活における、意志の目標する一切だった。だから君の憧憬は、あらゆる場合に於て文明的なもの、優美なもの、礼節あるもの、典雅なもの、文明紳士的なものに向って居た。君は「教育」とか「文明」とかいう語に対しては、盲目的に一も二もなく恐れ入って居た。何よりも君は、自分の無学を恥じ、野性を恥じ、文明の礼に習わないのを恥じていた。丁度森林から出てきた蛮人が、文明世界における自己の裸体を恥じるように、君は自分自身の超習俗的な自然性を、この上なく羞《はず》かしいものに感じていた。

室生君！

こうした君の心理について、僕は充分の理解をすることができる。何となれば君は、実にその粗野な心の一面に、女のような優しい羞恥を持って居たからだ。否、羞恥心という如き世俗の言語は、君の場合に適応していない。羞恥心ではなく、或る内気な、純良な、感じ易い、一言で言えば「いじらしき心根」だ。そうだ！　この「いじらしき心根」が、実にあの叙情小曲を生み、小説「性に眼覚める頃」を書かしたのだ。

室生君！　君はそれを自覚しているか。君の中にある反性格者、君の中にある芸術家の本体は、実にこの一つの「いじらしき心根」なのだ。その一つの心根が、遠く旅に出た宿屋の部屋で、情《つれ》なき女中に銀紙の洋盃《コップ》を作ってやり、飢えて貧しい都会の空で、故郷を恋うる哀傷の詩を歌わせ、そして文明社会における君自身の裸体を羞かしく感じさせた。そうだ！　それが実に君の芸術的本体の一切なのだ。

室生君！

どんなに長い間、君が君自身を征服すべく、自己叛逆の長い苦闘をつづけて来たか。僕はそれを知ってる。第一に、君は先ず酒を廃した。酒が、あらゆる場合に於て人間の野性を暴露し、先祖の自然獣にまで我々を逆行させるということを、君は自ら最もよく自覚していた。人が文明紳士になるためには、先ず以て酒を廃しなければならない。（丁度今日のアメリカ人のように。）そこで君は酒を廃した。それから次に一切の無節制と放縦を。

室生君！　丁度その時、君の求める理想の人物が、君の友人として発見された。芥川龍之介氏である。僕はどんな宇宙の対照からも、君と芥川君とにおける如き、それほど鮮明なコントラストを見たことがない。一方は「自然人」の代表であり、一方は「都会人」の代表である。一方は「本能派」の親玉で一方は「理智派」の象徴だ。そして尚且つ、君の習俗を超越した放縦無礼の野蛮に対し、芥川君のいかに礼節正しき人物であることだろう。思うに芥川龍之介こそは、君の昔からイデヤとした「教養ある人物」の、正に現実的に典型されたものでなければならない。この理想の人物を得て、君がいかに悦び、いかに驚異し、いかに満足したかは想像するにかたくない。君はその新しき友について、先ず僕にこう語った。

「教養あり、礼節あり、学識あり、先ず彼れの如きは、当代稀れに見る人物だろう。」

と。それからまた僕に向って、或る時次のような非難をした。

「君の如き、少しも人物が出来て居らんぞ。」

室生君！

かくの如くして、君は次第に君自身の「完成」に進んで行った。この数年間の中に、いかに君が著るしく変貌してしまったか。容貌にも、態度にも、性情にも、全然どこにも昔の面影を見られなくなってしまったほど、それほど君は驚くべき変化をした。

僕は信ずる。君の最近におけるどんな訪問者も、君の中に「野獣性」や「自然性」を発見することができないだろう。実に君は、全力をあげて自らそれを殺してしまった。否むしろ、教育によって訓練してしまった。今の君は、もはや何人の眼に於ても、森林から出てきた原人ではなく、却って教養あり、礼節あり、そして典雅の趣味を愛する所の、一個品性高き風韻の好人物である。君は完成した。実に君自身の「理想」に向って、君自身の自然性を克服し、教育によって性格を一変させた。君は完成した。人物として完成した。

室生君！

しかしながら僕は、そうした君の完成を寂しく思う。なぜならば僕の「英雄」は、君の自ら羞恥して克服した所の、昔の天馬空を行く自然性にあったのだから。今日の「教育された室生犀星」は、依然として昔ながらに僕の愛人ではあるけれども、もはや僕にとっての英雄ではなくなったのだ。僕は君を愛する。だが昔の小姓のように、君を主君として奉仕しようとは思わない。室生君！　僕は寂しいのだ！

僕はしばしば君に忠告した。

「室生君！　君は自分の中での、最も貴重な生命を虐殺している。」

「室生君！　君のいう人物とは、世俗的意味の人物にすぎないのだ。芸術はそこにない。」

けれども君は頭《かしら》をふった。その答えようとする意味は、思うに次のようなものであった。

「世間的の人物にならないで、どうして小説が書けるか。」

僕はその言葉を、君の心の中に推察した。そして「詩」と「小説」との、文学上に於ける根本の相違を考えて慄然とした。すくなくとも日本の文壇が、過去に意味している如き小説――自然派末派の流れをくむレアリズムの小説――が、到底本質上に於て詩と両立できない文芸、詩を殺すに非ずば成立できない俗物主義の文芸であるのを考え、君のために慄然たる杞憂を感じた。なぜならば君がその詩人的超俗性を持っている間は、到底文壇的意味の小説を書くことができないから。逆に君が小説家として成功し、今の文壇で名人呼ばわりをされる時は、逆に君の中の自然性や純真性やが、次第に消滅されている時であるのを感知したから。


室生君！

僕は君に対する文壇的名声の嫉妬からして、かかる奇矯の言を為すものでない。僕の本当の怒は、実に今の文壇そのものに向っているのだ。自然主義的なる一切のものに対して、僕は徹底的に憎悪の牙をむいてる。そして君がこの文壇――実は散文壇――に入り、その不潔な空気に触れしめたことが、運命的に腹立たしく呪わしいのだ。実に君は、生活の必要から、妻子を養う必要から、止むなくその方に這入って行った。だから私の鬱憤は、君をそこに導いた社会に向って、運命に向って爆発するのだ。

室生君！

しかし君は、いつも嘆息して人に語っている。

「僕は小説書きだ。米塩のために心にもないことを書いてる、賤しい戯文弄筆の徒だ。僕の本当の創作慾は、浄机に向って詩を書く時にだけ感じられる。それだけが僕の真の人生だ。」と。

そうだ。君は今でも世間並の小説家ではない。君はやはり詩人だ。天の生んだ気質の詩人だ。どうして所謂小説家——あの自然派末派の俗物共——に、君のそうした心持ちが解るものか。我々の文壇では、やはり君だけが真の小説を書いてるのだ。

室生君！

だが僕等二人は、何という寂しい友人だろう。君の小説の中では、僕はいつも「世間慣れない、物事に無頓着な、おとなしく人の好いお坊っちゃん。」として、型で押したように書かれて居る。そうだ。君は君の「いじらしき心根」に映る所の、その部分だけを僕の生活に見て居るのだ。そして単にそれだけをだ。

室生君！　どんなに僕が過去に於て苦悶したか。幾度か自殺を考えたほど、それほど思想上と生活上との、救いがたい絶望的苦悶に陥入って居たかを、君は少しも——真に文字通りに少しも——知ってはくれないのだ。なぜといって君は、全然思想上の生活について触れてくれない。何を言っても、何を訴えても、すべて皆君にとっては「理窟」なのだ。

「理窟は止めるこっちゃ。」

これで以て、一切の思想的苦悶が一蹴されてしまうのだ。単に思想上のことばかりでない。生活上や家庭上のことに於ても、僕のあらゆる複雑した過去の苦悶、暗く絶望的な運命を忍従したり、それについて戦ったりしたことを、君は全《まる》っきり考えてくれないのだ。何となれば僕の生活の大部分は、主として心理上の内面的経過であるのに、君はまた先天的に心理学が嫌いであって、問題に触れることを悦ばないから。心理的にみれば、君ほど人生を単純に一本気に決定してしまう人間はない。

室生君！

僕の寂しい孤独の過去は、ただ君一人しか親友を持たなかった。僕の手紙を書く名宛も、生活の秘密を語る友も、天地にただ君一人しか居なかった。然るに君は、始めから僕の

「いじらしい部分」の外、何物も見ようとせず、聞こうとも欲して居ないのだ。

「この友人には、これこれの部分は解る。だが他の部分については、始めから黙っている方が好い。」

だれも人々が、その友人等について談話の選定をする如く、僕も君に対して常に談話の選定をした。だから僕は君に対して、生活の余技的なもの、どうでも好い部分のみを語るべく、いつも余儀なくされていた。僕の真に訴えようとしている多くの重大な生活事件は、久しい間全く話すべき対手を持たなかった。僕があの長い間、可成の苦悶にみちた生活を忍従していながら、書面上にも談話上にも、一も訴えるべき対手をもたず、独り寂しく田舎に悲しんでいたという一事は、考えるだけでも腹立たしい運命の皮肉である。そして室生君！　君はそれを少しも知ってはくれないのだ。

友よ！

ああ真に僕等は孤独だ。なぜならば君は、丁度僕に対してその逆の不平を言ってるからだ。君が僕に対して、常にこうした怨言をしていることを、僕は或る人々から確かに聞いた。

「萩原は親友でありながら、少しも僕の小説をよんでくれない。否、てんで僕の心境を理解してくれないのだ。」

「萩原には何を話しても解らない。まずあの位没趣味の人間はないだろう。壺を見せても、庭を見せても、陶器を見せても、何を見せても無関心で、彼一流の気のない返事——「そうかね」——を言うばかりだ。

萩原はてんで僕の生活を理解しない。否、理解しようとすら思わないのだ。あんな位友情のない、利己主義な、趣味のわからない人物は居ないだろう。」

その通りだ。僕はたしかに今の君を理解して居ない。否、理解することを勉めて自ら避けてるのだ。なぜならば君の今の生活や心境には、僕の正面から敵としている自然主義的の人生観——東洋的なあきらめや、じめじめしておつけ臭い俳句趣味——があるからだ。僕がもし君を許すならば、僕が「新しさ欲情」の昔から敵として戦ってきた、一切の不潔感を許さなければならなくなる。そして之れ、明白に僕の思想生活の破産だからだ。


室生君！

だがこうした思想上の理窟が、また君には理解できないから仕方がない。一切の議論は止めておこう。とにかく我々は、何《いず》れにせよ不幸な寂しい人間だ。僕が君を理解しようとしないように、君はまた僕を理解しようとしてくれないのだ。

友よ！

ああ我々がいかに寂しいかということを、終りにもう一度言わせてくれ。僕は今迄、故意にそれを言わないように、寂しさから眼をそらした。だが此所ではっきりと言ってしまおう。友よ！　我々は今、明らかに思想上における敵の立場に立って向っているのだ。君が僕を悪む。そして僕が君を怨む。そこには皆判然たる認識上の理由があるのだ。

附記。

この一文を書いたのは、本年五月頃のことであった。当時原稿のまま、之れを芥川龍之介君に見せた所、余が室生君に対して言わんとする所を、正に適確に言い尽したりとの同感を得た。よって僕の言の必ずしも私情的独断でないのが解ると思う。事情あって原稿のまま焼き捨てようと思ったが、最近また考え直す所があって発表した。

（『新潮』一九二八年一月号）

室生犀星君の飛躍

僕は一つの飛躍を見た！　室生犀星君に就いてである。

最近二三ヶ月の間に、彼は驚くべき跳躍をした。勇敢にも、過去の一切を投げ出し、鷲のように空を飛んだ。僕はそれを見て勇気が起り、慄然とし、人生の力ある意志を感じた。実に室生犀星の今日あるは、僕がかつて前に予感し、且つ言ったのである。（雑誌・椎の木所載・室生犀星君の心境的推移について・参照）それは最近出版された彼の詩集『故郷図絵集』を見た時、最も明白に直感された。何となればその詩集は、二つの別な方向を目ざす所の、互に矛盾した心境からなってるもので、二部混乱の不統一を示していたから。僕がその詩集を読んだ時に、矢のように来《きた》り、早くも心に浮んだものは、室生の心境生活の変化であった。一方に於て、彼はその風流哲学を徹底させ、身を以て芸術を完成させようとする芭蕉的人生観を持しながら、一方に於ては之れに裏切り、憤激して一切を破壊しようとする所の、矛盾の止みがたい苦悩があった。詩集『故郷図絵集』は、この二つの心境の対立した、苦々しく不調和な表象を読者にあたえた。

傷ましいかな！　今や犀星の風流生活は、その必然的の破滅に際している。新しいものが、来るべき生活の展開が、彼について近く起るだろうと、僕はその時以来考えていた。そしてそれ故に――実にそれ故に――僕は勇躍して室生犀星論を書き、彼に対する友誼《ゆうぎ》的公開状を発表した。もちろん僕は、それによって彼を怒らすことを考えていた。だが室生は、僕について怒るよりも、むしろ彼自身について怒り、早く既に生活の展開を準備していた。今や我が室生犀星は、あらゆる悲痛な勇気をもって、その長く築きあげた芸術の城を破壊し、自ら叫んで野獣の如くなろうとしている。実に室生犀星の勇敢と正直さとは、彼自ら芥川君について言った如く、悲壮にもその『風流の仮面を肉つきのままで引っぺがした』のである。（この室生の言が、芥川龍之介について言ったのでなく、室生自身について言ったのであることは、少し敏感の読者になら解る筈だ。彼はいつでも、そういう物の言い方をする。）

室生犀星はこう言った。僕はもう庭も要らない。陶器も人にやってしまう。僕は過去一切の生活を破壊すると。この言を風聞した時、僕は魂の慄然とした震えを感じた。何となれば僕は、彼がどんなに庭を愛し、どんなに石や陶器を愛していたかを、知りすぎるほど知っていたから。実にそれらの庭や石やは、彼の単なる道楽でなく、過去に於ける彼の芸術であり、生活そのものであったのだ。そして、今此等の物を棄てるというのは、室生にとってその一切――芸術と生活との一切――を棄てることに外ならない。しかもそれは、過去に長い間かかって修養し、血を以て築きあげた財産である。今、室生犀星は決然として、真にその一切を棄てると言う。だれか必死の覚悟なしに、この決心が出来るだろうか。僕は悲痛の感なしに居られない。

しかしながら我が犀星は、それ故にこそ真の芸術家であり、真のすぐれたる詩人である。端的に言えば、彼は既に過去の芸術を卒業した。庭や、石や、陶器や、その所謂《いわゆる》風流生活から、学ぶべき多くのものを学び尽し、書くべきものを書き尽し、そして発見さるべき哲学を究め通した。彼は多くの読者を作り、その方での『定評』を得、文壇の賞牌を得、そして要するに完成した。もしこの余のものがあるとすれば、それの文学的利子による安易な生活で、マンネリズムの惰眠に陥入る外はなかろう。室生がもし真の文学者であるならば、かかる利子的安易な生活には耐えられまい。彼は勇躍して立ち、過去の全財産を捨て、再び素裸の一文学書生となって、さらに新しい美と生活を創造すべく始めるだろう。そして我が室生犀星は、けなげにも発奮して立ち、新生活への勇ましき門出をしている。今や彼は変化している。すくなくとも或る何物かに、変化しようとしつつある。

僕は思う。室生犀星のこうした変化は、今の芸術家的熱情なく、定評によって利子的生活をしている世の安易な文壇的大家にまで、たしかに一の啓発であり、衝動でなければならぬと。然るに文壇には、却って犀星の変化を惜み、甚だしきは大家的品格の軽浮をとがめる者さえある。（この大家的品格という観念ほど、愚劣千万のものはない。）もとより犀星の過去の読者は、彼が新しく変ることを好まないだろう。彼等は永久に犀星をして庭や風流を語る所の、十年一日の如き作家であらせたいのだ。けれども作家にとってみれば、自己は読者のための存在でなく、自分自身のための作家である。故にすべての詩人や文学者等は、生涯に幾度かの変化に於て、常に昨日の読者と別れ、別の新しき読者を迎える。作家は悲しむわけがない。なぜなら昨日の読者が去った後で、今日の新しき別の読者がくるからである。況んや室生の新境地は、彼にとってむしろ反性格とも言うべき過去の風流生活を、その『肉つきの仮面のままで引っぺがした』所の、新しき本然性への回復であるのだから。

僕のあらゆる真の興味は、正に嵐の動揺にある現時の室生をその変化の成り行きについて観察し、来るべき創造への目ざましい発展を見ることである。彼は僕の如き芸術的無能力者と素質を異にし、いやしくも一旦志ざした所へ向って、努力貫通せねば止まない男で意志と精力の権化である。既にして一歩を踏み出す。必ず何事かを貫通せねば止まないだろう。僕は室生の友人としてひとえにその成果を待ってる。そしてもはや今となっては、過去の彼にあたえた僕の二つの公開状は全然無意味の空文となってしまった。僕はそれを恥じ自ら潔よく撤回して好いのである。

（『文藝春秋』一九二八年四月号）

室生犀星に就いて

たいていの文学者は、何かの動物に譬《たと》えられる。例えば佐藤春夫は鹿であり、芥川龍之介は狐であり、谷崎潤一郎は豹であり、辻潤は山猫の族である。ところで、同じ比喩を言うならば、室生犀星は蝙蝠である。彼はいつでも、自分だけの暗い洞窟に隠れている。彼は鷲や鷹のような視覚を持たない。けれども翼の触覚からして、他の禽獣が知らないところの、微妙な空間を感覚して居る。すくなくとも彼だけの洞窟では壁の裏側に這ってる小虫や、空気の湿っぽい臭いまで、残る隈なく触覚している。彼は他の世界に出られない。そこでは盲目になるからである。しかし自分だけの世界に於ては、宇宙第一の智慧者である。

これからして犀星は、文壇で「感覚派」と呼ばれている。たしかに！　彼は蝙蝠の翼をもった感覚派である。だが感覚派という言葉が、もし感覚主義者を意味するならば、彼の本領は反対である。むしろ本質について言えば、彼は「純情派」の文学者を典型として居る。彼に於てはあらゆる人生が純情によって眺められる。彼は決して、心から人を憎むことの出来ない男で、何物に対しても涙ぐましく、情緒のいじらしさで眺めている。自然でさえも、彼はいたわりの眼で観察している。げにその処女詩集に名付けた如く、犀星は「愛の詩人」なのである。

彼の性格気質の中には、多分に東洋的のものが滲み渡って居る。それは芸術家の生活としても、彼を東洋的の修道院に住まわせている。その東洋文人の修道院で、彼は、「身を修め芸を研《みが》く」の古訓を守り孜々《しし》として修養して来た。この点で彼の生活様式は、故芥川龍之介君と同型であり、東洋文人の或る範疇を思わせる。一方で僕自身は、西洋流の文学史に特色している、あのルッソオ的言行矛盾や、ドストイェフスキイ的不身持ちから、生活と芸術とを矛盾さすべく、そこに天才の定義を考えて来た。僕と彼は反対である。

彼には二つの面がある。子供のように単純で無邪気にまでいじらしい一面と、文人意識で四角張り、窮屈に肩を張ってる一面である。浅い交際の人たちは彼について後の面にしか見て居ない。その観察は人を誤まり、犀星を窮屈で気むずかしく、時に反感を抱かせる迄、傲岸な人物のように印象させる。或はまた純東洋風の文人として、花鳥風月の趣味に遊ぶ、悟りすました人物のようにも印象させる。だがその観察は浅薄である。深く交際して知ってるものは、彼の本質がその点でなく、無邪気な子供のように純真であり、むしろ全くは「自然のままの野獣」でさえあることを、だれも観察しているのである。しかも彼は性来の羞《はず》かしがりと内気さからそうした「自然の本位」を人に隠し容易に見せまいと努力している。

しかしながら犀星は、実際にまた古武士的の典型を多量に持ってる。即ち佐藤惣之助の所謂《いわゆる》「金沢藩士」で、気質の本当の内部にさえも、裃を着た義理堅さや、剣を構えた礼節やがあるのである。犀星の評によれば、僕もまた彼と同じく、馬込村に於ける剣客の一人であるそうだが、僕がもし武士としても、月代をのばした浪人組の部類であって、彼の藩士の眼から見れば、一個の浮浪人にすぎないだろう。僕は幕末の革命に飛び出したり、時には辻斬強盗などもやる方だが、犀星のは本当の古武士であって、君主の前で礼節正しく構えている。彼と話をしている時、僕は時に死んだ母方の祖父を思い出す。その祖父は人々から、常に古武士の典型と言われていた。僕は幼時からして愛せられ、祖父の膝下で躾けられた。室生はその昔の愛を思い出させる。

彼は堅忍《けんにん》不抜《ふばつ》の意志を持ってる。何物にまれ、それを志した以上には、大成に至るまで修養し、克己《こっき》して坂道をよじ登って行く。しかも馳け足で登るのではなく、一歩一歩と大地を踏みつけ、隠忍自重《いんにんじちょう》して進んで行く。彼の文壇に於ける成功も、一つはその天分によるとは言え、この堅忍不抜の強い意志と、確実な修養法とに存するのである。実に彼は、国定教科書の中にも採用さるべき立志伝中の人物である。それは僕にとって、憎々しき迄強げに見える、英雄の印象を感じさせる。

僕は犀星の詩を全部読んでる。だが彼の小説は、正直に告白して殆んど読んでないのである。僕にはその方の批評が出来ない。けれども人物について観察すれば、彼は小説家であるよりも確かにより多く詩人である。（その明白の証拠は、彼の友人の大部分が皆詩人であって、小説家の側には全く知己のないのを見ても推察される。）思うに彼の小説も、その本質の詩に於てのみ、評価の正しい価値をもつのだろう。彼に於ける散文は、詩の延長であるに過ぎないだろう。

彼の文章は、時に小学一年生のように純真である。僕は彼の詩の或るものや、感想、随筆の或るものから、常にそれを感じて微笑している。その特殊な文章は、丁度小学校の一年生が、鉛筆の心を舌で嘗めつけながら、一所懸命で紙の上に書きつけてる、あの片仮名の作文を聯想させる。それは舌たらずの片言であり、文法さえも解らないほど、不思議にイグノランスの文章だが、その子供らしさの無邪気の中に、どんな成人の天才も及び得ない、奇妙な力強い魅力がある。子供が文章の天才である如く、彼もまたその流儀で、ユニックな文章の天才である。

彼は田端の家を移り、その庭をさえ破壊して、今や新しき生活に一転すべく、過去のすべての者に別れを告げてる。室生犀星は新生した。彼はすばらしき勇気を以て、獅子のように身構えて居る。おそらくは近い中に、僕等の全く見ちがえるほど、変身の著るしい犀星を見るであろう。単に変化するばかりでなく、前よりも更に深く、ずっと大きな犀星に成るであろう。僕は友人としての情誼《じょうぎ》に於ても、彼の未知数の前途を考え、希望と好奇心に鼓動して居る。

――昭和四年・八月――

(『春陽堂月報』一九二九年一〇月号)

室生犀星君の人物について

最近第一書房からして、僕の選した室生犀星君の詩集が出るので、この際僕の見た室生君を、人物的に略記してみたいと思う。尤も僕は、以前から幾度も室生君のことを書き、むしろ書きすぎているほどであるが、最近彼が大森へ移転して来て、田端以来の旧交が大に温まったので、また新しく書く感興が起ったのだ。

人物としての室生君は、だれも言う如く真に純情無比の人である。（作品としてもそうであるが、この場合は成るべく人物印象に止めておきたい。）この頃では毎日のように彼と逢い、親しく酒など飲み合っているが、あまり純情すぎることから、時としては腕白小僧のように思われる。特に議論などする時そうであって、人の理窟などには耳を藉《か》さず、何でもかんでも俺はこうだと言い立てる。それが天真爛漫だからして、まるで駄々っ子が暴れ出すようで、なんとも言いがたく純真である。彼と親しくしているお蔭で、僕は自分の中の最も美しい「純粋のもの」を、いつも失わずに持っていられる。その点だけでも、彼は僕にとっての益友だが、あんまり腕白小僧の我武者羅《がむしゃら》が強い時には、さすがに僕も腹が立って、時々子供同士のような喧嘩をする。

室生と交際をしている間、不思議に僕は昔の小学校時代を思い出す。その小学時代には、或る腕白小僧の友だちがいて、よく子供らしい意地悪から、僕を皮肉にからかったり悪口したりした。そのくせ二人は不思議に仲がよく、毎日喧嘩をしては毎日逢って親しくしていた。室生君がまたその通りで、よく僕の悪口や皮肉を言い、時としては必要のない意地悪さえするのであるが、その意地悪がいかにも子供の意地悪らしく、むしろ意地悪されることによって、友情への深入りを感じさせるほどである。すべての点に於て、彼は小学一年生のような男である。すべての人は、小学一年生である時ほど、人生や自然について、最高の深い智慧をもつものはない。なぜなら彼等は、今日只今生れたばかりの、全く新鮮な自由の心で、一切の宇宙を見るからである。

それ故にまた、小学一年生の作文や自由画ほど、芸術の淳《あつ》い真髄に触れ、秘密をつかんでいるものはないのだ。これが二年から三年へと、上級へ進むにしたがってだんだん平凡なくだらぬ芸術家に変ってしまう。そこで芸術家が、他の技術や頭脳やの上達にかかわらず、精神の本質点でのみ、いつも永久に小学一年生でいられたなら、その人こそは真に「天才」と呼ばれるのである。

室生犀星の抒情詩は、あの無心な小学一年生が舌で鉛筆の心を嘗めつけながら、紙の上にごしごしと書いているところの、あの片仮名の作文を思い出させる。特に「抒情小曲集」と「忘春詩集」の二詩集は就中《なかんずく》また小学一年生の作文を典型しているが、不思議なことには、それがまた彼の作品中で一番よく、読者の胸に乗りかけてくる、詩情の最も強いものを高調している。思うにこのことは、彼の小説についても同様だろう。今日の文壇批判は、浅薄の眼を以て室生の外貌しか見ていないが、ずっと遠く、十年、二十年の後になってみれば、彼の名作として残るものは、今日文壇的に好許されているような小説でなく、却って文壇で認められていないところの、初期の純粋の作であるかも知れない。そして後世の定評は、小説家としての室生を、純情派の中に数えるだろう。その時になって見れば、今日の浅薄な文壇的定評は、馬鹿馬鹿しい物笑いの種にすぎないだろう。

　室生犀星にあっては、理智と言うものが全くない人物である。彼には理窟が解らず、抽象的観念の把握がさらにない。しかもそれでいて不思議なことには、僕等の知っているたいていのむずかしい理窟や思想を、本能的な直観で知ってしまう。彼と会って話をし、少し議論めいたことになると、彼は頭から手を振って反対し、例の腕白小僧のがむしゃらで、理窟もくそもなく相手を押しつけて黙らせてしまう。それでいて不思議なことには、翌日はもうちゃんと此方の理窟を知り、議論以上の真理をすっかり合得しているのである。この点だけでも、どうも室生という男は不思議でならない。僕等が真理の室内へ這入る

ために は、推理によって正面の扉から這入るのであり、外に入口はないのである。然るに室生は、僕等がいくらその入口を教えてやっても、決して強情張って這入って来ない。しかも実に奇妙なことには、僕等がその室内へ這入ってみると、いつのまにかその強情男が、ちゃんと部屋の中にいてすましている。入口もないのに、どこからどうして這入って来るのか。実に室生という人物は、ウォーソン夫人の黒猫みたいに、気味の悪い人間であり、理性以上の理性を持っている、本能的直観の哲学者である。その智慧深い彼の瞳から、自然や人生に対するところの、あの小説家の鋭どい観察が放たれる。

室生はかつて、僕を批評して「砂丘を登る人」だと言った。その意味は、僕がだれより早く、一足先に登って行っては、また砂の山をすべり落ち、いつも最初の同じ地位から進むことのできない人間だというのである。そしてこの批評は、僕と室生とのコントラストでは、最も面白い観察である。だがもっと適切には、仏蘭西人と独逸人との比較に於て、例を求める方が好いであろう。仏蘭西人という人間は、いつでも最初に、いちばん進んだ新しいものを発明する。だが彼等は、それが発明された後になっては、物臭さそうに退屈して居り、次のまた別の発明にかかるまで、仕事を抛擲《ほうてき》しているのである。一方で独逸人は、その間に勉強して居り、仏蘭西人が投げ出してしまったものを、根気よく研究して、一歩一歩組織しつつ、遂に完全な者に仕上げてしまう。

室生がこの点では独逸人で、常に不断に勉強し、勤勉力行しつつ芸術の坂を登って行く。それ故に室生の道は、常に漸進的に登って居り、一歩一歩と老年に達するほど、芸術の完成に近づいて行く。反対に僕の方は、間歇《かんけつ》火山的の爆発で、長い間死滅して居りながら、不意に熔岩の火花を噴出さしたりする。それ故にまた室生のような坂道がなく、いつでも同じような地点に止まり、仕事を投げ出しては退屈に寝ころんでいる。僕にとっては、生涯に一の「進歩」もない代り、また「退歩」ということもなく、常に同じ所に止まっている。

その純情の点に於て、また理智のない点に於て、室生はヴェルレーヌに譬《たと》えられる。(顔までがどこか似てさえいる。)彼がもし当時の仏蘭西に生れたら、十九世紀の純情詩人ヴェルレーヌになったか知れない。しかし他の二つの点で、全くヴェルレーヌと異って居り、別種の人物に属している。その一つの相違は、室生に於て芸術道の精進意識や、俳人の風流を学んだりする特殊趣味があることである。これがヴェルレーヌの方ではでたらめであり、芸術道の意識など夢にもなく、生涯を通じて酒びたりで、珈琲店の音楽など聴いて悦んでいたところの、徹底的小学一年生の子供であった。

だがもう一つの相違はもっと大きい。即ちヴェルレーヌは意志薄弱の典型者で自分の生活を自分ですることさえ出来ないほどのデカダンだった。然るに室生犀星はこの点は独逸人で、日々に勤勉力行しつつ、克己《こっき》して生活を完成させる男である。この点からして、室生はヴェルレーヌの正反対で、それとは類例できないところの、全く別種属の詩人に属する。室生はヴェルレーヌの兄弟でない。むしろその比較ならば、却って千家元麿などの方が適切だろう。

室生の人物印象では、尚もっと書きたいことが沢山あるが、他日の機会に残してここに止める。

（『オルフェオン』一九二九年一二月号）

室生犀星の小曲詩

詩には、「敬服される詩」と「魅惑される詩」の二種がある。敬服される詩と言うのは、着想が鮮新で珍しかったり、言葉の使用が巧みであったり、思想が深遠だったり、感覚が鋭尖であったりするのだ。所が或る別種の詩には、そうした批判的の鑑賞が先に来ないで、直ちに感情によって心を捕え、詩の抑揚する音楽や情緒によって、理由なき陶酔の中に人の心をつかんでしまう。おそらく此の後の者が、詩としての本格的の行き方であり、且つ表現としても秀《すぐ》れた芸術なのであろう。

僕は詩を作り始めて長い間、可成他人の詩をたくさん読んでいる。そして中には敬服させられた詩がすくなくない。だが真に理由なき陶酔を感じ、作者の情緒の中に溺れて一所に感傷したくなるほど、真の意味での魅力を感じた抒情詩には殆んど逢わない。ただ一つ、過去に室生犀星君の作った小曲風の抒情詩だけが、不思議に僕の心を強く惹き付け、真の詩的陶酔の中に自分の心を溺れさせた。それ故に僕の定義で断定を下すならば、大正以来の最近に至る迄の日本詩壇に於て、真の意味の抒情詩と言うべきは、実に室生君の旧作たる小曲抒情詩があるのみである。そして恐らく、今後に於ても当分これほどの魅力ある抒情詩は出ないであろう。

こうした室生君の小曲詩は、過去にかつて「抒情小曲集」「青き魚を釣る人」等の標題で単行出版され、且つまた最近には僕の選した「室生犀星詩集」（第一書房出版）の中に大部分集編されてる。僕はそれで全部だと思って居た。所が最近室生君を訪ねた時、尚刊行しなかった昔の小曲がこれだけあったと、一摑みほどの詩稿を見せてくれた。それを読むと昔の室生君の姿が眼に浮んでくる。そして尚不思議なことに、今日読んでも尚新鮮な感激があり、素朴な力強い魅力が迫って来る。僕も長くくだらない詩を書いていたが、今となって願うのは、ただこうした純情素朴な一篇の詩を書きたいことだ。今となって僕は思う。僕の一切の昔の詩は衒気《げんき》であり、感覚の新奇をねらったりする山師者にすぎなかったと。本当の詩はそうでなく、一切衒気を捨てた純情の感傷からのみ生れるものだ。そうでなければ真に人を魅惑することは出来はしない。室生君の小曲詩は、いつも僕にこの真理を教えてくれる。この意味で室生犀星と言う男は、昔ながらに僕の「善き良心」である。

（『伴侶』一九三〇年八月号）

詩壇に出た頃　処女詩集を出すまで

僕が本気で詩を書き出したのは、高等学校を中途で止め、田舎でごろごろ暮して居た時からである。その前にも歌や新体詩のようなものを少しは書いたが、少年時代の僕は、むしろ文学よりも思想的なものに興味をもって居たので、解りもしない哲学書の類を乱読し、少年の空虚な頭脳で、生意気にも宇宙論や宗教論を書いて得意で居た。高等学校に居た時には、今の「水甕」の歌人石井直三郎氏などと同級で室を一緒にしたので、盛んに道徳論や法律論を闘わせ、毎日友人と議論ばかりして居た。そんなことで文学にはあまり熱心でなく、僕自身も小哲学者をもって任じて居た。友人たちは僕のことを詭弁学者と渾名し、煩《うる》さく議論をしかけるのを嫌がって敬遠して居た。

学校を止してからは、音楽に熱中してギタアなどばかり弾いて居たが、側ら小説や詩集などを読み始めた。当時詩壇には、北原白秋、三木露風の両巨頭を始めとし、川路柳虹、高村光太郎、佐藤春夫、西條八十、富田砕花《さいか》等の諸氏が既に名を成して威張って居り、福士幸次郎、山村暮鳥、加藤介春、生田春月等の諸氏も新進の元気で活躍して居た。しかし当時の僕には、白秋氏以外の人は全く興味がなく、殆んどだれの詩も読んで居なかった。ただ白秋氏一人だけを愛読して居た。そこで僕の稀れに作る詩は、たいてい「思い出」の模倣みたいになってしまった。詩には自信をもつことができなかった。

それでも後には、やっと白秋氏の影響から脱し、多少自信のある詩が書けて来たので、当時白秋氏の出して居た雑誌「ザムボア」に投書した。この雑誌には、前から室生犀星が詩を書いて居り、殆んど毎号掲載されて居た。白秋氏は室生君を非常に愛して居て、その詩を常に激賞し「現今詩壇の新しき俊才」と言って推薦されて居た。僕もまた室生君の詩が好きで、むしろ白秋氏の詩以上に愛読して居た。尚この「ザムボア」には、室生君の外に最近死んだ大手拓次君が吉川惣一郎のペンネームで詩を書いて居た。それから尚同じ雑誌に、最近若い人々の間に伍して活躍している竹内勝太郎氏も詩を書いて居た。

当時の詩壇では、この白秋氏の「ザムボア」と三木露風氏の「未来」とが並行する権威であって、一度この両雑誌に作を載せれば、直ちに詩人として認められるほどの権威を持って居た。それほどの雑誌であるから、いくら投書したって容易に載せられるものではなく、たいてい没書にきまって居る。僕も没書を覚悟で出したが、幸いにして採用され、その上白秋氏から賞讃の御言葉まで頂戴した。詩の投書ということは、僕としてはこれが始めての経験だったが、うまくパスしたので嬉しかった。その最初の投書の詩は、新潮社から出した僕の詩集「純情小曲集」の中にある「夜汽車」という詩であった。（この「夜汽車」は後に改題したので、初めの題は「みちゆき」と言うのであった。）

しかしこの「ザムボア」は、僕の詩の載った号を最後として廃刊してしまったので、折角詩壇に出かかった僕も、その後に発表の機関を無くしてしまった。だが幸いに白秋氏の心付で、後には若山牧水氏の雑誌「創作」に発表する便宜を得た。この「創作」には、僕と室生君との外、白鳥省吾、山村暮鳥、吉川惣一郎等の諸君が書いて居た。この吉川惣一郎君（大手拓次）と室生犀星君と、僕とを並べて、当時の詩壇人は白秋旗下の三羽鴉と称した。最近その三羽鴉の一羽が死んでしまったので、僕としては甚だ寂しい思いがする。

こうした雑誌の関係から、当時若山牧水氏とよく逢って話をした。牧水氏に連れられて始めて吉原の遊廓へ案内され、朝帰りの酒の味を教ったりした。牧水氏の印象は今考えてもなつかしい思い出であり、忘られない人であった。しかし室生君とは交際がなく、遠地に居て手紙の往復をするばかりだった。当時僕は全く室生君の詩に惑溺して、その小曲の如き一つ残らず暗誦したほどであった。町を歩く時も、散歩する時にも、いつも小声で室生君の詩を朗吟して居た。それほどのファンであるから、自然に僕の詩の中に室生君の言葉が現われ、つまり模倣になってしまったのである。その頃「アララギ」を編輯して居た斎藤茂吉氏にもよく逢って話をしたが、茂吉氏は始め僕の「ザムボア」に出した詩を激賞してくれたにかかわらず、その後に書くものを一向に讃《ほ》めてくれない。のみならず「詰らない詩だ」といって一蹴された。僕が癪に障ってその理由を聞いたら、室生犀星の模倣だからと答えられた。たしかに模倣と言われても仕方が無いほど、室生君の詩のスタイルが僕の中に浸入して来たのであった。前にはやっと白秋氏の影響から脱した僕が、今度はまた室生君の捕虜になったわけで、その後の僕の苦悩はひとえにその影響を脱することにのみかかって居た。そして割合に早く、その方の切り捨ては成功したが、その短かい間が苦しかった。

かれこれして居る中に、金沢に居る室生君から手紙が来て、近く前橋へ行くからよろしくたのむという通知であった。僕も室生君には是非逢いたかったので、すぐに承知の返事を出した。そして早速室生君がやって来た。この「あこがれの詩人」に対する、僕の第一印象は甚だ悪かった。「青き魚を釣る人」などで想像した僕のイメージの室生君は、非常に繊細な神経をもった青白い魚のような美少年の姿であった。然るに現実の室生君は、ガッチリした肩を四角に怒らし、太い桜のステッキを振り廻した頑強な小男で、非常に粗野で荒々しい感じがした。その上言葉や行為の上にも、何か垢ぬけのしない田舎の典型的な文学青年という感じがあった。それは都会人的な気質をもってる僕の神経には、少し荒々しく粗野にすぎる印象だった。しかしそれよりも驚いたのは、まるで無一文でやって来たことだった。それで前橋に当分滞在するからよろしく頼むという御宣託である。

当時全く親がかりで暮して居た僕。金五十銭也の小遣銭をもらうためにも、一々使用上の理由書を提出しなければならなかった僕として、この図々しいお客様の待遇には全く困った。その上尚困ったことには、父が文学者をひどく毛嫌いすることである。父は世の中に嫌いな者が三つあると言った。文学者と新聞記者と、それから無職人だそうである。僕の文学趣味なんかも、父には内証で隠れてやって居たほどなので、あまり風体の好くない室生君、おまけに無職人と文学者と、父の嫌いな二つの資格を具《そな》えた風来人が飛び込んでは、此処でどんな騒ぎが起ることかわからない。そこで僕の第一に苦心したことは、どこか父の目に付かない所へ室生君を隠しておいて、内証に滞在費を工夫することであった。

そこでとにかく、利根川の岸辺にある一明館という下宿屋へ案内して、毎日僕の方から訪ねて行って話をした。そこの下宿屋の南の座敷で、室生君は銀紙のコップを作って可愛い女中にやったりして居た。それから下駄を履いて河原に降り、土筆《つくし》や嫁菜の生えてる早春の河辺を逍遥しながら、彼の詩集にある「前橋公園」や「利根の砂山」などの詩を作って佗しい旅愁を慰めて居た。第一印象は悪かったが、交際するにしたがって、僕はだんだん室生君の人物が好きになって来た。彼は決して粗野の荒々しい人物ではなく、非常にデリケートな神経と感受性とを持った人間、即ち天質的の詩人であることが解って来た。それが粗野に見かけられたのは、彼の性情の中に自然人としてのナィーヴな本質がある為と、一つには過去に殆んど教養が無いためであった。（室生君の学歴は小学校二年だけであった。）

こうして一ヶ月近くも滞在して居る間、毎日二人で逢って話をして居た。町の煙草屋に一寸綺麗な娘が居て、いつも店に坐って居た。室生君はそれを嫁にもらいたいから、僕に交渉してくれと言うのである。乞食同様な無名詩人のところへ、普通の娘が嫁に来る筈が無いと思ったが、それでも念のために先方へ話してみたら、果して頭から突慳《つっけん》どんに断られた。しかし室生君は、別に失望もしないで平気で居た。つまり彼は、金の無い寂しさと一緒に、性の悩ましい寂しさを持てあまして居たのであった。だが僕の方では、彼の長滞留を持てあまして、そろそろ引きあげてくれるように話を進めた。すると室生君は、金沢へ帰れば父の遺産が三千円だかもらえると言った。（それがデタラメであることは後で解った。）それでとにかく、郷里へ帰るということになり、停車場へ送って行った。彼はその頃、一種の妙な長髪にして、女の断髪みたいに顎で一直線に毛を切って居た。それが四角の水平の肩と対照して、丁度古代エジプト人のような姿に見えた。その室生君が、桜の太いステッキをついて歩いて行く背後姿を、僕は後から見送りながら、言い方もなく寂しく悲しい思いに耽《ふけ》った。一体この男は、僕の所を立って何処へ行こうとするのだろう？　何処まであの桜のステッキをついて行くのだろう？　その前途の道を考えて暗然とし、友情の義理を果し得ない僕の境遇を悲しく思った。

東京へ出るようになってから、すぐに北原白秋氏を訪ねた。その頃白秋氏は、まだ両親と同居して居られ、若く美しい夫人が居られた。この夫人こそ、例の名歌集「桐の花」に歌われて居る白秋氏の恋人であった。白秋氏のような稀有の天才詩人と、すぐまのあたりで逢って話をすることは、僕にとって夢のような幸運の悦びであった。白秋氏は家中をあげて僕を歓待され、是非滞留するようにすすめられたので、そのまま三日も泊ってしまった。まだ若い紅顔の白秋氏は、いつも赤いネクタイをかけて居られた。帰途の俥の中でも、僕は白秋氏のことばかり考えて居た。

当時白秋氏は、新しく雑誌「アルス」を発行して居られたので、僕もまた室生君や大手君等と一緒に、毎号殆んど欠かさず詩を書いて居た。この頃僕は、既に白秋氏や室生君の影響を完全に脱却して、一家の風格を有するユニイクな詩を書いて居た。その僕の変った詩は、当時の詩壇から邪道視せられ、奇警で乱暴な破壊的の詩として攻撃された。特に三木露風氏を中心とする象徴詩派の詩人たちから非難された。そこで僕の立場としては、勢い福士幸次郎君等と聯合して「反象徴詩派の主張」を掲げねばならなくなった。これが後に「文章世界」に書いた僕の有名な論文「三木露風一派の詩を放追せよ」となって現れたのである。当時白秋氏と露風氏とは、詩壇の二大王国を為して対立して居たので、露風氏を中心とする象徴詩派の詩人たちは、単に僕ばかりではなく、白秋氏を正面の敵として盛んに攻撃した。然るに白秋氏の陣営には一人の論客もなく、皆黙って詩を書くばかりの人たちなので、僕が一人で跳び出して戦線に立ち、柳澤健氏や富田砕花氏を対手《あいて》に廻して大に勇ましく奮闘した。白秋氏のことを悪口する人々に対しては、自分のことを言われるよりも腹が立つので、いつもムキになって食ってかかった。（そのため僕は、敵のものから白秋の飼犬と毒舌された。）

やがて僕は、室生犀星君と計って雑誌「感情」を発行した。当時は詩の雑誌が極めてすくなく、詩壇全部でやっと十種位にすぎなかったので、反響も大きく、諸方で読まれて批評された。この雑誌の装幀は、表紙の意匠から釘装まで、僕がすっかり自分で考え、ただ表紙に入れる絵だけを恩地孝四郎君に描いてもらった。その恩地君の絵は非常に新鮮で面白く、毎号変えて新しいものを用いたので、一般に極めて好評であり、たちまちにして模倣の雑誌が続出して来た。今その古い「感情」を出して見ても、装幀の趣味が好いことで自分ながら感心する。ちょっと葉巻煙草の箱のような渋い古雅な意匠で、これだけ好い趣味の雑誌は、今日の詩壇にも見当らないほどである。因に恩地君は、この「感情」の表紙を描いてから一躍新しい画家として進出された。

この雑誌の同人としては僕と室生君との外に、初期は恩地孝四郎君一人だけであったが、後には竹村俊郎君と多田不二《ただふじ》君とが加わって五人になった。死んだ山村暮鳥君も後に準同人として加わり、末期に至っては色々な若い人が書き出したので、雑誌の特色が無くなって解散してしまった。やたらに若い人たちを入れたのは社費の経済上の都合であって、人選はすべて室生君がした。

その頃僕はドストイェフスキイの小説を始めて読み、すっかり感嘆してしまったので室生君や山村暮鳥君にも推薦して読むようにすすめた。やがて二人ともドストイェフスキイに魅力されて、僕と同じく熱心なファンになってしまった。室生君の如きは、その第一詩集（愛の詩集）の表紙に、ド氏小説中の一少女ネルリの顔を描いたほどであったし、山村君もまたその詩の中にドストイェフスキイのことを盛んに書いた。しかし室生君も山村君も、ド氏の文学情操の一部にある感傷的な道徳性、即ち人道主義の方面ばかりを主として見、当時の「白樺派」の人々と同じく、ドストイェフスキイを人道主義者として畏敬して居た。然るに僕の方では、主としてド氏の文学から、その深刻な心理学や、犯罪学や、ポオなどに共通する病的変態精神の方面ばかりを見て居たので、同じド氏に対する崇敬でも、僕と二人の友人とは、全然見解の点を異にして居た。そこで室生君や山村君と、ドストイェフスキイ論でいつもよく議論をし、互に意志の疎通しない寂しさを感じ合ったが、今にして考えてみれば、此処に僕等の性格の別れる個性の分岐点があったので、一方で僕が「月に吠える」の詩人となり、室生君等が「愛の詩集」の詩人として、反対の道に発展した素質の因縁であったのである。

処女詩集「月に吠える」を出したのは、たしか僕が三十四歳の時であった。それが偶然にも、ボードレエルの「悪の華」と同年であると言って祝福してくれた人があったが、僕としては少し寂しい思いもした。と言うのは北原白秋氏や三木露風氏等が、早く既に十七歳位で詩壇に出、二十歳を越えた時に既に堂々たる大家になって居たことを考え、自分の過去の無為と非才とを悲しく反省したからだった。（もっとも少年時代の僕は、文壇に名を為そうなどという野心を少しも持って居なかった。　僕の理想の英雄は、大音楽家と大哲学者であった。）

詩集の出版で困ったのは、やはりまた金の問題だった。こうした出版の事情に通じない僕は、当時大久保に住んでいた歌人前田夕暮氏を訪ねて相談した。前田氏を訪ねたのは、その雑誌「詩歌」に僕が詩を書いてる関係からであった。余談に亘《わた》るけれども、当時は歌壇と詩壇が密接に接近して居て、若山牧水、前田夕暮、斎藤茂吉等の歌人諸氏が、一方で大に詩壇の評論をして僕等を導き、且つその雑誌を開放して半ば詩のためにさいてくれた。したがって当時の歌人は、綜括的に日本の詩歌界をジャーナルする概があり、却って僕等の詩人よりも世界が広く、堂々として威厳を持って居た。（そのもっと昔は、與謝野鉄幹や晶子氏やの歌人が、実に日本の全文壇をジャーナルし、且つ自ら王位の地位に居て指導した。今の歌人の地位は、実に小さな穴の中に低落したものである。）

夕暮氏の計算では、最低に見て三百円は入用だと言うことだった。当時の僕としては、出費を父にせびるより外に道がなく、しかもそれは容易ならぬ困難だった。前にも書いた通り、父は文学と文学者とを毛嫌いにして居た。父は文学者のことを「羽織ゴロ」と称して居た。そして僕にしばしば意見して言った。「お前は何に成ってもかまわん。しかし決して羽織ゴロにだけはなってくれるな。」然るに父の意志に反して、遂にその羽織ゴロになってしまった僕は、全く親不孝の不肖の子で、今更父の墓の前に、慚愧に耐えない思いをするばかりである。が、当時としては詩集を出すことに熱中して居たので、何とかしてうまく父をゴマカシたいと悪計した。そこで母に事情を打ち明け、他のことの用途にしてせびってもらい、到頭三百円を握ってしまった。それで漸く詩集が出たわけだが、当時としてもあれだけの挿画を入れ、あれだけの装幀をした本が、三百円位でよく出来たものだと思う。この点で今でも出版者の前田夕暮氏に感謝して居る。

「月に吠える」は、しかし出ると同時に発売禁止を食ってしまった。当時僕は田舎に居たので、代りに名義人の室生君が警察に呼ばれた。係りの役人の説明によると、中の二篇ほどの詩が悪く、風俗壊乱になるのだそうである。その悪い詩というのは、今から見て何でもない普通の詩で、全く馬鹿馬鹿しいようなものであるが、警察ではそれを丁寧に朗読して聞かせてくれたそうである。後で室生君の話をきくと、巡査がそれを朗読するのを聴いていると、如何にも猥褻の感じがしたと言った。しかし室生君の弁明がよかった為か、幸いにもその二篇の詩を削除することによって解禁された。ところが既に本は街の店頭に出て居るので、巡査が一々本屋を廻って、その部分の詩四頁ばかりを引き裂いて行った。そのため初版本は、その分だけ破いて落丁になって居るのである。

この発売禁止事件は、思うにあの詩集の標題や装幀やが、当時としては甚だ奇警で珍しく、何か妙な異様のショックを役人に与えた為だと思われる。特にあの田中君や恩地君の挿画は、何か解らぬながらも直覚的に「怪しい」という予感を警官にあたえたにちがいない。そこであの詩集が挙動不審のカドで引っ張られたわけなのだが、調べて見れば別に犯罪の形跡もなく、どこと言って別に怪しい節もないので、無事に放免してしまっても好いのであるが、やはり何かそのままではすまない気がするので、無理に二篇の詩を探して叱った上、説諭放免ということになったのであろう。僕はその件を聞いた時に、てっきりこれは挿絵でやられたと直覚した。実際あの中には可成キワどいエロチックの絵が入って居た。特に田中君の描いた赤紙（それは劇薬の包紙である）の絵の中には女の××を手で××している物凄い奴があるので、これが禁止にならなかったことは、今日の常識で考えても、むしろ不思議に思われる位である。むろん係りの役人に解らなかった為であるが、何かよく解らないながらも、直覚的に「怪しい」という感じをあたえたので、その嫌疑が詩の方へ廻ってきたにちがいないのだ。とにかく危ないところで禁止が助ったのはありがたかった。（この禁止事件もまた、偶然にボードレエルの「悪の華」初版と符合するといって、前と同じ人が祝福してくれた。）

詩集の批評は予想以上に好評で、至るところに大喝采を博した。河井酔茗、野口米次郎、川路柳虹、高村光太郎、山村暮鳥、加藤介春、日夏耿之介等、当時の詩壇を代表している詩人が、一斉に皆諸方で激賞してくれた。特に詩人兼小説家の岩野泡鳴氏の如きは、雑誌

「文章世界」に批評を書き、同氏としてはかつて無い最大の讃辞を述べてくれた。山村暮鳥と加藤介春の二氏は、これを日本最高の芸術とまで、最高級に讃《ほ》めてくれた。

当時尚健在で居た森鷗外先生にも一本を献じたところ、丁寧な手紙で礼状が来、近頃最も面白く読んだ好詩集だと言って讃めてくれた。それに東京朝日や時事を始め、各新聞がその新刊紹介欄で十行もの長い評を書いて賞頌してくれた。無名の詩人の処女詩集に対して、新聞が十行もの新刊紹介を書くということは、当時に於ては他に例のないことだった。僕は一躍して詩壇の花形役者になってしまった。ただ内心少し寂しかったのは、当時僕が最も畏敬して居た先輩蒲原有明氏から一言の批評も聞くことができず、詩集の受取り端書さえもらえないことであった。しかし北原白秋氏は、僕の成功を祝して祝宴を開いてくれた。室生犀星君は、自分より後から出て先に馳《か》けぬけた僕の姿を見て、さすがに少し寂しそうな様子であったが、それでも僕のために心から悦んで握手してくれた。

「月に吠える」の原稿を整理する時、僕は鎌倉の旅館海月楼に止宿して居たが、日夏耿之介が近所に居たので親しく交際した。その原稿が書き上った時、印刷のために東京へ出て来たが、出版の嬉しさと安心とで、すっかりビアホールで酔っぱらってしまい、そのまま大事の原稿をなくしてしまった。幸い備忘のノートがあったので、改めてまた書き直して出版したが、その為室生君の序文も一緒に紛失して、二度も同君に執筆をたのむような失態を演じた。このことは「失われた原稿」という見出しで、当時方々の新聞や雑誌にゴシップされたが、今となればなつかしい思い出の一つである。

「感情」という雑誌の名は、当時自然主義の文壇が、理智を偏重して詩的精神を虐圧し、すべてのセンチメントや情熱を排斥したに対し、故意に反旗を掲げて標榜したのである。

当時、柳澤健氏の書いた或る論文中に、仏蘭西語で「猫が気管支加答児《カタル》を病んでる」と書いても詩になるが、日本語でその同じことを聞いては、全然プロゼックで詩にならないと言った。僕の「月に吠える」等で試みた詩が、当時の詩壇から異端扱いにされ、俗悪粗雑なプロゼックの詩として、非文学呼ばれされたことも当然である。

（『日本詩』一九三四年一〇月号）

所得人　室生犀星

世には二種属の人間がある。一方の種属の者は、いつもムダな死金を使い、時間を空費し、無益に精力を消耗して、人生を虚妄の悔恨に終ってしまう。彼等は「人生の浪費者」である。反対に他の者は、物質上にも精神上にも、巧みにそれの最高能率を利用して、人生を最も有意義に処世する。彼等は「人生の所得者」である。

ところでこの前者の範疇は僕であり、後者の典型は室生犀星である。室生犀星は、自ら風流人を以て任じ、且つ風流の幽玄な哲理をよく説いてる。僕は風流について深く知らない。だがもし――或る人が利休に関して述べたように――風流ということの生活的レアリチイが、経済学的利用価値に於ける美の創造（廃物利用としての簡易美的生活）と言うことになるとしたら、わが室生犀星の生活様式などは、全く風流の極意を捉えたものである。物質上でも、時間上でも、室生ほど人生をよく利用し、一分のムダもなく生活している人間はない。この意味で、彼の人生は全くエコノミカルである。しかしこの場合でのエコノミストは、世俗のいわゆる「しまり家」とは意味がちがう。反対に彼は享楽家であり、人生の快楽すべきこと、遊戯すべきこと、美を楽しむべきことをよく知ってる。その上金づかいも鷹揚であり、友人への義理も厚く、ケチなところは少しもない。それで居て、彼の使うすべての金が、一銭のムダもなく利用されてる。つまり彼は、決して「死金」を使わないのである。しかもそれは意識的に、彼の経済学的観念――彼にはそんな観念が少しもない――でするのでなく、天性の生れついた本能から、無意識の動物叡智でやってるのである。

昔、ひどく窮乏していた書生時代から、彼はそういうやり方で生活して居た。その頃本郷の或る家に間借りして居た彼は、三度の食事にも欠乏するほどの貧しい身分で、金一銭の余裕を見つけ、どこかで一本の西洋蠟燭を買って来る。そして清潔によく掃除をした、何一物もない部屋の中で、それを机の上に立てて置くのである。するとその白い蠟燭が、簡素で明浄な部屋と調和し、いかにも貴重で芸術的なものに見えるのである。

「どうだ。おれは金一銭で人生を楽しむ術を知ってる。」

と、その頃よく彼は自慢をしたが、つまり彼は天性的に、風流ということの極意（エコノミカル・ヒロソヒイ）を知っているのだ。

その頃彼の机の上には、時々また色々な変ったものが置いてあった。或る時は玩具の鳩笛が置いてあった。子供の吹く素焼の笛で、駄菓子屋で三銭ぐらいで売ってる品だが、室生はそれをれいれいしく、宝物のようにして机の上に飾って置くのだ。そして人が訪ねて

来ると、時々その笛をポーポーと鳴らしながら、

「こいつを吹いとると、人生の寂しさを忘れるわえ。」

というようなことを言いながら、勿体らしくまた机の上に飾っておくのだ。飢餓と窮乏に悩まされてた当時の詩人犀星が、その鳩笛を鳴らしてる様子は、実際また寂しく悲しそうであった。そのため笛の音が、妙にリリカルの調子を帯びて、特殊な芸術的なものに聴えるのである。

「あの笛が欲しいなあ！」

と、当時の友人や訪問者が、だれも皆心の中で考えたほど、室生の机の上にある時、それは魅力ある高価な芸術品のように見えた。当時白秋氏の高弟であった歌人、河野慎吾君の如きは、到頭それを原価の何倍かで譲ってくれと室生にせがんだ。そういう時また室生は、手製の紙箱などを造って、金三銭也の玩具の笛を、さも貴重品か何かのようにし、恭々しく包装して譲り渡すのである。ところがそれをもらった人が、後で自分の机に置くと、普通の平凡なガラクタ道具に変ってしまう。

「あんな物を高く買って、馬鹿を見たよ。」

と後で河野君が僕に口説いた。メーテルリンクの青い鳥は、月光の下で見ると青い鳥だが、それを捉えて昼間見ると、普通の平凡の鳥になってる。室生の場合の所持品が、すべて皆その通りである。今でも彼は、どこかの農家で古い寺子机のような物を求めて来て、

僕等の来客がある毎に、それを食卓代りにする。古雅で仲々風流の味があるので、ちょっと欲しそうな顔をすると、どうだ、君に一脚譲ろう！　と気前の好い所を見せてくれる。しかし僕は、いつでも「まあ好いよ。」と言って断ってる。なぜならその古机でさえが、やはり彼の居間の中で、彼の家族たちと一緒に、彼の構成している家のアトモスフィアの中でのみ、始めて芸術的に美しく調和するので、単独に引き離してしまっては、普通の平凡なガラクタ道具に変ってしまうからである。

田端に住むようになってからも、彼はやはり窮乏して居た。その頃ミカン箱の空箱を集めて、手製の本棚を造って居たが、どこかで赤い露西亜更紗《さらさ》の古布を買って、その本棚のカーテンにした。これが彼にはひどく自慢であったが、或る日毒舌家の尾山篤二郎君が訪ねて来て、

「何だそりやあ。カチューシャのふんどしか。」

と一笑したので、室生が怒って即座に絶交を宣言したという話がある。谷崎潤一郎君が訪ねて来て、ミカン箱の本箱を見て吃驚《びっくり》し、「詩人という奴は、妙なことをするものだなあ！」と、逢う人毎に語ったというのも、やはりその頃の話である。

「風流とは君。廃物利用のことか？」

と僕が改めて質問したのは、彼が金沢の旧家である古寺から、煤《すす》で黒くなったまいら戸を引きずり出し、玄関や茶座敷の戸にしたのを見た時であった。今でも彼は、近所の寺か

ら倒れた地蔵尊などを買って来て、手際よく庭の装飾に利用する。古寺の隅に転がってるような地蔵様が、奇態に彼の庭では美しく芸術的なものに見えるのである。人事万端、彼の如く物の利用価値を知ってる男はない。昔の窮乏時代には、一銭の蠟燭を一円の価値に使った。そして今の生活では、十円の庭石を百円の価値に利用して居る。彼は月々いくらで生活して居るか知らないが、おそらく同じ生活費で、普通の人の十倍も豊かな生活をして居るにちがいない。買物をしても、珈琲店に行っても、彼は決して死金というものを使わない。彼が使った金は、いつもその十倍になって戻って来るのだ。

物質上のことばかりでなく、精神上のことに於ても、彼は決して人生を無益に浪費しない。彼の日課は、極めてタイムテーブルがはっきりして居る。即ち早朝に起きて一運動し、午食までの間に仕事――それがまた一日何枚とほぼ極って居る――をし、午後は訪問客と話したり、庭を弄《いじ》ったりして休養する。この間に快よく腹がすくので、晩酌の一合がすっかり利くというわけである。その勢で夜の町を一歩きし、疲れてぐっすり安眠する。先日島崎藤村氏を訪問したら、大作「夜明け前」を執筆中の氏の生活法が、殆んど室生君の日課とよく似て居るらしいので、僕も成程と感ずる所があった。その一生涯に、偉大な文学的の仕事をしようとする人々は、だれも皆こうした生活をするのだろう。でなければ到底連続的な長い仕事に耐えられない。僕の如く間歇《かんけつ》的な情熱に興奮して、三日も四日も不眠不休で書き続けたり、そうかと思うと一月も二月も遊んでしまい、何もしないでゴロゴロして居たりする人間には、到底大きな仕事のできる筈がない。だから僕のような人間には、短かいアフォリズムや抒情詩しか書けないのである。

室生の生活の羨ましさは、時間上にムダがないということ、一日の四六時間が、隅から隅まで有用に利用されてると言うことである。物質上に於けると同じく、この点の生活法でも、彼は極めてエコノミカルである。しかもそのエコノミカルは、四六時中忙がしげに、コセコセ働らくという意味のエコノミイではない。物質上に於て、彼は極めて鷹揚であると同じく、時間上に於ても、彼は極めて余裕綽々《しゃくしゃく》として呑気である。つまり彼は、働らく時間と休む時間とを、タイムテーブルによってはっきり区別し、頭脳の能率を最も経済的によく利用するのである。庭をいじる時間も、子供と遊ぶ時間も、珈琲店を夜歩きする時間も、彼にとっては皆「頭脳の営養」のためであり、仕事への心がけた準備なのである。だから彼の生活では、時間の隅々までが利用され、少しの浪費もないということになる。しかも彼の場合は、それを意識的に計画してやるのでなく、先天的の体質や趣味性から、本能的行為でやってるのであるから、世にこれほど幸福な人間はないということになる。故芥川龍之介が、室生を羨んで文壇第一の「幸福人」と言ったのはこの故である。

幸福人ということは、室生の場合に於てはそれだけでなく、その性格と生活環境との、矛盾のない調和状態を指してるのである。一度室生犀星を訪ねた人は、彼の家庭が如何に和気藹々《あいあい》たる春風にみち、理想の桃源境であるかをよく知っている。そこの家では、妻と子供と主人とが、一家協力して或る特殊な楽しいアトモスフィアを、具体的に構成しているように思われる。その渾然たる家庭的空気の中で、室生は机を清め、硯を洗い、端然として静かに物を書いてるのである。世の多くの文士たちは、概して宿命的に不幸な家庭人で、わざわざ家を離れてさえ仕事をするのに、反対にその家庭的空気の中でなければ、落着いて仕事が出来ないという犀星こそ、まことに幸福人と言わねばならない。

　しかし室生自身に言わせれば、こうした幸福や家庭生活やは、決して偶然の所産でなく、彼自身の努力によって、意志的に構成したものなのである。肉親の愛さえも知らないほど、不遇な逆境に育った彼が、少年の時から夢に描いてこがれたものは、和気藹々たる家庭生活の実現だった。そうした彼の意志と熱情とが、不断の努力によって昔の夢を実現したのだ。それは決して偶然ではない。しかし世の多くの人々は、小さな夢の破片でさえも、果敢《はか》なく実現しないで死んで居るのだ。自分の理念する生活を、自分の意志で実現し得るところの人々は、それ自身で既に「英雄」であり、「成功者」たる素質を持ってる。そしてその素質を持って生れたということが、何よりも天与の恵まれた幸運なのだ。

　室生の幸福は、単にまたそればかりではない。彼は自分の所有する才能を芸術上で百パーセントに残りなく使用して居る。人生の運不運は、現在に於ける境遇の幸不幸でなく、その人の天賦された所有物（才能、財産、人徳など）を、どれだけ完全に利用したか、どれだけ無益に浪費したかという、最後の利合分数によって計算される。例えば天質的に愚鈍であったり、先天的に懶惰《らんだ》であったりする男が、生涯不幸の境遇に終ることは、宿命的に止むを得ない事情である。これに反して天性恵まれた才能をもち、充分の活動力をもってる人が、悪しき時代や環境に生れた為、生涯その才能を発揮し得ないで死んだとすれば、これはあきらめがたく不運である。(徳川時代には、すぐれた独創力や発明力をもった多くの人々が、幕府の圧迫に虐げられ、何も出来ないで空しく浪費的に死んで行った。)

人生の幸福人とは、自己の所有権に属する全財産を、自由に完全に利用し尽して、心残りなく死んで行く人を言うのである。ところで室生犀星は、単に経済と時間の上で、人生をエコノミカルに生活して居るばかりでなく、芸術上の仕事の上でも、自己の天与された全財産の才能を、最も能率的にあます所なく、百パーセント以上にさえも利用して居る。

人間の欲深さは、自分に無いものを他人に見て、他人の幸福ばかりを羨望する。僕が室生を幸福人と呼ぶ時、逆に室生は僕を幸福人と言い返す。これはどっちが本当であるか、おそらく神様の外には解らない。しかしながらとにかく、人生を一分一厘のムダもなく、隅々まで完全に利用し尽し、しかも完全に享楽して生きる人は、万人の批判から見て真の「幸福人」にちがいない。況んやこの世の中には僕の如く、物質上にも精神上にも、無益な浪費ばかりをして、何一つ所得するところもなく、人生を悔恨に終る人々がすくなくないのだ。芥川龍之介や生田春月の自殺でさえ、或る意味で「浪費した人生への悔恨」だった。もしその悔恨のない人生があるとしたら、それは室生君の場合の如く、浪費を知らない人の人生である。僕が彼を羨望して、人生の「所得人」と言うのはこの為である。

（『文藝』一九三六年六月号）

小説家の俳句　俳人としての芥川龍之介と室生犀星

芥川龍之介氏とは、生前よく俳句の話をし、時には意見の相違から、激論に及んだことさえもある。それに氏には「余が俳句観」と題するエッセイもある程なので、さだめし作品が多量にあることだと思い、いつかまとめて読んだ上、俳人芥川龍之介論を書こうと楽しみにしていた。然るに今度全集をよみ、意外にその寡作なのに驚いた。全集に網羅されてる俳句は、日記旅行記等に挿入されているものを合計して、僅かにやっと八十句位しかない。これではどうにも評論の仕方がない。しかしこの少数の作品を通じて、大体の趣味、傾向、句風等、及び俳句に対する氏の主観態度が、朧《おぼろ》げながらも解らないことはない。

前にも他の小説家の俳句を評する時に言った事だが、一体に小説家の詩や俳句には、アマチュアとしてのディレッタンチズムが濃厚である。彼等は皆、その中では真剣になって人生と取組み合い、全力を出しきって文学と四つ角力《ずもう》をとってるのに、詩や俳句を作る時は、乙に気取った他所行きの風流気を出し、小手先の遊び芸として、綺麗事に戯むれているという感じがする。室生犀星氏がいつか或る随筆で書いていたが、仕事の終った後で、きれいに机を片づけ、硯に墨をすりながら、静かに句想を練る気持は、何とも言えない楽しみだと。つまりこうした作家たちが、詩や俳句を作るのは、飽食の後で一杯の紅茶をのんだり、或は労作の汗を流し、一日の仕事を終った後で、浴衣がけに着換えて麻雀でもする気持なのだ。したがって彼等の俳句には、芭蕉や蕪村の専門俳人に見る如き、真の打ち込んだ文学的格闘がなく、作品の根柢《こんてい》に於けるヒューマニズムの詩精神が殆んどない。言わばこれ等の人々の俳句は、多く皆「文人の余技」と言うだけの価値に過ぎず、単に趣味性の好事としか見られないのである。

芥川龍之介は一代の才人であり、琴棋書画《きんきしよが》のあらゆる文人芸に練達した能士であったが、その俳句は、やはり多分にもれず文人芸の上乗のものにしか過ぎなかった。僕は氏の晩年の小説（歯車、西方の人、河童等）を日本文学中で第一位の高級作品と認めているが、その俳句に至っては、彼の他の文学であるアフォリズム（侏儒の言葉）と共に、友情の割引を以てしても讃辞できない。むしろこの二つの文学は、彼のあらゆる作品的欠点を無恥に曝露したものだと思う。即ち「侏儒の言葉」は、江戸ッ子的浮薄な皮肉とイロニイとで、人生を単に機智的に揶揄したもので、パスカルやニイチェのアフォリズムに見る如き、真の打ち込んだ人生熱情や生活体感が何処にもない。「侏儒の言葉」は、言わば頭脳の機智だけで――しかも機智を誇るために――書いた文学で才人としての彼の病所と欠点とを、露骨に沁出《しみだ》したような文学であったが、同じようにまた彼の俳句も、その末梢神経的の凝り性と趣味性とを、文学的ディレッタンチズムの衒気《げんき》で露出したようなものであった。その代表的な例として二三の作品をあげてみよう。

蝶の舌ゼンマイに似る暑さかな
暖かや蕊《しべ》に臘《ろう》ぬる造り花
臘梅《ろうばい》や雪うち透かす枝のたけ

「蝶の舌」の句は、ゼンマイに似ているという目付け所が山であり、比喩の奇警にして観察の細かいところに作者の味噌があるのだろうが、結果はそれだけの機智であって、本質的に何の俳味も詩情もない、単なる才気だけの作品である。次の二つの句もやはり同じように観察の細かさと技巧の凝り性を衒《てら》った句で、末梢神経的な繊鋭さはあるとしても、ポエジイとしての真実な本質性がなく、やはり頭脳と才気と工夫だけで造花的に作った句である。彼は芭蕉の俳句中で、

ひらひらと上る扇や雲の峯

を第一等の名作として推賞していたが、上例の如き自作の句を観照すると、芥川氏の芭

蕉観がどのようなものであったかが、およそ想像がつくであろう。つまり彼は、芭蕉をその末梢的技巧方面に於て、本質のポエジィ以上に買っていたのである。

いつか前に他の論文で書いたことだが、芥川龍之介の悲劇は、彼が自ら「詩人」たることをイデーしながら、結局気質的に詩人たり得なかったことの宿命にあった。彼は俳句の外に、いくつかの抒情詩と数十首の短歌をも作っているが、それらの詩文学の殆んど全部が、上例の俳句と同じく、造花的の美術品で、真の詩がエスプリすべき生活的情感の生々しい熱意を欠いてる。つまり言えば彼の詩文学は、生活がなくて趣味だけがあり、感情がなくて才気だけがあり、ポエジイがなくて知性だけがあるような文学なのだ。そしてかかる文学的性格者は、本質的に詩人たることが不可能である。詩人的性格とは、常に「燃焼する」ところのものであり、高度の文化的教養の中にあっても、本質には自然人的な野生や素朴をもつものなのに、芥川氏の性格中には、その燃焼性や素朴性が殆んど全くなかったからだ。そこで彼が自ら「詩人」と称したことは、知性人のインテリゼンスに於てのみ、詩人の高邁な幻影を見たからだった。それは必ずしも彼の錯覚ではなかった。だがそれにもかかわらず、彼の宿命的な悲劇であった。

室生犀星氏は、性格的にも、芥川氏の対照に立つ文学者である。彼は知性の人でなくして感性の人であり、江戸ッ子的神経の都会人でなくして、粗野に逞しい精神をもった自然人であり、不断に燃焼するパッションによって、主観の強い意志に生きてる行動人である。

そこで室生犀星氏は、生れながらに天稟《てんぴん》の詩人として出発した。しかし後に小説家となり、その方の創作に専念するようになってからは、彼のポエジイの主生命が、悉《ことごと》く皆散文の形式の中に盛り込まれて、次第に詩文学から遠ざかるようになってしまった。彼は今でも、時に尚思い出したように詩を書いてる。しかし彼が自ら言う通り、今の彼が詩を書く気持は、昔のように張り切ったものではなくって、飽食の後に一杯の紅茶をすすり、労作の後に机を浄《きよ》めて、心の余裕を楽しむ閑文学の風雅にすぎない。そしてこの詩作の態度は、彼の他の詩文学であるところの、俳句の場合に於ても同様である。即ち他の多くの小説家の例にひとしく、彼の俳句もまた「文人の余技」である。

しかしながら彼の場合は、芥川氏等の場合とちがって、余技が単なる余技に止まらず、余技そのものの中に往々彼の作物を躍如とさせ、生きた詩人の肉体を感じさせるものがある。すべて人はその第一義的な仕事に於て、思想と情熱の全意力を傾注し、第二義的な仕事即ち余技に於ては、単に趣味性のみを抽象的に遊離して享楽する。室生氏の場合も亦《また》これと同じく、彼の句作の態度には、趣味性の遊離した享楽（ディレッタンチズム）が多分にある。だがそれにも拘らず、彼はその趣味性の享楽を生活化し、ディレッタンチズムを肉体化することによって、不思議な個性的芸術を創造するところの、日本茶道精神の奥義を知ってる。例えば彼が陶器骨董を愛玩する時、その趣味性の道楽が直ちに彼の文学となり、陶器骨董の触覚や嗅覚が、それ自ら彼の生きた肉体感覚となるのである。そして彼が石を集め、苔を植えて庭を造り楽しむ時、しばしばその自己流の道楽芸が専門の庭園師を嘆息させるほど、真にユニイクな芸術創作となるのである。

そこで彼の俳句を見よう。

凧のかげ夕方かけて読書かな
夕立やかみなり走る隣ぐに
沓《くつ》かけや秋日にのびる馬の顔
鯛の骨たたみにひらふ夜寒かな
秋ふかき時計きざめり草の庵
石垣に冬すみれ匂ひ別れけり

彼の俳句の風貌は、彼の人物と同じく粗剛で、田舎の手織木綿のように、極めて手触りがあらくゴツゴツしている。彼の句には、芭蕉のような幽玄な哲学や寂しおりもなく、蕪村のような絵画的印象のリリシズムもなく、勿論また其角《きかく》・嵐雪《らんせつ》のような伊達や洒落ッ気もない。しかしそれでいて何か或る頑丈な逞しい姿勢の影に、微かな虫声に似た優しいセンチメントを感じさせる。そして「粗野で逞しいポーズ」と、そのポーズの背後に潜んでいる「優しくいじらしいセンチメント」とは、彼のあらゆる小説と詩文学とに本質しているものなのである。
俳人としての室生犀星は、要するに素人庭園師としての室生犀星に外ならない。そしてこのアマチュアの道楽芸が、それ自らまた彼の人物的風貌の表象であり、併せて文学的エスプリの本質なのだ。故にこれを結論すれば、彼の俳句はその造庭術や生活様式と同じく、ディレッタントの風流であって、然も「人生そのもの」の実体的表現なのだ。彼がかつて風流論を書き、風流生活、風流即芸術の茶道精神を唱道した所以も此処にあるし、句作を余技と認めながら、しかも余技に非ずと主張する二律反則の自己矛盾も、これによって疑問なしに諒解できる。

（『俳句研究』一九三八年三月号）

室生犀星の詩

詩の真の目的は、とゲーテが言ってる。真理や哲理を語るのでもなく、道徳や正義を詠ずるのでもない、人間情緒の純粋な至情を抒するにあると。西洋近代の詩人中で、ヴェルレーヌが「純粋の詩人」といわれてるのはこの為である。日本近代詩人中、この意味でヴェルレーヌに比すべきものは、実に室生犀星であろう。特に彼の初期に書いた多くの小曲中には、千古に亘《わた》って愛誦さるべき名篇がすくなくない。それらの美しい可憐な詩篇は、彼独特の全く新しい詩技と手法によって書かれたもので、藤村、泣菫、有明、白秋以来の日本の新詩を、表現の形式スタイルに於て、劃期的にエポックしたものであった。即ちそれらの詩は、第一に先ず形式に於て、新しい文語自由詩を創造した。新体詩の出発以来、日本の詩は多く七五調や五七調の韻文で書かれて居た。後、泣菫、有明等の詩人は、その単調を破る目的から、韻律に種々の変化工夫を試みたが、要するに皆一種の定形詩であった。こうした詩形の規約を無視して、心の韻律をそのまま言葉の節奏に移し、大胆奔縦の自由詩で歌ったものは、実に室生犀星であった。しかもこうした彼の詩篇（「小景異情」

など）は、過去の詩に全く類例のない、特殊な魅蠱《みこ》的な音楽節奏に富んでるので、朗々声をあげて愛吟するに足るものであった。

さらにまた犀星の新詩業は、過去の文章語で書いた新体詩から、その非時代的な古典性を一掃して、文語詩をそのまま現代語化したことである。実に日本の文語詩は、犀星によって全くスタイルを一新し、本質上に於て、現代口語詩と同じようなものになった。（その点、犀星の詩業は、短歌に於ける石川啄木と似たところがある。）

こうした犀星の新しい詩は、単にその詩語やスタイルの上ばかりでなく、内容の詩操を表現する手法に於ても、極めて大胆にオリジナルなものであった。過去に日本詩壇に於ても、島崎藤村や横瀬《よこせ》夜雨《やう》を初めとして、多くの所謂《いわゆる》「純粋の詩人」があり、純一至粋の情緒を詠嘆した人があったが、その表現の普通的な方法は、多く何事かの比喩、形容、伝説等に借り、多分に叙事的の要素を帯びてた。然るに犀星の抒情小曲詩は、詩から此等一切の美辞的及び叙事的修辞を抽出して、直接心緒の高律するモチーフだけを、最も大胆率直に摑んで歌った。故にその詩は、概ね五行十行の小曲に止まり、昔の新体詩の如く、五十行百行の長きに至らなかったのは自然である。そうした犀星の小曲詩が、素朴率直の限りであることは勿論だが、それ故にまた読者の心緒に深く触れて、情感の高い琴線を動かすのである。

故郷は遠きにありて思ふもの、
そして悲しくうたふもの。
よしや、
うらぶれて異土の乞食《かたゐ》となるとても
帰るところにあるまじや。
ひとり都のゆふぐれに
故郷おもひ涙ぐむ
そのこころもて
遠き都に帰らばや。
遠き都に帰らばや。

(「小景異情」 その二)

年少時代の作者が、都会に零落放浪して居た頃の作である。母親と争い、郷党に指弾され、単身東京に漂泊して来た若い作者は、空しく衣食の道を求めて、乞食の如く日々に街上を放浪して居た。そうした都会の空には、いつも晴れた青空があり、太陽は輝き、雀は公園の樹に囀《さえず》って居た。至る所の街々に、見知らぬ人々の群集する浪にもまれて、ひとり都の夕暮をさまよう時、天涯孤独の悲愁の思いは、遠い故郷への切ない思慕を禁じ得ないことであろう。しかもその故郷には、我をにくみ、侮り、鞭打ち、人々が嘲笑って居る。よしや零落して、乞食の如く飢死するとも、決して帰る所ではない。故郷はただ夢の中にのみ存在する。ひとり都の夕暮に、天涯孤独の身を嘆いて、悲しい故郷の空を眺めて居る。ただその心もて、遠き都に帰らばや。遠き都に帰らばや。（註。此所で故郷のことを「都」といってるのは、作者の郷里が農村でなく、金沢市であるからである。）

この詩はよく人口に膾炙《かいしゃ》し、或る意味で犀星の代表作とも見られて居る。詩の各行を通じ一語の形容もなく比喩もなく、思い迫った心の真情と高潮感が、そのまま言葉の張り切った音楽節奏となって、極めて素朴率直に歌われてる。こうした詩は、万人の胸に深く普遍的に触れる、或るペーソスの強い共鳴線を持って居るが、特に郷里の地方を出で、都会に放浪している青年の男女にとっては、哀傷魂を傷《やぶ》る思いを感ずるだろう。島崎藤村の有名な「千曲川旅情の歌」と相並んで、おそらく後世の日本語史上に特筆され、長く人々に伝誦愛吟される名詩であろう。

みやこへ

こひしや東京浅草夜のあかり、
けさから飯もたうべずに

青い顔してわがうたふ。
わがうたごゑの消えゆけば
うたひつかれて死にしもの。

けふは浜べもうすぐもり
ぴよろかもめの啼きいづる。

前の詩の対照として、郷里に居た作者の姿を見るべきである。人気のない浜辺に出で、終日都の空を眺め、東京浅草の灯を幻想して、ひとり悲しい歌をうたって居た若い詩人は、やがてあこがれの都に出て、街々をうらぶれ歩いて「故郷は遠きにありて思ふもの」の詩を書いたのである。

利根の砂山

風吹きいでてうちけむる
利根の砂山。
赤城おろしはひゆうひゆうたり。

ひゆうたる風のなかなれば
土筆《つくし》は土の中に伸ぶ。
なにに哀しみ立てる利根の砂山
よしや、洋杖《ステッキ》をもて
君が名をつづるとも
赤城おろしはひゆうとして
たちまちにして消しゆきぬ。

上州前橋に漂旅して居た頃の作である。北に赤城山を望み、西に越後の山脈を見る利根川畔の寒い砂丘を、作者は日々に杖をついて逍遥しながら、遠い故郷の恋人を思って居た。ひょうひょうという赤城おろしの北風が、常に砂塵を吹き巻いてる、満目荒寥《まんもくこうりょう》とした上州の自然の中で、土筆が芽を出そうとしている早春の頃に、漂泊の旅愁止みがたい侘しさを感じさせる詩である。

逢ひて来し夜は
うれしきことを思ひて

ひとりねる夜はさいはひの波をさまり
小さくうれしさうなるわれのいとしさよ。
やがてまた
うれしさを祈りに乗せて
君がねむれる家におくらむ。

可憐でいじらしい恋愛小曲である。単純ではあるが、こうした純情の美しい詩を書くことは、生れたる天質の詩人でなければ決してできない。

朱の小箱

君がかはゆげなる卓の上に
いろも朱なる小箱には
何をひめたまへるものなりや。
われ君が窓べを過ぎむとするとき
小箱の色の目にうつり
こころをどりて止まず。

そは、やはらかきりぼんのたぐひか　もしくは
うらわかき娘心をのべつづる
やさしかるうたのたぐひか。

ハイネの詩を思わせるような、純潔で可憐な美しい恋愛詩である。

砂山の雨

砂山に雨の消えゆく音を聞けば
こまやかなる夏のおもひも
わが身内にかすかなり。
草にふるれば草はまさをに
雨にふるれば雨もまさをなり。
砂山に埋め去るものは君が名か
かひなく過ぐる夏のおもひか
いそ草むらはうれひの巣
かもめのたまご孵《かへ》らずして

あかるき中にくさりけり。

海岸の砂山の上に、雨がしとしとと降り注いで居る。雨は砂を濡らし、礫草《こいしぐさ》を濡らし、終日音もなく降りつづいて、地下に埋れた貝がらや鳥の卵を濡らして居る。「砂山に埋め去るものは君が名か、かひなく過ぐる夏のおもひか――」以下の詩句が歌う節には、儚《はかな》く過ぎた過去の日への、侘しい悔恨が詠嘆され、孤独のやるせない嘆きが充ちている。叙景の中に抒情を包み、すぐれた音楽的節奏に富んだ詩である。

桃の木

小学校のまはりには桃咲きけり
悧《さと》しき子ら出で来りつ
桃下あかきに染まり
みな笛のごとくうたへり。
何日の日、わが子の
この桃の木の下を歩まん。
ちひさき靴をはき

何時この土の上に下り立たんものぞ。
埃のうち美しき織りもののごとく
子らは午後過《ひる》ぎをかへりゆく
みな桃の木を仰ぎたれど
手折らんとするものもなし
みな修身の心ををさめ。

この詩は『忘春詩集』の中に納められてる。『忘春詩集』は、犀星が既に四十歳の中年に達し、小説家として一家を成した時の詩集であり、前出した多くの可憐な小曲を書いた時から、二十年近くもの歳月を経過して居る。この長い歳月の間に、犀星は『愛の詩集』を初め他に多くの詩集を書いて居るが、その純情詩人としてのユニイクな本領と情熱とを、最も高潮的に、且つ最も純一に発揮したのは、結局初期の小曲詩篇と、この中年期の『忘春詩集』の二つであろう。

『忘春詩集』は、初めて生んだ愛児を亡《うしな》い、哀傷悲嘆の涙にくれた犀星が、亡児への追憶の情に耐えがたく、一時全く文筆を絶つまでに世を儚み、戯欷《きょき》の涙にむせびながら書いたところの、他に類例のない珍しい詩篇集である。（亡われた愛人や恋人のために、すぐれた悲歌を書いた詩人は世界に多いが、亡われた子供の為に、一冊の厭世悲歌集を書いた詩人は、あまり世界にも話をきかない。)

小学校の授業が終って、笛のように叫びながら、校門を出て来る子供等の群と、陽春の光を浴びて、長閑《のど》かに咲いてる桃の花との対照には、或る麗かな春昼の詩情が感じられる。犀星の愛した子供は、生れてまもなく、満二歳にもならないで死んでしまった。しかも彼はその幼児のために、小学生の学校用品一切を買いととのえたという話である。「何時の日わが子の、その桃の木の下を歩まん。ちひさき靴をはき、何時この土の上に下り立たんものぞ」という感慨には、無量の悲嘆が含まれていることを知らねばならぬ。

我が家の花

そとより帰りきたれば
ちひさき買もの包みをかかへ
いそいそとして我が家の門をくぐりしが
いまそのちひさき我が子みまかり
われを迎へいづるものなし。
母親はつねにしづかにしづかにと言ひ
あかごの目のさめんことをおそれぬ。

されぱわれはその癖づきし足もとをしづめ
そとより格子をあくればとて
もはや眠らん子どもとてなし
かくしてわが家の花散りゆけり。

これほど素朴率直の言葉で、子を失った父親の悲嘆を抒した詩は、外国は勿論のこと、古来日本の詩歌にもすくない。この児煩悩な詩人にとって、その愛児を失った悲哀こそは、全生涯を失った人の厭世絶望にも比すべきだった。

新衣

新しき衣身にまとふとて
なにのうれしさのあるものか。
よし嬉しかるとも
そはつかの間に消えゆくものを
かく知れどなほ新しき衣をまとひ
わがはかなげなる

侘しげなる
さていづこにゆき誰人にか逢はん
かく思ふときふたたび衣ぬぎすて
もはや顧みることなかりき
たんすに蔵《しま》ひおくべく言ひ遣り
ふたたび見んとはせず……。

愛児を失ったことから、深い厭世絶望の思いに沈んだ作者は、もはや人生に対して、何物の新しい感興も持たなくなった。すべては味気ない世の中と変化した。そうした寂しい中年者の心境が、この「新衣」という詩の中にも、沁々《しみじみ》と嘆息深く抒情されてる。

（『日本』一九四二年四月、五月号）

孝子実伝　室生犀星に

ちちのみの父を負ふもの、
ひとのみの肉と骨とを負ふもの、
ああ、なんぢの精気をもて、
この師走中旬《なかば》を超え、
ゆくゆく霊魚を獲んとはするか、
みよ水底にひそめるものら、
その瞳はひらかれ、
そのいろこは凍り、
しきりに霊徳の孝子を待てるにより、
きみはゆくゆく涙をながし、
そのあつき氷を踏み、
そのあつき氷を喰《は》み、

そのあつき氷をやぶらんとして、
いたみ切歯《はがみ》なし、
ゆくゆくちちのみの骨を負へるもの、
光る銀緑の魚を抱きて合掌し、
夜あけんとする故郷に、
あらゆるものを血まみれとする。

——十一月作——

（『詩歌』一九一五年一月号）

別れ　旅の記念として、室生犀星に

友よ　安らかに眠れ。
夜はほのじろく明けんとす
僕はここに去り
また新しい汽車に乗つて行かうよ
僕の孤独なふるい故郷へ。
東雲《しののめ》ちかい汽車の寝台で
友よ　安らかに眠れ。

（『日本詩人』一九二二年二月号）

室生犀星に　十月十八日、某所にて

ああ遠き室生犀星よ
ちかまにありてもさびしきものを
肉身をこえてしんじつなる我の兄
君はいんらんの賤民貴族
魚と人との私生児
人間どもの玉座なり
われつねに合掌し
いまも尚きのふの如く日日に十銭の酒代をあたふ
遠きにあればいやさらに
恋着《れんちやく》日日になみだを流す
涙を流す東京麻布の午後の高台
たかぶる怒りをいたはりたまふえらんだの椅子に泣きもたれ

137　室生犀星に

この遠き天景の魚鳥をこえ
狂気の如くおん身のうへに愛着す
ああわれ都におとづれて
かくしも痴愚とはなりはてしか
いちねん光る松のうら葉に
うすきみどりのいろ香をとぎ
涙ながれてはてもなし
ひとみをあげてみわたせば
めぐるみ空に雀なき
犀星のくびとびめぐり
めぐるみ空に雀なき
犀星のくびとびめぐり
涙とどむる由もなき
涙とどむる由もなき。

（未発表）

Ⅱ　砂丘を登る人・萩原朔太郎

室生犀星

赤倉温泉 「初秋随筆」より

軽井沢で電報で呼んだ詩人萩原朔太郎とは、久闊《ひさしぶ》りの旅行だったので、赤倉温泉へ行ってみることにした。萩原は、軽井沢で真珠擬《まが》いの首飾りを小さい妹のために買ったり、妻君へのみやげをしたためたりしたので、私は、頭からすっぽりかぶれる西洋女の白い寝《ね》衣《まき》の、襟もとに藍で草花をあしらったのを購《もと》めたりした。

田口駅から、妙高山麓の大傾斜をした高原を自働車で走る途中、運転手は、三度ばかり草むらから湧く清水を、如露《じょろ》に汲んではタンクにおさめた。草むらの清水では、目高がすいいと素早く走り泳いでいた。

香嶽楼の入口に、うすべにの葵が咲き、自働車を下り立った私たちの目を一番さきに刺戟した。

座敷は十二畳の、高原一帯を見晴らせるところで、紅葉山人の「煙霞療養」にでてくる土地である。煙霞療養という題はなかなか新らしい。今だってちょいと使える。そういう話をしてから一浴した。何より浴後冷たい水で洗面したので、さっぱりした。

「萩原、ちょいとベルを押せ。」

「おれはお前の家来ではない。お前押せ。」

ふたりは、こんなことで小競合《こぜりあい》すると、茶飲みのふたりは、二時間おきに、茶のことで又それが初まった。

「お前上手だから茶をいれろ。」と萩原。

「そのかわりベルを押せ。」

私たちは、そういうあとで、花札を打ち出した。寝るときに、萩原はこう言い出した。

「君はこの座敷で一人寝る気か。」

「そのかわり明日の晩はここで君がねるのだ。かわり番だ。」

「それならいい。君ばかりこの部屋で寝るということはない。」

二人は、同室でねむれないので、別れ別れに座敷でねた。今から六七年前、私や萩原が無名な時分、よく本郷の根津権現の境内の涼しい樹かげで、それこそ文字通り詩作したものである。窮迫していたころで、萩原がたいがい晩にのんであるく酒のかねを払ったものである。ふたりは旺《さか》んに詩作したものだったが稿料なぞはかつて取ったことがなかった。いまではそうではないが、そのころ詩に稿料などを払ってくれるところなどなかった。

「あのころと比べると君も変ったな。」

「うん、変化《かわ》った。」

ふたりは、ときどき感心したような顔付で、そういう話のあとはきまって顔をそむけた。委細をもって書かないけれど、かつて三十年ちかくも一日として安らかでなかった私が、やっと人並みに息づけるようになったことと——そういう話がでると、私は妙な気がした。わけてもあたりの静かな高原の湿った光景が、つい絡みついて、黙って向い合うことがあった。

旅館から上手に、びしゃもんのお堂が二つあって、とっつきの石段下に、大きな古い石苔の生えた手水鉢があった。冷たい水が一杯にしたしたと盛りこぼれていた。そこの木立のかげに蹋《かが》んで、その清水の音をきいていると、心音おのずから涼を趁《お》うことができた。私は手をひたしたりした。

「石の好きな男だ、石さえ見れば感心している。」

「石は飽かないから好きだ。」

白い夏帽が二つ、下手から見えているだろうと二人はしゃがんで、たばこを飲んだ。

「君が小説をかくから、かかれないようにしろと家内がいうた。」

「わるくかかなければいいだろう。」

「それならいい。」

妙高山というのは、すぐ頭の上にどっしりと紫ぐんで、六方石を三本ばかり、あたまをちょん切ったような山だった。

「あれでもアルプスかな。」

「あれでもアルプスじゃ。」

萩原と話しているとつい国言葉がでる。気がゆるせるからである。――そこから、共同湯のそばに、紫の葵で垣をへり取った内庭で、二人の素朴な娘があけびの蔓の節をぱちぱち木鋏でハネていて、母親らしいのがしきりに籠を編んでいた。娘らは、日焼けしたあどけない顔で二人を見送っていた。

共同浴場に、一本の瓦斯燈《ガス》に、灰ばんだ柳がもつれかかって、ひるまは、しんと、寂しいほど明るい日がさしていた。

ぞくにいう一本杉という棒立ちした高原の奥のそれが、夕方から下り出した霧で見るまにかくれてしまった。だんだん、たばこの煙のように、それが近くまで迫って、しまいには、すぐ縁下から四五間さきの、小さいけれど古い池の上に蔽《おお》うてきたのである。昼間は暑い色の緋鯉が、今はうっすりと霧の間から、ちらついて、かすんで、瓶のなかの魚のようになって見え、膚がしっとりとしめりを帯びてきたのである。

浴場の玻璃《はり》窓にも、ちちいろの霧がながれ込んで、なかの湯気ともつれ、おのずからな湿めりと温かみとをべつべつにしていた。そのなかで、うしろ向きに白い体がほのかに浮いてみえた。

夜行の寝台をとるために、十時ころ、こんどは車で高原をかえった。村落では、夫婦づれの夜廻りが、亭主が拍子木を打ち、妻の方は金棒をひいてあるいていた。どの農家も、障子をはめ簾を下ろしてあった。暗い寂しいあたりと宜く調和してみえた。いたるところの村落で、赤ン坊がいると見え、それが泣いていた。

「赤ン坊って何処にでも居るものだな。君のところは達者かい。」

「うん達者だ。」

二人とも、最《も》う父親になり、その赤ン坊のこえがちょいちょい気になるようだった。私はうしろを振りかえるごとに、妙高山の真暗な山姿を星空のなかに仰いだ。

私の車夫がみんなで一と休みしたとき、まだ充分汽車の時間があると言って、きらりとした金時計の光をどんぶりのなかへおさめた。べつに厭な気がしなかった。あたり前のことのように思われた。

「家へかえっても手紙はやはり出さないからな。」

一年に一本の葉書もよこさない萩原は、そう言って腹立てるなという意味のことを言った。

「いいとも、おれも出さないから。」

汽車に乗ってからも、睡《ねむ》れないので、両方の青いカーテンから顔を出し合うた。しまいに起きて出て、持ってきた酒を飲みはじめた。

「高崎で下りるとき起してくれるな。目がさめると睡れないから。」

「よしよし。」

ひと睡りしたあとで、ふいに時計をみると最《も》う高崎に近かった。給仕が萩原を起している。萩原はあわてて出て行った。

私は、約束どおり黙って出てゆく萩原の靴音を聞き、そっと寝がえりを打ち、心の美しい友だちとこういう風に別れるのを却って寂しく感じた。


（『改造』一九二一年九月号）

萩原と私　「人と印象」より

この間奥さんからわたしの家内あてに手紙が来て、萩原はこのごろ自転車に乗るおけいこをして居りますと書いてあった。

詩話会の演説会があったときに、小島貞一君を通じて萩原君に来ないかと言ってやったら、同じく奥さんからの返事に萩原は風邪を冒《ひ》いて居りますからという断り書きがしてあり、同時にわたしの家内あてに萩原は唯今旅行中ですと言って来た。わたしはこれらの返事を綜合して見て、れいの面倒くさがり屋の萩原が奥さんに自分でもとんちんかんの返事をかかせ、その検閲もしないで平気でああして置けばいいと考えているのが萩原らしく面白かった。何のために手紙をかくことが厭《いや》なのか分らないくらい、煩《うるさ》いことのきらいな男である。客がきらいで我儘者の癖に、余り面と向って慍《おこ》らないでぷんとしてくるとそれを自分のからだに内訌させておくような人である。十年来の親友ではあるが余り怒ったことを見たことがない。

「は！　そうかね。」

気に入らないときは気のぬけた調子で、かれはこう言って詰らなさそうにしている。「は！　そうかね。」の、その「は！」が全く詰らなく味気なさそうである。「君は陶器のことが大へん分るように言うが、あれなぞ大していいものじゃないじゃないか？」

床の間にある壺を一見して、かれは素気《そっけ》ない調子で言った。

「大したものではないが、あれにも僕の好きがあるんだよ。」

「形がわるいじゃないか？」

「形なぞに迷っている間はまだ陶器がよく分らないんだ。」

「そんなことはない！　第一形がわるくては……。」

萩原はしつこく繰り返して滅多に譲歩しない。軽井沢で壺を買ったときもひどく罵倒した。とにかく分らないくせに自分の意見だけは言うひとである。かれの陶器に対する鑑識は素人のうちの素人で、そうして一寸した画家なみの壺の愛好者である。萩原は何と言っても陶器のことではわたしに譲歩すべきである。

二三度旅行を一しょにしたりしたが、いつも喧嘩ばかりした。我ままの言える友だちには我ままを言い合うことは快楽である。萩原もわたしも思い切りわがままを言う。そして宿の払いや勘定を二人で分けて払う。わたしが少しでもよけいに出そうものなら帰国してすぐ為替《かわせ》で送ってくる。……妙な、きちょうめんさがあるかと思うと、貧乏人というものは先きに勘定したがるものだなどと、わたしが勘定したあとで何時か言った。

湯河原へ行ったときに一人で茶代を三十円払い、女中に二十円呉れた上、番頭に十円遣った。そこへわたしと家内とが行ったので萩原の率でゆくとこちらは二人いるのだから倍に払わなければならない。——

「詰らなく沢山やったものだ。一人なら十円でいいじゃないか。」

「僕もそう思ったんだが、君は軽井沢で三十円やったじゃないか。」

「あれは十五円だよ、それを君と二人前やったものに考えちがえたのじゃないか。」

「そう言えばそうだな。こまったな。」

「飛んでもないことをやる男だ。」

「おかげで旅費の三分の一をなくしてしまった。」

「おれもそのおかげでつらい目に会わなければならない。」

これはその後一つ話になっている。何も彼も知っているようで知らないところがある。何時かもわたしの家で泊ってかえりに女中に五円やったがその次ぎに来たときは、たしか一円でこれでいいだろうと言った。それでいいよ、と言うとこの前五円ですこしおかしいじゃないかと言った。かまうものかそれでいいよとわたしは答えた。

萩原はドストエフスキイでもニイチェでもわたしの一歩さきに出て読んでいた。何んでも一歩ずつさきに歩いている。そのくせ一歩ずつあともどりもしている。議論をもった人である。わたしは議論が嫌いなのでわたしの方で控えていると、たまに食ってかかる。妙に哲学者肌である。哲学者のあいのこのようでもある。

洋服をきているが靴はバッタ靴である。佐藤春夫君のようにきっちりとすみずみに行き亘《わた》っていない。全体がいなかものの好みである。そのくせわたしを田舎ものだとよく罵る。いまではそれに苦情はない。が、ひとしきりよくそうであるそうでないと争ったものであった。が、どこか紳士めいた人がらである。田舎と都会のあいの子で哲学者のそれでもある。

この間大阪へ行ったそうであるが、金沢へは寄らなかった。あんな近いところへ来ていて寄ってくれればいいのにと思った。七月上旬上京したときに、君が大阪からかえりに寄ってくれなかったから、僕も前橋へはよらないとハガキに書いてやった。腹立たしい男である。それほど愉快なところがある。いつか上京するから寄ると言って来たが、いつまで経ってもこなかった。或る晩上野の勧工場の前でよく似た男だと思うと、萩原がふところ手をして勧工場からひょっこり出てくるのだった。

「やあ、何日来た！」

「昨日来た。明日行こうと思っていたんだ。」

それは明日わたしをたずねるつもりだったろうが、その晩会わなかったらその明日の明後日に来たかも知れないと思った。友人にあうのさえ、めんどうがりやで、すぐ話に厭《あ》きてしまうらしい。素気ないようだが心の内では決してそうではないらしい。震災のときにかれは群馬県の青年団に託して見舞手紙をよこして、帰国するなら一度かえりに寄ってくれと書いてあった。そして十円の為替を封入してあった。

こうして田舎にいると、萩原が前橋にいるのも退屈であろうと思った。前橋の人は萩原の仕事など知っている人がすくないだろう。居づらい気もちで故郷にいるのはたまらないものである。いつでもいいから気が向いたらわたしのいる間に金沢へ一度来てもらいたいと思っている。萩原が金沢へ来てから十年近くになる。だいぶ変っている。ぜひ、そのうち一度来てくれたまえ。

（『魚眠洞随筆』新樹社　一九二五年刊）

芥川龍之介と萩原朔太郎

　金沢へ芥川君が訪れて来た朝、迎えに出た私はまだ夜のあけないような仄暗い寝台車の中に、なりの高い男がトランクを持って立ち上った姿を見て、何とか声を懸けた。が、すぐその反対の座席から洋服姿のほそ長い芥川君がすっくりと立ち上った。まちがえたなと思った。

「君、間違えたね。」

「中がくらいもんだから……。」

「あいつは新婚ものらしくべたべたして不愉快だったよ。」

　車へ乗ろうとする時に、その新婚ものも車に乗った。車は町並みの家をまがり、ふっくりとした新樹を背後にした通りへ出ると、朝らしく人通りの影も爽々《すがすが》しかった。

「なるほど、こりゃ静かだな。震災後こちらへ来たときは静かだったろうね。」

「何だか却って気持の悪いような気がした。山なんか何日うごき出すか分らないような気がしてね。」

公園の入口で車が駐《とま》ると、三芳庵の別荘への段々を上り、茶室づくりの離れへ這入った。十畳二間と、六畳の着がえ部屋と、玄関の間に、女中部屋のとなりに湯殿があった。

「これをみんなつかうのかね。」

「一軒そっくりなんだ、食事は崖下から搬《はこ》んでくるのさ。」

芥川君は服のまま十畳二間通しの部屋の中を、あち行きこち往き昂然と歩きながら、黒船の絵のある屏風にしゃがんで覗いていた。これは相当に古いね、そう言いながら心臓の悪い人のような息切れをさせた。

「おかしなものがあるな、ありゃ何んだろう。」

朝日の流れ込んだ深い森になっている滝の落ち口の、赤松の梢に桶のようなものが結びつけてあった。私もわかりかねていたので女中にきくと、「あれは小鳥の餌箱でございます。」と答えた。

「はあ、小鳥に餌箱までやるのかな、こちらの小鳥まで仕合せだな。」

暫らくすると、昨夜ね、上野を出るときに金沢の方へ足を向けて寝ていたんだが、目がさめると、何時の間にか上野の方へ足が向いているんでちょっと吃驚《びっく》りしたと言ったから、いやあれは柏原辺で汽車道がひっくり返っているんだと、よく分らないが左《そ》う言って置いた。

翌々朝、私は自分の家の前の土手を歩いていたら、約束通りに一台の俥が川べりを走ってあるいて来た。せいの高い男ゆえちょこなんと俥の上に坐っているような格好をして、どこか新進のお医者さんめいて見えた。

「昨夜ね、風呂桶につかっていると、ふいにうしろの方のくらがりから、旦那さまと呼ぶものがあるんだ、よく見ると別荘番のおばあさんなんだ、そのだんなさまが恐かったよ。何んでもよいからこのばあばあにもおかたみに一枚短冊をかいてくれと言ってね。」

私は短冊箱を取り出した。「おばばのだから紅い短冊を喜ぶだろう。」そう言って一枚かいた。

「女中のおせんが湯呑をくれたから、何か返さなければならん。」

そう言って呉服屋でうすもの一反を買った。これでいいだろうねと言った。礼儀に厚かった。

翌日、桂井《かつらい》未翁《みおう》、太田《おおた》南圃《なんぽ》の二老俳人と、詩人の小島貞一君と芥川君、私などして前田家歴代の墓碑のある野田山へ遠足をした。亭々たる赤松の群立った空の間に、春蟬がじゅんじゅんと遠啼きをつづけていた。疲れた五人はチョコレエトの錫を爪先きに剝《は》いでいた。

「いいな。」

芥川君は眼をほそめうつとりした。私も十年振りの登山だったので、春蟬の渋いえぐいい啼声に心を灯した。「いま僕のいる宿をよろこぶものは天下に誰がいるかな。」「志賀直哉かな。」私はそうこたえた。「そう言えば志賀君ならよろこぶだろうね。」と言った。

「南圃さんは古武士のようなところがあるな。」

私は樫の杖を持って袴をはいた姿を指さした。「桂井さんはやはり俳人らしい。」芥川君はそう言った。ふたりとも五十を出ていて、北陸俳壇の双璧だった。

前田家歴代の墓碑を見て山を下りかかると、南圃さんが芥川君と一墓の碑銘を読み合っていたが、南圃さんはすらすらと読み下した。芥川君は南圃さんの読めぬ字をよんだ。私は二人のうしろに立って、金沢地方の墓碑研究の大家である南圃さんと、若い芥川君とにふしぎな時代の飽和を感じた。

茶店で一憩《やす》みして町の料理屋でひるめしを食べ、桂井さんのところで英国の古い地図を見た。そして二老人は町にある古陶器の内見に出かけた。芥川君も私もすっかり草臥《くたび》れていた。

「何という達者な老人だろう。」

私は芥川君のうすずみ色の曇りを帯びた、わるい二枚の前歯を見て、すぐホシ胃腸薬の二十銭の缶を思い出した。

○

大正六年の初夏だったかに或る会合で、初めて芥川君にあい、かえりに一緒だった。「ああいう会に出る女のひとには賛成しかねるところがありますね。われわれの女房はそんなことをしたがらないから仕合せですね。」

芥川君はそういう親しい口をきいた。ゆだんのならぬ男だとなぜか左う思うた。それからあとに私は同君の書斎をたずねたが、やはり帰りには親し気なところが益々ゆだんのならぬ男だと思った。大正十年ころには一ト月に一度くらい会っていたが、やはりその感じであった。地震前二年くらいから私は却ってゆだんしてもいい男だと思った。ゆだんしてぼろを出していても、いいところはちゃんと見ている、もう心をゆるしてもいいと、友をこさえることに疑深い私はそう思うようになった。「萩原さんでも芥川さんでもうっかり物がいえないような気がする。」

詩人の多田不二《ただふじ》君がいつか左う言った。

萩原君と交際《つきあ》った始めにも、やはりどこまで気を許しているのか、また、どこまで往っていい友情だかが分りかねた。芥川君のように親しげにはせず、それでいて卒気《そっけ》ないところもなく、あるいは気をゆるしているようにも思えて、一向あてをつき止めることができなかった。やはり、ゆだんのならぬものが底の方に嗤っているようで、気をゆるせずにいた。こちらで左ういうと、僕はそんな気なんか一向しないんだがね、そう言って、

「君はどうかすると仲々うたぐり深いからね。」

と、萩原君が言った。

「僕は誰とでも友人になれるが、ある一ところへゆくと、そこから滅多に通さないんだよ。」

と、芥川君がいつか僕は友人ができなくってこまると言った答えを答えて左う言った。なるほど左うかなと思った。いつか萩原君も同じいような意味で、僕は誰とでも話をする方だし友人になれるが、ずっと続いていかないんだよ、向うでも、こっちでもたいくつしてしまうんだ、やはり気心を知り合わないで表《うわ》べばかりの友だちなんだからだね、と言った。

まだ芥川君は会わない前に、

「君、芥川というひとを知っているかね、同じ田端にいるんだがね。」

「知らんね、君は知っているのか?」

「いや知らんよ、詩集を送ってから手紙のやりとりはしているんだが、俳句をかいてくるよ、俳句はうまいね。」

「そうか、——。」

「あのひとの書くものは中々おもしろいじゃないか。」

と、左う萩原君が紹介した。

萩原君が金沢へ来たのは、大正二年ころだった。そして古いうす暗い家や町を珍らしがった。

「これは何だね。」

萩原君は西洋料理店で出したますのフライを甘美《うま》がった。

「こんなうまいますは食ったことはないね。」

そして私が案内した或るしもたやの娘さんで詩をかくひとに会うと、れいの神経質らしくからだのどこかを痙攣《ひきつ》らせながら、人のよい笑顔をつくって話していた。上品な、育ちのゆたかな、微塵も俗気のない男振りであった。「やはり想像とはちがって君はまるで書生のような人だ。室生犀星という詩のかんじからくるものは、どこか弱々しい感じであったが、まるで違っていた。」と言って笑っていた。

「しかし僕の想像はちゃんと当っていたよ、君はやはりそんな人だと思った。」

私は左う言ってこの友を得たことを喜んだ。

東京で毎日会ってから、ゆだんしてもいい人がらだと思った。そしてしまいには、ゆだん仕すぎてしまったと言っていいくらいであった。

根津権現境内に涼しい木かげがあり、そこで二人はぶらぶら歩きながら鉛筆で書簡紙によく詩をかいた。そしては萩原君の下宿で二人で飯を食った。私どもは祈禱体ということを能《よ》く口にした。それは日常の暮しが悲しくて、ひもじく貧しかったので、私がいい出した言葉であった。そう言えば何一つ祈らずにいられぬ有様だった、祈れば木の実落つ、とか、魚ののぞみとどかず、松並木こうこうと鳴り、とか、そういう詩が多かった。

「君とこうして毎日飲んで歩いていると一日二円ずつ費《かか》る。」

萩原君は或る裏町を歩きながら言った。それもその筈であった。萩原君は何時でも私と二人前出さなければならなかった。しまいにどうも君とは悪縁だねと言い出した。私はそのときにも何日かはこの友を招宴する遠い一夕を、あてもない将来の日に酬《むく》える好意をいと甘い心もちでよく空想した。

爾来《じらい》十年、一昨年の夏に赤倉温泉へ二人で旅行をして、一浴の後に老鶯の声を霧罩《こ》める谿間《たにま》にききながら、むかし話にふけっていると、

「むかしの室生犀星がよかった。」

と、萩原君は山の方を向きながら嘆息と好意とを交ぜた、ひとつの歓談としてぽつりと言い出した。私は何となく物悲しく往時を想いめぐらした。が、なぜ萩原君が左う言ったか、分ったような解らないような気がした。

「萩原君の新しいところは、あれは田舎にいても東京にいても同じ程度の新しさだね。」

芥川君はいつか左う言った。

萩原君は田舎にこもりながら、今でもあのくらいの大家を印刷屋の前へ通ると、萩原の子息が通ると言って、いかにも、のらくら者のように聞えがしに囁くそうだ、その話をして萩原君は東京へ出たいと言いながら、やはり田舎にいる——。私はその話を気の毒に聞いた。あのひとのお父さんお母さんも善い人であった。べつに原稿料などを取らないでいる萩原君を悠々として愛していられるところが稀れに見る、美しさであった。それも一年にすれば十二三くらいの詩をしか書かない。自然に詩壇の芥川君に擬せられ世の敬慕を惹いているところも偶然でないような気がした。

去年軽井沢に遊んだとき、芥川君は帽子をかぶらないで散歩に出た。私は高原の日光が強烈だからいけないと言っても、かれは聞かないで。

「紫外線はからだにいいんだよ。」

と、昂然と歩いていたが、かえりに低いこえで。

「眼がふらふらする……。」

そう言って木かげに寄った。「だから先刻毒だといったじゃないか。」というと、「あやまる、あやまる。」と言った。ひ弱いところがあった。一ぺんは強情を言っても自分にわかれば訳なく強情をてっかいした。

佐藤春夫君の印象記に「芥川君にぬけたところが一つもない。」と書いてあったが、私はそれと反対に芥川君くらいぬけたところのある人はないと思った。よくつき合うと味のあるぬけ方をした。才物などというより、何も彼もわかった。俗人にさえ和することのできる人がらを持っていると思った。俗人の道をすら坦々として歩むものはどれだけいるだろう。ときとすると文学者らしい垢をも持っていないところを人は知らず私は床《ゆか》しく感じた。

（『中央公論』一九二五年二月号）

萩原朔太郎論のその断片

一

人間はどういうときででも、我儘を言い合い、言い合うことによってどれだけもお互いの感情をそこなうことなく、却ってしっくりと話し合えるような友だちが要るものである。何となく肩の凝るような話しすくない気のする友だち、また何となくこちらの考えを言いあらわしたくないような遠慮がちな気のする友だち、そうしてそれとは全然反対にこちらの考えをどんどん言っても、向うでそれを一々確実に受取ってよく嚙み合ってくれる友達ち、すっかり安心をして何んでもあけすけに言ってしまっても損をしないような友達ち、ひとつひとつ向うに解って貰えるような気のする友達ち、そういう友達ちがへいぜい何となく慕わしい気のするものである。萩原はそのいずれをも合せ含んでいるような人である。その総てにときには兄分らしく、ときには弟分らしく、ときにはがみがみ反対をする存外苦手な友達ちでもあるのである。ふいに萩原が私とは全然反対な位置にその感情を置いて私との話をブチコワすときに、こんな筈はないと考えるほど、そういう鋭い気もちをも見せることがあるのである。――つづめて言えばつまり何となく楽しい友達ちであり、会ったら何から話をしようとこちらで向うの心を考えてまで、会うのを愉むような友達ちである。もし私に何《ど》ういう友達ちが一番愉しいかといえば、どういう時でも楽しみを感じさせる友達ちでなければならない。いきなり飛びつくような言葉付ででも、又妙に黙ってにやにやするときでも、それと同じい反応が対手《あいて》にあらわれるような気のする友達ちでなければならぬような気がするのである。

二

萩原と私とは、最《も》う十年以上もつきあっていながら、今でも会うごとに不思議に毎時も新しい友達ちのような気がするのである。ひとつには萩原は田舎にいるせいもあり、年に二度ぐらいしか会わないからもあるが、それ以外の何物かが毎時も新しく私に触れてくるのである。何となくその感情の新しみや、しばらく会わないでいる友達ちから感じるものを、特に珍らしく感じる以外にも、萩原と私との間にはその何物かが有るような気がするのである。友だちというものは、話をしていてすぐ飽きてしまうのと、話しが絶えてもじくじく沁《し》み出るような潤沢を感じるものと、それから会うごとに、どこか新しい生々しさを含んでいるものといる。――萩原はその後者で、そして仍《やは》りどこかが新しくて初々しい。

其上石鹼などの上っつらのように、よい香味を持っているほどフレッシュだ。この点はこのごろ四年振りで会った佐藤春夫君によく似ている。佐藤君はやはりどこまでも新しくて、きゅうに快活に微笑って、すぐその微笑い顔を気早に消してしまって沈鬱になる。

萩原の顔をみたものは何よりいくらか西洋人じみている容子《ようす》と、その皮膚のあさぐろい、沈んだ暗色をもっていることに気がつく、そしてその暗色はよく飲酒に深入りした人のそれのように、どこか荒れたような皮膚そのものが悲しげな表情をしていることをすぐ読みわけるにちがいない、と言っても決して詩人らしく書きこなしたわけではない、唯、萩原の顔は決して快活ではない、一種の、もの寂しげな、妙にものを厭《いと》うような表情をしていることが多い、——一見すぐにその性格まで分るような人はずいぶんあるが、萩原は、永くつき合うほど味のでてくる甘みがある。ただちょっと会ったぐらいでは温良《おとな》しそうなおっとりしたところはあるが、つき会うと、外側が柔かくて内へはいるほど凝結して、剛直で、そこに何も彼も、全くさまざまな感情をおし匿《かく》しているように思われるのである。口で云うことを絶えず心の中で反対しながらも、やはり表面が柔かくなっている。人と交際することをあまり好まないところは私と似ているが、萩原のは見事に誰ともつきあわずに、全く親友というものを持たないでよい人のようである。実際、萩原の親友というものは、北原白秋君ぐらいでそれすら一向たよりをしない、それ故、いったい萩原は何をしているのだろうと人々が噂をし合っていて、よく私に問うが私とても三四年会わないでいると、まるきり彼の生活がわからない。何でもノートを十冊ばかり書きつめていることと、そしてやはり家にこもっていることを聞いた外は、何も便りがない――そうかと思うと去年帝劇の音楽会でひょっこり出会わすと、れいの暗色のある顔を窮屈に笑わせて、きょうは弟が一しょだからと、茶でも飲もうと考えていた私をすっぽかして帰ってしまったりした。それがわざとらしいよりも、極めて自然にやってのけるのである。何となく物を厭う風情と、いつも新しい感情とで、こっそりと書きためているような彼を見るたびに、私はその十冊のノートの事をときどきこくめいに考えこんで、何かが、全く何かが書きためられているにちがいないと、空恐ろしく、（へいぜい黙っている男が怒り出すと存外片意地なように）思っていたのである。

三

萩原は私より殆ど一歩ずつ先きを歩いているようなところがある。ドストエフスキやトルストイをすすめたのも彼であるように、そして対話体の文章「虹を追う人」のようなものを十年前に書いていたのも萩原である。しかしその一歩ずつをあと戻りさせるような、れいの物を厭うような風情をしているまに、つい、私が何となく一歩ずつ出しゃばってしまうのである。私の虚名であるところの、全くかげろうにひとしい虚名の前でも萩原は決して皮肉一つ言ったことがない。会えばかならず人々から皮肉や厭《いや》がりを言われている私に、かればかりは、「すこし気どっていると思ったら渝《かわ》らないな。」というようなことを言って、まるで私のものなぞ一つも読まないでいるような顔をしているのである。それでいて、れいの、十冊のノートは、三年の間に蜘蛛の巣のように書き詰められていたのである。非常にきげんのよい日に、かれは時には珍しく、おそらく赧《あか》くなるような気で、その十冊のノートを無名の詩人の前に出して見せたりしたということを、その無名の詩人だが、時々私のところへ来て話したりしたのである。いったい何を書いてあるかと云うことより、その十冊のノートの始末をどうする考えだろうと私はときどき考えたのである。いずれ私にでも話してくれるか、それとも萩原のことだからそのままに机の下にしまって置くかも知れないとも考えた。

去夏、赤倉温泉へ二人で旅行をしたときに、そのノートのことを話し出すと、かれは、いずれどこからか出版するだろう位で、澄していたのである。が、そのノートがアルス書店から出るようなことをきいて、私はその原稿を用事があって行ったとき、そこの本屋で見せて貰った。そして生々しい原稿紙で、五百枚の書きおろしを見たときに、わけもなく、よく雑誌編輯者がよい作者を見つけたときのような、へんな嬉しい気がしてしまった。それはあまりに生々しい、実際、なまなましい空色のインキが鮮明に染あげられた原稿であったのである。

「これは論文でもなく、評論でもなく、感想でもなく、随筆でもなく……」と序文にかいてある。「そして私は私の思想にまで自ら散文詩と名づけたいのである。」と、——私はそれからところどころを開いて見ているうち、全く永い間かかって書かれたもので、実際感想でも随筆でもない、れいの、世を厭うような風情で、しかし能弁に、病的にまでぐりぐりと一本気で考え込んで、そしてそういう世を厭う風情のなかから眺めたものが、却って内気な寂しいことばかりを考え蓄わえていたため、一度に吐き出したようなところがあった。

四

この「新しい欲情」は、やはり彼みずからが言うように、どこまでも散文詩の体軀《たいく》をしているところの、珍らしい感想集であろう、つづめて言えば何となく、五年か六年目にどこかの物蔭で咲く浮曇華《うどんげ》のように珍らしく、そのように弱々しく、そしてけばけばしくない美しさで、短かい断章風なスタイルすら似つかわしいような気がするのである。それでいてどの断片にも十分な時間と創作的良心とが織込まれている。

「月を眺めて」と題して

「全世界の俗物どもを対手として、かれの高貴なる感情のために闘った独逸人。雄々しくもけなげなる独逸人。君らの信念に対する純潔さと、その男らしくも敢為《かんい》なる精神とは、遠き永遠の未来にまで、ながく地上の潔白さを照すであろう。——ああ今宵の悲壮にして蒼白なる情景かな。」

この断片の思想を云為《うんい》するのではない。ただ月光に面しこのような情景を考えあわせたことに、何となくうなずかれる。そうかと思うと、

「これらの夕暮は涙ぐましく私の書斎を訪ねてくる。思想は情調のかげにぬれて、感じのよい温雅の色合を帯びてくる。ああいかに今の私にまで、一つの恵まれた徳はないか。何物の卑劣にすら、何物の虚偽にすら、あえて高貴の寛容を示し得るような一つの穏かにして閑雅なる徳はないか。私をして独り寂しく今日の夕暮の室に黙思せしめよ。」

と云うような、ひっそりした内心の呟きに耽《ふけ》っているのもある。あるときは思い上っては、ふと自分に引きかえしてきて、そうして更につつましい、れいの、蓄わえていた寂しい考えを、たとえばそのよりを戻したり、ほぐしたりしているかと思うと、やがてそれをも棄ててしまって、「男はしばしば其名誉のために離婚せねばならぬ。」とつぶやいたりしている。

明るく、そしてややうす暗く快活に、ときには吃りながら

「花のように美しい婦人を見る時、我等の心は謙遜になり羞《はに》かんでくる。こんなに憔黒な見る影もない吾等の存在が、あの高慢な美のために蹴落されてしまう。……この忌わしい自己嫌忌は、しばしば決して外面の形容に止まらない。もっと内部にまで吾等の生活の全身にまで滲毒《しんどく》してくるのだ。」

初々しい、まるで子供のような優しい感情になっているいかにも萩原らしい心持ちが出ている。

「あんなにも南国的な熱風が吹いたあとでは、いくぶん寒冷の季候さえも好ましく思われる。――思索は情緒の悲しい追懐にすぎないから――。」

要するに、萩原の「新しい欲情」は、かたちを変えた散文詩で、そして思想の花とも云うような、品のある、いくらか寂しげな（強がりのなかに多分に含まれているところの）詩と云って差支わない。れいの、十冊のノートがこういう姿で世上に出たということは、並たいていの苦労ではない――。

そして此書物はその議論めいたところに、私のきらいなものがあるに拘わらず、私はところどころに萩原らしい優婉な情緒をかんじるものである。

五

「新しい欲情」を発售《だし》た後に、萩原は偶然に出京し、私のところで泊り、多く話をする機会を得た。萩原のいうところによると、「新しい欲情」は何よりも散文詩めいたところに、多くあぶらが乗っていること、力をこめていることを話していた。そうして余り誰も批評しないということをいくらか不平がましく言っていたので、そういう批評なぞはどうでもよいではないか。心ない批評などをされるより自分で書いたものを自分で眺め読んでいるほど、コダワリのない美しい気もちになることはないではないか。そういう気もちを起すということすらいけない、と、そう、私はつべこべ喋ったりした。そういう批評を求めようとする田舎暮しをしているらしい容子を萩原がもっているところに、「新しい欲情」のためられた寂しいところがあるとも思えるのである。

萩原は私の「愛の詩集」時代に人道主義者であったということを、それを勝手にそうひとり決めにしたのは、私の今が人道主義でないことの比較の上から起った議論のように思えた。それも他のものならいかなる大批評家でも答えるのは断るが、萩原だからちょいと言っておく。――つまり人道主義だとか、愛の何々であるということは、あの詩集の序文にも断ってあるように、そういうことを土台として仕事をしてきた私ではない。そういう傾向を認めたものは、そういう頭の工合《ぐあい》で勝手に考えたからで、それは私とは関係はないのである。

萩原にはそういう勝手なことを、勝手に片づけるものを多分にもっていること、そうして私のきらいな議論家めいたところのあるのは、たんに苦手ではなく、ときには甚だ詰らないような気もした。かれの独断というものの面白味もときには能《よ》く光って見えるが、それは彼自身の中にあるものを彼の磨いたようなものにあるので、人道主義云々は近来ツマらない駄文である。（これは彼と私とだけの内証話である。）

私は今の萩原を考えると、萩原らしい特殊な、非常にカタの変化《かわ》った長い散文のかけそうな気のすることがある。文章などの点からも、非常に磨かれた玉のようなものと、その材料の見方なども全然かわったものを、いつかは書けそうで、いつか書く人のように思われるのである。（と言っても彼のことだから例のものぐさと物を厭う風情とで、書かないかも知れない。）――それが私には今のかれの詩壇をブチ破った大極のもので、何か待ち遠しい気がするのである。今のかれの詩はかなりな型とそしてかなりな効果のある独創とで通してきただけで、いくらか定《きま》ったようなところがある。それ故、それを全然別途な形式に向ったとき、なお一そう萩原らしい新しい方面が開かれるにちがいないと思うのである。

（『日本詩人』一九二二年七月号）

萩原朔太郎

何といってもじかに興味もあり親密でもある人物といえば、僕には萩原朔太郎と答えることが近道である。萩原は親友というものは、兄弟のように退屈なものだというが、それも僕の方でも同様に退屈であり大して面白くないことは事実である。萩原は趣味も反対であり読む本まで異なっている。

彼は批評家の詩人の哲学家の散文詩家であるにくらべて、僕は小説家であり批評家の範疇に属していない。彼の老書生であることは、僕と同様に変りはないが、僕のような落着き澄した憎らしげな老書生ではなく、老書生であるようにしか見えない老書生である。大抵の人間は四十を越えると、浅いながらもそれぞれの趣味嗜好を発見して、その趣味にもぐり込むのが常であるが彼には更《あらた》まった趣味というようなものはない。着物だとか帽子だとか洋杖だの生活の細かい様式なぞは、どうでもイイというふうである。

彼が最近乃木坂倶楽部に滞在していたことがあったが訪ねると留守で一時間ばかり待っている間に、如何に此の男がものぐさい構わない無頓着な男であるかを熟々感じた。第一彼は脱いだ洋服をそのまま丸めて壁ぎわに片寄せ、その次ぎにはズボンを筍の皮のように剝《ぬ》ぎすて、第二番目に寝衣やオーブや襯衣《シャツ》を又丸めて片寄せてあるのである。勿論寝台は今朝そこをぬけて出たままの脱殻であり机を中心として手紙や原稿紙、本や小包やウィスキイの瓶やお燗のガラス器や盃や煙草のカラや、カラをぬけ出た巻煙草などが一杯に散らばり、少しでも動いたら埃が裾風に立つという始末である。勿論、彼は自分の部屋の掃除をするような殊勝な男でなく、外套《マント》のボタンが五つあればその中の四つまで外れている男である。彼は物ぐさい男であるということを自分で知っているけれど、その物ぐささから脱けようとする気持のない人間である。彼と一緒に食事をしていても彼は御馳走をそこらじゅうに取り散らかし、そういうことには一切無頓着である。彼は敷島を愛喫しているが、それを半分しか喫まないで吸口を嚙み砕いて綿のようにして了《しま》う。癇癖がそうさせるかも知れないが、それ故その綿のように嚙み砕いたのを口のあたりにクッ付けていることも珍らしくない。

萩原は僕を田舎者だといい、二タ言めには、君は田舎者だからどうのこうのというのである。なるほど萩原朔太郎というサウンドは何か新青年らしく快よい名前である。その作品内容や好尚から来る感じは却々《なかなか》ハイカラであり、人物もまたハイカラのような想像を人々に起させるが、彼の家庭の長火鉢は煙草の吸殻と蜜柑の皮などで一杯である。それは悪妻のせいでもあったが、家庭を統治することなぞは絶対にできない人である。彼のハイカラは彼の精神のなかにのみ蔵《しま》われていて、決して実際に生活的に実行されていない。ハイカラの真実性は必らずしも外に行われなくともよいのだが、彼の場合は佐藤春夫なぞと正反対であってしかも彼は何かハイカラらしいものを感じさせるから不思議である。僕は十七八年来彼と交際しているが彼を野蛮な男だと思うたことがなく、多少ハイカラ的余韻を感じている。実際にハイカラでない人物にそういうものを精神的に感じさせるところに、彼は彼の僕とは違ったハイカラの風格をもっているものと見える。彼を都会人らしく見るのは彼のハイカラ的余韻がそう見せるのであって、実際は佐藤春夫が田舎者であるように彼もまた一こくな田舎者であることに疑いはない。

彼は最近原稿紙十枚くらい手紙をよこして、おれはお前という人間を根本から理解し、よいところをよしとし、悪いところを悪しとしているが、お前は全然おれの作品を理解していない。おれのお前を理解している半分くらいなものさえも、お前はおれに持ち合せていない。お前は第一おれのものを読んでいるのかいないのか。お前はまだ親友としてのおれの作品に向き直ったことさえもないのだろう。ところで今度の「虚妄の正義」をどういうふうに読み、それでお前のおれに対する理解をおれは聞きたいのだ。と言うふうな原稿紙十枚の攻勢は全然彼は彼のみをしゃべることで終始していて、その中に出て来る僕という人物をむやみにやっつけている。僕は呆然とする前に此の男が作品というものにどれだけ入りびたりしているかという事を考えられる。彼は自信の深い男であり自信的にめくらであるかも知れない男である。僕は僕の作品に時々絶望落胆して出直す気持になるが、彼の自信は決してあと退《ず》さりして考え直すということをしない。何でも彼でも彼はいうところを言いコナすことに倦《う》まない男である。恐ろしい自信の山嶽を背負うてそいつと一緒に格闘しながら歩いている男である。それ故彼は彼を理解する僕に対しては苛酷に子供らしい程打《ぶ》つかって来るのである。僕は彼のこういう意気込みや十枚の原稿紙に力一杯やっつけようとする彼の根気にホトホト参ってしまう、彼は筆をとると一気に書けるひとであり、書いてしまってから打倒《ぶったお》れても中途で倒れるような弱い男ではない。彼は書いている間は別の人間のように豪傑さを持っている。平常ノラクラしている彼は、ペンを執ると剣を執るものの立ち上るように強い。悪妻にいじめられていた気の弱い彼は、机に向えば悪妻的麻縄をズタ〳〵に引裂いている男である。

彼は家庭を粉微塵に叩き壊した。彼は気の弱いそういう英断の出来ない人物であるのに、十年の家庭垢を洗い落した上、憂鬱にクヨクヨしていなくて、こういう清々《すがすが》した気持になったことはないと僕に話した。どれだけスガスガしくなったかが想像にもあまる位ノンビリした状態らしかった。僕にはそういう彼に痛々しく刺して来るものを感じた。

彼の洋服は十年前につくったものだが、背広の前へりや袖口がボロボロになっても平気で着ていた。萩原朔太郎も洋服のボロを僕に見せるようになったことは、ハイカラな趣味の高い表われであると言わざるを得ない。——と、こういう僕に彼は答えて洋服はへりのボロボロになったのも、却々ハイカラなものだよと言っていた。

そういうボロ服とボロ靴をはいた彼には高い意味で老書生という感じよりも、少々ゴロツキのようなところが見え出し、そのゴロツキも文学的ゴロツキではなく、ロダンの巴里のゴロツキの首というような感じの遠い言廻しでまだるっこいが一面には何かハイカラが古色を帯びて、ゴロツキの気分を漂わした漂泊人のようなところが見えるようになったのである。彼と酒場で飲合うと、彼は酔がまわると、顔じゅうに皺がながれだし、泥鰌《どじょう》のようにぐなぐなになり帽子をあみだにかむってボロ靴を引摺って出て行くのである。

彼は勇壮活潑に空に向って歩くというようなことがなく、大抵多くの場合、ことに酔うている時はぐったりと頭をさげて歩くことが多いのである。勿論、彼と向き合っている時でも滅多に僕らは快活にしゃべることがない。しゃべれば年甲斐もなく文学論を戦わすのだが、何時でも孰方《どっち》も毒舌を闘わすくらいで済んでしまう。滅多にあとに残る不愉快さはない、時には憎らしく当分会うまいという気も一年に二度くらい経験するが、それも近頃稀らしいことに属する。彼のいうごとく親友というものは兄弟のように退屈なものであることは実際である。毎日のように会うていて別にしゃべる材料もなく大抵しゃべらなくともお互いに解る気持が多いのだ。

友達は四十過ぎでできるものは大抵社交的な友人が多い。離れてしまえば十年経っても何等の親しみを感じ合わないものである。何処までも我儘の角をつき合わすのが親友というものであるらしく、言いたいことを、我慢したり遠慮したりするものは友人ではない。又余りに有名な余りに物質上の距離のある友人というものは成り立たない筈である。萩原のように全てが僕と反対した友情というものは、趣味の一致したような本質以外の友人と異った、喰い込みの深い気持でつきあえるものである。彼は僕と会っても大して面白くないように僕も彼と会って別におもしろくない。しかし数ヶ月も会わないでいるとお互いに喰い付くように話し合わなければ承知できない、尠くとも最初の数十分はたまった話を吐き出すためにも、多少動物的にせき込む必要があるらしいのだ。しかしその三十分後は二人で黙って大抵話し尽したようになり、思い出してはポツリポツリと話をすすめるに過ぎない。彼と会ってしゃべって別れる時はいつでもこう言うのが常である。「もう用事のある話はなかったか。」

（『文学時代』一九三〇年三月号）

萩原朔太郎君を哭《こく》す

萩原君とは一年余も会わない、宜い加減に葉書でも来そうなものだと思っていても、却々《なかなか》来ない。本を送れば何とか云って来るだろうと近刊の自著を送って見ても、やはり葉書も来ない、そちらがそんな気なら此方もその気で行くといつもの意地張りから偏狭な私はついに葉書も出さないでいた。そして一年経った。今年の冬から萩原は病気がちで誰にも会わないという。誰が行っても頑固に会わないという。

萩原は気持にぎごちないものがあると、その原因はたとえ小さいことであっても外部にもらさないで、人に会わずに独りでくしゃくしゃして考え込んでいる人である。そしてそんな時にノートを沢山書き込んでいる。だから未定稿がいつもたまっている人だ。

萩原の病気が日を趁《お》うて悪い方に近づいていた四月中程に、私は胃潰瘍をやって本所の同愛病院に入院していた。それを誰からか聞いた萩原は室生も入院しているから、おれも入院しようかと家族の人に話していたそうである。そして退院して間もなく余衰いまだおさまらない私は突然萩原の急逝を知った。お母さんや多くの妹さん達にまもられ、よい環境にいながら友人には誰一人知らさずに独身者のように彼は死んで行った。恐らく萩原は最後まで友人というものに会いたくなかったのであろう。私はそこに口にいえない萩原の心の深さを知るものである。

（一九四二年五月　初出未詳）

『卓上噴水』の頃

或日、突然厚い手紙がとどいて名前を見ると萩原朔太郎と書いてあり、萩原朔太郎なら私に一月遅れて「ザムボア」に詩を書いていた男であった。いまの詩壇で君の詩くらい旨いものはない、君の詩を読んでその真実にうごかされたとか書いた非常に熱烈な、読んでいて極りの悪い恋文のような手紙だった。こんな突然な手紙を貰ったことが初めなので、私も輝くような好意で返事を書いて送った。そして変な文学青年がいきり立ったような交際がはじまり、三日置きくらいに青いハイカラな封筒の手紙がくれば、きっと萩原朔太郎の手紙だった。そこで私は詩の雑誌のようなものを出そうではないかといい、雑誌の名前は「卓上噴水」というのに決め、萩原はギリシャの壁画の写真版を送って来てこれを表紙に入れるようにと云った。ギリシャの壁画の写真を持っているような男なら、よほどのハイカラだと私は考えた。このハイカラさんの手紙によると一つの西洋間を持っていて、蓄音器があるらしくギターを弾いてキュラソオを喫《の》み、そして自分で写真もうつすらしく、青いカーテンのかげで熱い紅茶を喫んでいるという、素晴らしい高踏的な生活をしているらしかった。このハイカラさんの手紙はことごとくぴんとした西洋紙も西洋紙、途方もない立派な西洋紙だった。文章も非常に正直でいかにも甘ったるい坊ちゃんふうで、自分の恋愛のようなものまで打明けそうな親愛振りだった。こんな変なハイカラさんとの交際もはじめなら、どこか図抜けた型の変った人間とのつきあいも初めてだった。私はハイカラさんに劣らず泥臭い手紙を書き、彼に熱烈なる手紙を送った。

「卓上噴水」はアート紙の四六二倍判で十六頁、百部たしか十二円くらいで刷れ、萩原朔太郎は十円送って来た。そして彼は六号雑記まで書いて当時はやったゴチック活字をやたらに指定して、あれもこれもゴチックで刷れと云って来た。新聞に出ていたロイテル通信の電報に、カイゼルは今次戦争で頭髪はにわかに白くなり、顔容もいたく枯凋したと書いてある記事をそっくり第二号の巻頭に入れるように云って来たが、一体、わが卓上噴水のごとき詩の雑誌にウィルヘルム・カイゼルの憔悴した記事をしかも巻頭に入れよという萩原という男は、少し変だと思わざるを得なかった。カイゼルと詩と何の関係があるのだろうと田舎者の私は考え込んだが薩張《さっぱ》り分らなかった。つまり萩原にはどことなく大きい世界の余韻をとり入れる、新進の気鋭が気鋭のまま現れるものがあったらしかった。それは前橋と東京との距離、金沢と東京との距離の遠し近しを示す以外に、高等二年修業、（私はこの頃の出版企業の履歴にもこう書いた。）の私と、高等学校一年修業の萩原との学問のちがいがあった筈だった。彼は無理遣りにその時代のハイカラさんにならなければならなかった如く、私はそのままな泥臭い田舎者で終止しなければならなかったのである。そして突然第四高等学校の二年生である多田不二《ただふじ》が私を訪れ、タゴールの訳詩を見せた。私はそれを「卓上噴水」に掲載した。また突然、山形にいる竹村俊郎が手紙を寄越し詩を送って来た。そして不思議などこかかんで集ったような四人は、お互に誰も会わないでいるのに、「卓上噴水」に集った。「卓上噴水」は三号を出すとつぶれた。三号でつぶれたのを合図に第三号だけの印刷代が払えずに、私は慌しく故郷を逃亡した。

「或る少女の死」までのボンタンの詩は、谷中の宿で書いた。谷中から千駄木町に引越し、さらに林町に越し、さらに千駄木町に引越しというように、私は蒼白い車のあとからのろくさく悲しく、また、怒ったような顔付でその都度跟《つ》いて行った。このあいだにも、萩原朔太郎との手紙のやりとりは絶えなかった。私は利根川という大河も見たことがないし萩原朔太郎を訪問する目的でそちらに旅行すると云ってやると、萩原は大いに待つというのだ。私は利根川の岸べでもうろつかねば、東京にうろつくところがないような気がして、まだ寒い東京を発って上州に赴いた。漂然と前橋の駅頭に降り立った私は、青いソフトをあみだにかむり、うす青い服地に非常に短いオーバアを着た青年をすぐ眼に入れた。彼は鼻は隆《たか》く額も広く、眼はぎょろりとしていて一見独逸人のようだった。

「や、僕が萩原です」

と、鼻眼鏡をかけたような感じの早口の彼はこう云って帽子を取った。萩原はこの日の印象を或る随筆に書いていたが、大体、こんなふうに書いていた。青い魚の詩人室生犀星はすくなくとも美少年でなければ、美少年を思わせるような貴公子に近い青年だと想像していた私は、（萩原は）汽車から降りた肩の怒った田舎書生でも、こんなでもあるまいと思われる藤の洋杖《ステッキ》をついた彼を見て、私は（萩原は）騙された絶望を感じた。物をいえば序もなく結論もいわない彼はいつも真中にある言葉しかいわなかった。その抑揚のない洗練されない言葉つきは私をしていたくも不愉快な思いをさせた。そればかりでなく、彼は（室生犀星）一明館という高等旅館の一室におさまり、日夜詩ばかりを書いて一月程滞在していたが、そもそも前橋に着いたときから彼は煙草も買えない一文無しであるらしかった。その証拠には私が取り出して喫《す》っているのを見て、恐らくきのうから喫まないでいるらしい煙草に飢えた顔付は私にはすぐぴんと来たが、修道士のように利根川の磧《かわら》を見晴らせる部屋に坐っている彼は、君、煙草を一本くれたまえという簡単な言葉を脳溢血患者のように失っていて、私と対談中とうとう一本の煙草すら喫わなかった、だが、三月が来て利根川の土手べりに春の鶫《つぐみ》が啼く時分、彼は漂然とふたたび東京にもどって行った。勿論、彼は滞在費はあとで送ると云って出発して行ったが、とうとう滞在費は私の父が支払ってくれた。だが、彼の抒情詩の前橋公園、利根川をあしらった一聯の詩は、ことごとくこの一ヶ月の滞在中に作られたものらしく、若山牧水の編輯していた「創作」や前田夕暮の主幹であった「詩歌」などに相継いで発表され、脳にひびいて音を立てたような詩は、この詩人にこういう哀しい日があったことを高い意味で深くもかたみされたように思える……、と、萩原朔太郎は私のことを面白く可笑しく書いて、結んで曰く、つまり室生と私との永い交際がここまで続いたことは凡《およ》そ趣味とか性格とか境遇とか生活機構とかの凡《すべ》てが反対であるために、却って強く結び付けられたように思われる。そして第二の要素は彼の詩が凡て真実な実感から盛り上っていることに私は惹きつけられたと書いていた。

私は前橋滞在中、折柄、春になろうとする利根川べりの土手と磧の深い印象は、京都に滞在していたころの柴野の印象とともに、永く頭にのこった。人とり川という非常に深い幅一間くらいの小川があって、その小川の水面に雑草が覆いかかり、水音というものがちっともしないで、そこに小川があるのやら、ないのやらさえ分らないひっそりと盗むがように流れている一すじの奔流《ほんりゅう》があった、深さは六七尺もあるのだろうか、そこに佇《た》って見ていると恐ろしい迅《はや》さで、いつでも飛びこんだらそのまま小川に呑み込まれそうだった、何のことはない非常に大きな蛇の胴体のような、うごいているかどうかも分らない流れだった。私はそこに手をひたして暗い底を覗き込んで、こんな不思議な小川もあるものだろうかと思うた。しかも、水はぎっしりと川べりの雑草まであふれていた。曰く、人とり川。

利根の土手から小出磧の櫟《くぬぎ》や楢《なら》の林はツルゲネフふうの風景をひろげ、あいびき的の情景がいたるところに何枚かの原稿に書けるように、それぞれに私の情感をあたためてくれた。枯葉の匂い、音幹の色、茸、そして林の間には小径さえ畳まれた美しい林だった。

利根川べりの土手は対岸の砲塁《るい》のような断崖にくらべ、こちら側は女性的な王朝時代の袿《うちぎ》のように、美しくも、もはや、綾のある色をひそめて続いていた。それらの枯れた美しい限りの雑草のあいまに、もう芽が出かかり土筆《つくし》や嫁菜、ほかの芽もすっかり用意されていて見ていると、すぐそんな状態の喜びが私に書くちからのあるかぎりに関係して来て、愉しかった。

萩原の部屋は当時流行のゴチック風の卓と椅子とが置いてあって、瓦斯《ガス》ストーブに紅茶沸しやら紅茶茶碗やらマンドリンやら楽譜やら、卓上デンキに本棚やら外套かけの外套やら、敷島のからばかりつめた反古《ほご》籠やら、窓にはカーテンというように部屋の中をどっちに動いても、何かに打つからざるを得ない狭苦しい、ごちゃごちゃした玩具箱のような渾沌とした部屋であった。それは四畳半くらいしかないから、客が三人もあったら身動きさえ出来ない箱であった。これらのがらくたを見た私はもう前橋を立たなければならない時期を心得て云ったものであった。

「或る雑誌社から原稿料がはいるからそれまで旅館の方は話をつけて待って貰うようにして下さい。」

萩原は眼をぎょろりと一廻りさせて、ゆすりめ、ぬけぬけと籠抜けしやがるという不安な眼差で、平然とそんなことをいう私を呆れて見たが、口さきでは、

「よく話をして置きましょう。」

と、何でもない事のように紳士風にそう云って、また、眼をぎょろりと動かした。私は荷物と云っても何もないので、利根川の土手にあった槲《かしわ》の葉を二三枚原稿紙の間に入れて、利根川の岸べに別れを告げた。萩原は私を料亭に招じて別宴をひらいてくれたが、お父さんのゆく料亭らしく萩原はかえりに黙ってそこを出たが、それは、れいのつけの手であろうと思った。席上二三の妓《おんな》の侍るのもあって書生のうたげとしては、少しぜいたく過ぎるものがあった。

（『四季』一九四二年九月萩原朔太郎追悼号）

詩人・萩原朔太郎

一、わかい比律賓の紳士

私はへんな鳥打帽子をかむり、桜か何かの洋杖《ステッキ》をもっているだけで、風呂敷包み一個提げているわけではない、前橋駅に降りると眼の前にこれも変なトルコ帽をかむり、たばこを口に咥《くわ》えた萩原朔太郎が、僕が萩原ですと名乗りをあげた。非常に短かい半外套《オーヴァ》を着こんだ萩原朔太郎は、ちょっと鼻の隆《たか》さからも、日にやけた皮膚の色つやからいっても、わかい比律賓人《ヒリッピン》のような感じがあった。

萩原は前橋郊外のすぐ座敷から利根の川原に下りられる、一明館という下宿に私をあんないしてくれた、何時頃まで滞在するか、その間に何か仕事をするのかと訊いて見て、ものの三十分も経たないあいだに、では夕食に迎えに来るからといって素っ気なく帰って行った。後年萩原は私との初対面の印象記に曰く、一見それは乞食坊主のような小汚ない男で、太い桜の洋杖をついて肩を怒らせ、おまけによごれた紺絣のきものを着ているのを見ると、これが「小景異情」の詩人かと想像した美少年の彼とはまるで異ったしろもので、私はがっかりして了《しま》ったと書いていた。そんな見当ちがいの初対面だったから、話をするのにも厭気《いやけ》がさして萩原はさっさと引上げてしまったのであろう。この一明館という下宿の八畳の部屋は、火鉢一つに机があるきりでだだっ広く何も外にはなかった。夕方少し早めに萩原は迎えに来たが、町に出ると赤城亭という料理屋に私を招じ入れた。芸者と半玉《はんぎょく》が一人ずつあらわれ、萩原はここは親父がひいきにしている料理屋だといい、君をここにあんないしたのも親父が赤城亭が宜かろうといったから来たのだといった。帰りに萩原はだまって勘定を払わずに出て、表通りの煙草屋でも、しきしまを二個買うと、つけて置いて下さいといって店から出て来た。萩原がふだん使っている立派な西洋封筒や英文字のすかし入りの西洋便箋も、やはりこのつけて置いて下さいの口らしい、すると勿論、赤城亭の勘定もつけて置いて下さいの口であった。

萩原は一日に一度はきっとたずねて来たが、夕方は何時も呼吸が酒くさい、聞くと晩酌をやっているといった。萩原はまだ二十六歳であり私は二十五歳だった。二十六歳の萩原がのらくら遊んでいて晩酌をやっているのは、大した贅沢であると思ったが、それは親父の晩酌を手伝っているまに、くせがついて萩原にも一本つくようになったらしい。私も毎日一度は彼の狭い洋室をたずねることにしていた。萩原の部屋はなにから何までセセッション式で、筆筒までセセッションの形式をまねていて、私が行くと自身で紅茶をいれてくれた。永井荷風の「紅茶の後」などという随筆の題にもあるほどの、紅茶というものがはなはだ高級なのみものではやりであった。高村光太郎にも紅茶という題の詩があり、仏蘭西から帰朝した高村は築地のどこかの部屋住みで客あれば紅茶を沸かすという当時のハイカラをまなんでいた。わが萩原朔太郎も紅茶にウィスキイをしたたらせ、訪ねて来る者はたいていマンドリンを掻き鳴らす手合が多かった。萩原は伊勢崎銘仙の羽織を着ていたが、私には紫黒《むらさきくろ》の緋文様の彼の羽織だけを見ても、圧迫的であった。ましてセセッション式の三畳の洋室は、椅子もうごかせない程せせっこましく、窓に緑の縫いのあるカーテンが下りていて、これもまた息ぐるしい眺めであった。萩原はここでマンドリンをちゃらちゃらやり、蓄音器の音楽をかけ、そして客があるとギターをぼんぼん弾いていた。そこに例の紅茶茶碗をならべるので、身うごきも出来ない狭隘《きょうあい》な光景であった。母屋とは鉤型《かぎ》にはなれていたが、たまに末の妹の愛子さんが菓子なぞをはこんで来たが、清潔な少女の感じだった。この愛子さんは三味線と踊りをならっていたらしく、撥袋《ばち》をさげて夕方萩原邸の門内にもどって来るすがたは、美人でありまだ十五くらいであったが、まるで女優のようなつくりだった。ずっと後に佐藤惣之助の後添になり、佐藤惣之助は彼女を釣りに行くのにも一しょに出かけ、遠距離の旅行からもどると遠州浜松あたりで電報で呼び寄せ、しばらくわかれていたしめくくりを旅先で、一夜をすごすというふうであった。ずっと後のことであるが、萩原は酒ばかり飲んでいるだらしのない書生時分の私に、君なんぞに妹なぞやるものかと、ずけずけ言っていたが、その妹を佐藤惣之助にやったことについて聞くと、佐藤は女というものを知っているから、女を泣かさないからいいんだというふうに認めていた。その佐藤にいわせると何しろのんびりしているお方だから、そののんびりしたところを育てるんだねといっていた。

これはまだ佐藤夫人にならない前に、独身であった谷崎潤一郎がどこで見たのか、或いは萩原の前橋の家か或いは写真で見たかどうか分らないが、愛子にいちど会わしてくれないかという谷崎の申入れがあった。萩原は谷崎の小説は耽読していた方で、崇拝に近いくらいの愛読者であり、谷崎が伊香保温泉に出かけるときに前橋の家にも立ち寄ったので知っているのでなかろうか、ともかく、そんな申入れに頑固な兄貴らしく頭をふる男ではなく、さっそく愛子を説きふせて会わせたらしかった。その結果、谷崎潤一郎はでは一週間ばかり交際させてくれまいか、その一週間できっとお妹さんの人がらも判るし、判れば貰いたいという事理明白な言い分であり、谷崎の愛読者である萩原は人の好い光栄めいた笑い顔で、引きうけたのである。劇場とか料理店の会食とかで、その一週間はすぐ経ってしまったが、谷崎はつきあって見てよく判るものが判り、残念ながらもとの白紙にもどしたいといい、萩原もこういう道はよく判る男であり、それを判らせることでほこりも持つ男であるから、世上にさえつたわることもなく、えんだんはそれきりになった。この話を萩原から聞いて私は谷崎のしたことは寧ろ立派やかな、うそのないところを正直にいったものだといい、萩原が口前ほどにもなく妹のことでだまっている少時の間を、やはり兄妹のよしみのふかさがわかるような気がした。僕でもそんなふうに交際して見ていやならいやというかも知れないといったが、こういう谷崎の態度というものは抜き差しのならないものを、正直にあらわしているように思えた。そしてこのことで萩原は嘗《かつ》て一度も谷崎をあしざまにいったことがない、やはり谷崎の小説の愛読者であることに渝《かわ》りがなかったようである。萩原の告別式のあった日に谷崎はわざわざ熱海から出て来て、お線香を上げに来てくれ、私は谷崎の気持にある却々《なかなか》に萩原朔太郎を粗末にしないものを見とどけて、彼としたしく挨拶をかわした。間もなく佐藤惣之助にあっという間に愛子をよめ入らせた萩原も、なかなかに苦労人といわざるをえない、しかも佐藤は決してわが妻ながら、つねにそれをそらすようなことをしない人だからである。

話はそれたがその時代はいまから四十年も前のことで、妙な旅行が詩人とか歌人とかいう文学青年のあいだに、はやっていた。つまり或る下宿屋を食いつめるとそこから一度は足を抜かねばならない、足を抜くときには一応旅行という名義で、友人とか親戚とか郷里とかに出掛けて、あとしらなみにぼかすことが、くせづいていた。そして再学する時には荷物とか金とかの用意をして、上京のうえ、相不変《あいかわらず》、大家訪問や酒を呑んで遊ぶことが、文学青年のおもな生活だったのだ。そして私が萩原をたずねたのも、萩原の紹介してくれた一明館をどのように手際よく、食いつぶすかということに目標があった。だからこそ、私は帽子と洋杖《ステッキ》よりほかに荷物というものがなく、金は往きの汽車賃だけであり煙草銭の余裕もなかった。一明館は田舎の下宿屋であるから呼鈴を鳴らして、煙草を持ってこいということは出来ない、萩原から煙草銭を借りることは金のないことを白状するようなものであるから、これは断じていえない、つまり私のすることは詩の原稿をかきためることであって、下宿の女中さんの手前もあり何時も机に対《むか》って勉強しているような、そんなふうを装うていなければならなかったのである。そういう間に五日経ち七日経ち十日経っても、一向動こうとしない私を見て萩原はごうを煮えさせていった。

「君は何時頃まで滞在するんですか。」

私はそのたびに田舎から金が来るのを待っているとか、あと四五日滞在するとかうそをいって置いた。実は利根川べりの春の鶫《つぐみ》が南天の実を啄《つっ》きちらしているのを見て、一日でも食うことの心配をしないで詩の原稿をいじっていたかったのである。しかも息たえだえなこれらの詩の原稿は、すがたをちがえたぐちと嘆息をつらねたようなものだった。金なぞ何処からも来るあてがあるものではない、いずれは帰京したらすぐ送るから支払いは宿元にそう言って、待たせて置いてくれるよう萩原に話をするつもりであった。はじめから萩原朔太郎というかねのありそうな、そんな気のする家庭の保証が私の宿賃にあればしばらくでも、のうのうとしていられるという横着者の根性をもっていたのであるから、動く気色も見えないのが当然であった。萩原は変だというふうに見ているが、まさかこの風来犬は食い倒しにやって来たとは思っていない、医者の息子でらくにそだってセセッション式の洋室にいる彼は、そんな他人を無理勝手にうたがうものなぞ持っていない、もっと他人を信じるものを持つことでよごれていない人間なのである。萩原朔太郎はつねにその時代の流行であることばで、他人を二大別にして考えていた。なにごとにも貴族的なという冒頭言がその一つであり、奴は貧乏人であるということがその二つである。萩原は先ず私を見ての印象は風体のあがらない田舎の貧乏書生であり、月夜に桜のステッキをついて歩く明治の継《まま》っ子であるほかには、何もみとめていなかった。ただ萩原は私の詩だけは彼の生涯のうちで誰よりもみとめ、まねもし、まねから飛び出して一家をなした人であった。そして萩原ほど私の詩や生活を文字にあらわして書いてくれた男はいなかったのである。

萩原はとうとう私が二十日余りも滞在しているのを、何のためにそうやっているのか分らないふうであり、繰り返して君は何時までいるのかといったから旅費が着いたら直ぐ立つというと、旅費は何処から来るのだといったから、田舎からと答えた。萩原は宿へは二日に一度しか来ないようになったが、私もまる一日萩原を訪ねないこともあって、これは危ないといったものが萩原の顔色にもじもじとあらわれた、実は族館の払いもいますぐしたいのであるが、金の都合が悪く帰京の上で送るから、宿の方は君からそういってくれまいかと、ずっと先に考えていたことを私はすらすらといった。萩原は私が立つといったことでほっとした顔附をし、払いは君から送ってくるまで待たせて置くといった。実は家でも君があまり悠《ゆっ》くりしているからあの方は一体何時までいらっしゃるのだと不思議がっているといった。併《しか》しこの横着者の騙りの肚の底をよむには、あまりにも善い生活をしている人達であったから、騙りはすぐにもずらかる必要がなかったのである。翌日、私は利根川べりにある若い樫の葉を二三枚と、赭《あか》い小石を二つ三つ拾って前橋駅で送ってくれた萩原にしか爪らしくいった。宿賃はかえるとすぐおくるからそれまで待たせておいてくれ、あそこの宿は田舎めいて仕事もできそうであるから、金の都合のよいときにはまた来てもいいとぬけぬけといい、萩原はサンドイッチを一包み買って来て、せん別にしてくれた。騙りは間もなく立ったが、利根川を汽車がごうごう渡っても、自分がうそ八百をならべて来たことに、少しもおくれた気持にならなかったのは、よくよく窮してもいたのであろうが、文学修業をするためには金の全然ない奴は、少しでも金のある奴にたかることがまるで当時の常識になっていたからであろう。こんなことを書くと叱られるだろうが、富田砕《さい》花《か》なぞは非常に美人である人の家に食客をしながら、詩をかいているといううわさは、就中《なかんずく》、私にちらりと見た白面柔和の富田砕花の境遇がうらやましかった。ともかくも食いつめたら、何処の誰々でもよい、有名でない文学好きのところで食客するのが、とくなようにいわれていた。だから萩原には帰京してからも送金どころか、礼状すら出さずにいた。一と月経ち二た月経ってから萩原は上京して来て、一緒に酒場歩きをしているうちに家では一明館とも知り合っているから、とにかく一明館の顔を立てようと金は取り替えて払ったが、あんなに困ったことはなかった。どうせ文なしの君をいじめたって金は出来っこはなし、僕の小遣銭からというわけに行かないから家に払って貰ったが、困るにはこまったといった。そしてそれきり一明館の払いは一文も払わないで済んだが、萩原もそのあとではこれらの事は一さい口にしなかった。併し君はどんなにえらくなっても、僕の家では信用がない、前橋なぞうろ附きに来るなよといったから、悪いことをしたね、一生に一度の騙りだと私はむずがゆい気持で、笑うていうよりほかはなかった。東京にお母さん達が引越して来ても、私はすっかりわすれてしまい、却っていまどきそんな古いことを話し出すことさえ不自然なような気がし、何時もおあいしてもだまっていた。前橋の町にうろ附きにくるなよといわれたとおり、あれから四十年ただの一度も前橋には行かなかった。たまに客があってあなたがお泊りになられた一明館も町の中に引越して了いましてね、利根の川原から越後の山脈が見えるなんてところじゃありませんよと話されると、私はああそうですかといってやはり平然と対坐して少しも良心をもたない騙り者のようであった。人間の良心などというものの本体は一体どこにあるのか、いまでも判らないのである。

二、女詩人おえんが事

私はまいもどった東京で月を趁《お》うてまた食いつめ、こんどは郷里金沢に落ちて行ったが、そこで一人のわかい女と知りあった。それは私の母の友達の娘で十九になっていて、変っているといえば写し絵が好きで役者の似顔を毛筆で写し、髪を何時ももわれに結い、写し絵の感覚からか、人にものをいうときに相手に黒瞳《くろめ》を上の方にきゅっと寄せて見せ、そして下唇を前のめりにひろげるようなくせがあって、かわった感じだった。十二三の時から家にちょいちょい遊びにきていたものの、こんなにおおきくむすめ盛りを見せびらかしているのに、私は驚いたのである。私はこの娘のもとにしげしげ用もないのに遊びに行っているまに、この娘が詩をかいて見せたのにも、ちょっと意外な気がした。詩はまずいがご苦労さまにも、私は彼女の詩の原稿を見てやり、勝手に改作をしてみると読めそうな詩になり、殆ど私自身の詩である程度までに改作してやると、いっぱしの女流詩人の風貌をあらわしはじめたので、私は益々いい気になり彼女の原稿を自作同様に添削しては、彼女をよろこばして自分も気色好くしていた。詩というものはどんな拙い詩であっても、相当詩技の心得のある人間がていねいに書きなおしてやれば、小説とちがって拙ければ拙いなりに面白く見えてくるものである。丁度、同人雑誌のような詩の雑誌が金沢から出ていて、私も詩の原稿をたのまれていたので、このおえんという娘の詩をのせてくれるようにたのみ、ちゃんとした一家の扱いをするように強制して言ったが、同人雑誌の編集者もこんなに巧い詩をかく女の人が金沢にいることは知らなかったと、彼は私の詩とならべて掲載してくれた。それもその筈であろう、私は念入りにおえんの詩をなおして置いたからである。この雑誌に萩原朔太郎も詩を寄稿していたので、おえんという女はどういう人か、君の詩に似ていて君よりうまいかも知れないこの女流詩人は驚嘆に値すべき作者であるという手紙をよこし、萩原らしく大げさに褒めて来た、私はひそかに萩原に原稿を送って見てもらうようにおえんにいい、おえんは萩原に手紙をおくることを光栄みたいに感じたらしく、すぐ原稿を送った。何のことはない、その原稿も私が一応見て直した上、さらにおえんが書きなおして送ったのであるから、萩原の褒めちぎった手紙が来たときも、大して驚かなかったのである。そんなことからこの村田おえんという詩人が有名になり、そして萩原朔太郎と手紙の交際をするようになったのである。よく手紙を書くくせのある萩原はおえんに厚ぼったい角封筒の手紙を送り、おえんは例によって毛筆がきで返事を書き、写し絵まではさみこんで送ったらしく、萩原はおえんのことを北国の薄ぐらい家にいる、色の白い女であろうといって一度会って見たいといい、君さえよければ金沢に行ってもよいといって来た。萩原という人はそんな直情をもっている男であり、おえんも萩原朔太郎という大して有名でない詩人であっても、金沢の同人雑誌の皆さんとくらべたら大家のおもかげをもっていたから、息をはずませるように手紙を送ったのであろう、私ですら地方にあっては大家づらをしていられたからである。白秋とか露風とかいう大家はあまりに大家であってしたしみにくいが、萩原朔太郎のような若手の有名詩人は地方では、はなやかな有名さをもっていた。私がこの話をするとおえんも会いたがり、同人雑誌の皆さんも盛大な歓迎会を催さずばなるまいということになった。

ここでちょっとおえんのことを書いてみるが、私は正直にいっておえんにほれていたといってよい、おえんの母親は幾らかの金をあちこちに貸し附け、ひまのあるときはおえんに手伝わせて縫い仕事をして、心配のないくらしをしていた。併し慾のふかい母親はおえんに小遣銭をやらないので、おえんは郵便切手も原稿紙も買うことが出来ない、金沢のその時分の娘たちはみなこんなふうに育っていた。そこで私は宵の口の八時頃に、おえんの家の前に行って簀戸《すもしこど》という簾の取附戸の、簾の編目から手紙をさしこんでぽとりと板の間に落ちる音を聞いて、もどったものであった。簀戸には内側から蔀戸《しとみど》が下りることになって居り、その蔀戸を上げるのが毎朝のおえんのしごとであった。だから私の前の晩にいれた手紙はまちがいなく、おえんの手中にはいっていた。私は封筒の中にせいぜい一円までの金をいれて置くか、桃色の三銭切手を二十枚とか十五枚とかを入れていた。それはおえんに小遣銭がないことを知っていたからであり、おえんは切手を買うおかねもないわとよくいっていたからである。そんなことでおえんが嬉しそうにするようすが私にも喜ばしかったし、それやこれやの喜ばしい交際を萩原朔太郎に分けてやりたかったからである。若いじぶんというものは自分に女の友達なりコイビトなりがあると、それを一等したしい友達に紹介して、その友達からコイビトが美貌であるとか、ようすがよいとかいうことを褒めてもらいたいものらしかった、私の萩原に紹介したおえんもそんな意味合いの交際でもあったのである。総じてこの時代にわかい女をともだちに持つとか、その女の人の家にじゆうに出入りできるということは、かがやくような毎日をおくっているようなものである。セセッション式の洋室で、君、これはキュラソオという酒なんだがといってあまい酒をのませた萩原朔太郎も、女というものは友だちに一人もなかったらしく、おえんに会いたいといい出したことでも餌にとびつく鮒のようにがつがつしていたのだ。がつがつはこちらがもっと手きびしく、郵便切手も送っておかないと手紙の返事もこないという始末であった。

黒髪を手にして（おえん作）

まくらにとけてうねりを見しとき
岩間に銀のまなこ光らし
するするとさやけきねいろを立て

くちなは走る
くろかみなびく
いかに愁ひてながき姿を見よ
なんぢ心あらず
とく行き捲けよ

ゆめぢを辿る君がうなじに
こころゆくまで
からみてゆけよ
われのくろかみ、いま早や手にからみ。

（大正四年作）

萩原を金沢に招《よ》ぶことは先年の不始末をわびる気持が私にあるのと、もひとつは、おえんが金沢の練人形に着物をきせて送ったのが、萩原を金沢にひきよせた最大な原因になっていた。年二十七歳になっている男にお人形をおくるというのも、そも如何なる時代の悪戯《いたずら》なのか、おえんがなぜそのような気持になっていたかということが、いまから尋ねるすべもない、だが貴公子萩原朔太郎は大正四年六月の或日に、金沢の停車場にその比律賓《ヒリッピン》人のような色の黒い渋い顔をあらわしたのである。それから十五年後の五月の或日に芥川龍之介も、端正な額を金沢のそよかぜになぶらせたものであったが、それは後のことであってその日は貴公子は例によって半オーヴァを着用におよび、茶褐色のソフトを前つぶしにナポレオンの帽子のようにかぶって、上機嫌の笑顔で私の前にあらわれた。そして貴公子は唾をふくんだ早口でいった、おえんさんは迎えに来ていないようじゃないかと、咎めた。私はおちついて答えた。それについては後で悠《ゆっ》くり話すことにするが、きょうは迎えに来ていないと私も落胆の風情でそうこたえた。ハナクソのように悲しい同人雑誌の田舎詩人の出迎えには、貴公子はふんとか、あ、とか言ってあいさつするだけで、あきらかに萩原は絶望して早足で未知の街区を気みじかに歩き出した。

私は萩原をむかえるために借りの利く西洋料理店と、廓《くるわ》の貸座敷とを心で用意していたので、その夕方町角の三角形の室のある西洋料理店でさし向いになり一杯やりながら、実はおえんのことだがきょう迎えに出るように言って置いたが、母親が手紙だけの交際ならいい、本人同士で行きあうのがいけないといい出して、駅へは出迎えに行けなかったのだと弁解していった。それより前に突然におえんにえんだんがあって、或日私はごうつく張りの母親からおえんもああして置くわけにゆかないから、最近に結婚のはこびになるかも知れないといわれて、あ、そうですかと、そばにいるおえんの顔をみると、ちっとも屈託そうな顔附もしないで寧ろえんだんに気が向いているふうであった。私なぞのことは問題にしていないようである。では今まで交際していたのは男と男の交際みたいなものであって、女という感覚なぞはあなたの場合感じていないと言われるようで、私はだまっているおえんが少しも気をつかっていないのがいまいましかった。わざわざ前橋から来た萩原朔太郎君にはどんなことがあっても、顔を出してくれというと、ええ、と、こたえるだけであった。萩原はおもにあなたに会うために百里も旅行をして来たのであるから、是非会うようにしてくださいと私は私の立場から、そういって見たが、母親はそれでは家の方に来てください、この子が料理屋や旅館にあいさつに出るわけにゆきませんからといった。そしてまたおえんも家にいらしてくだされぱいいわといい、私はぶりぶりしたが何もいえなかった。丁度、そのころからちょっと前、呉服屋さんと株屋をかねたような人とのえんだんがおえんに持ち上がり、おえんにも気があり来月にでも式をあげる手筈になっているとのことだった。いまさら直した詩の原稿でともかくも村田おえんという、ちょっとした名があらわれていることを、あれはどうしてくれる心算《つもり》かともいえないし、あんなにたくさんの詩も、もともと、僕がみんな書いてやったようなものじゃないか、あの詩はだから僕の詩のようなものだからみんな返してくれともいえなかった。おえんの顔はこうして見ていても、ふだんのような顔附で女というものは何てシラジラしいものだかと、私は萩原も悪い時に来たものだ何とか取りつくろえないものかと考えて見たが、どう取りつくろえそうもなかった。一たび女はえんだんの話があれば、詩の原稿の仕事にくらべたら、くらべられないほど、えんだんの方がかんじんらしく若い呉服屋さんの方が、私や萩原よりもっと大切で頼み甲斐があるのかと、私はおえんを見損ったことが腹立たしかった。その訳を萩原にはなしてみると何だ君の女ではなかったのかと、ふしぎに萩原も一息ついた安堵したような顔附であった。このほっとしたような萩原の顔附は私には意外であり、そしてすぐおえんが、私の女であったらおえんというものに、萩原もすなおに対《むか》えないものがあることを知った。とにかく、僕はおえんをちょっと見るだけでいいんだ、それが呉服屋さんのお内儀《かみ》さんになろうが誰のおくさんになろうが、そんなことはどうでもいいんだと彼はいった。しかし君の女でなくなることは、君の女であることで押しとおされるより遥かにらくだよと言われそうで、私は女なんて勝手なものだと自分が本来好かれていないくせに、好かれていると考えていたバカ面が剝《は》がれたようで、ばかばかしかった。

萩原と私はそれでもおえんの家をたずね、萩原はこの奇体なふだんもももわれを結い、黒の半襟をつけた鼻も美しい金沢娘とちょっとの間はなしをした。おえんの家の茶の間は二階から明りをとってある程、うすぐらい家だったから、せいの高いおえんの感じはよそでは見られない、ひどく古風で内股のあたたかい娘のように見えた。なにをはなしたかも皆わすれてしまったが、それきり私はおえんを見ず、萩原もまたこの人とてがみのやりとりはしなかったようである。この事から三十五年くらい後の或る年、おえんの友人であるという女の人から不意に京都から手紙が来て、村田おえんさんはいま京都の医科大学に入院していて、らんそう手術をする筈ですがあなたのことを何時もよく仰有り、できるならば医科大学病院二十八号室あてに、なにか慰めになるような手紙を上げてくださるまいか、実はこんどの手術はかなりな危険が伴うので、ご本人もそのようにいま一度手紙でも見せていただけば、もしもの事があっても何かあんどした気持で手術もうけられると、そういう突然の手紙を前に置いて六十何歳とかいうおやじが、眼をぱちぱちまたたかせながら扨《さ》てどんな返事をかいてよいものやら、また、そんな手紙がはたして書けるものかどうかに就いて、私はらんそう手術はたいへん困難なものだろうと思った。そして一日経ち三日経つあいだに、私のてがみは四十年前にいやという程書いて上げてある筈だから、いまさら追加の手紙をおめおめと、しかもいくら文士でもちゃらっぽこが書けるものではない、私はとうとうそれきり返事をかかずじまいになって了った。たいてい、文士というものはこんなときに返事は書かないものであろう、この文章をお読みになったらどうぞ悪しからず思ってください、とてもいうより外はない、……

　萩原朔太郎は私のあんないしたお茶屋の二階にあがると、夏が終ったばかりの座敷つづきに悉《ことごと》くみすが下りていて、べにがら塗りの座敷の天井を見ただけでも、彼はまるで御殿のようだといった。股旅《またたび》都会の前橋にはこんなお茶屋はあろう筈はないが、さすがの貴公子も金沢風俗には口を噤《つぐ》まざるをえなかったのである。折よく萩原にはおツルという非常に若い半玉あがりの妓が気に入ったらしかったので、当時、四高の学生だった多田不二《ただふじ》と一緒に、萩原をそこのお茶屋に泊めてくれるよう言い置いて、多田と私とはもどった。翌日、萩原の宿にゆくと萩原はああいう骨まできゃしゃに出来ている女とねるということは、ざんこくな気がするね、何をしても笑ってばかりいるような女というものには、とても僕らのような善人にはかなわない、笑えば笑うほどこっちが笑えなくなるといって、翌日、兼六公園を見ると彼らしくそそくさと前橋にかえって行った。すぐ来た手紙にはおツルのあわれさをつくづくのべたあと、おえんという女は君なぞより役者が上であり、黒襟をかけ桃われを結っていても心は甚だしく近代的だと、ほめていた。そしてこんどの歓迎ぶりは僕が前橋でしたよりも倍くらいの費用がかかったであろうが、貧乏人という者はときに金持のように振舞いたがるものであり、こんどの宴席はすべて君を後になって苦しめるものであろう、ともかく、僕はあのおツルだけの花代がふみ倒されるようなことがあったら、僕の心苦しさは一層であるからおツルの分は君からとどけるようたのむと、金拾円が為替にくまれて封入してあった。成程、市中にある西洋料理店の食事代にお茶屋の払いは、とうてい私のどこをはたいても、支払える額のものではなかった。萩原流に大声につけて置いてくださいともいえないから、食うほど食ったあとでそっと帳場に行って、きょうの分は何時《いつ》の幾日に払うから家の方につけを持って来ないように注意して、やっと料亭をこそこそと出るという仕儀であった。私の母親はそれらの彪大な費《ものい》りを毎月幾らというふうに仔細に仕切って、何ケ月もかかって月割りで支払うというぐあいだった。それが一年にもなってやっと皆済《かいさい》された時分に、私は荷物ももたずにまた東京落ちして行くのだが、母親は私の顔が人力車からころがり込むように見えて来るのを見て、「ああ、また借り倒しの餓鬼が来た」と嘆息するのも、全く無理がないのだ、料理屋ばかりでなく紙屋とか呉服屋とか洋品店とか本屋とか喫茶店とか煙草屋とか、手当りしだいにつけて置いてくださいの口が、私が故郷をずらかると一どきに母の手もとに、その月の五日には集まってくるのである。

三、有名をもたざる人

田端の百姓家の離れに私は下宿していたが、或日夕方近くもっこくの植木畑の小路にはいりこんだ一人の男が、室生君の家は何処かと表から呶鳴《どな》った。出て見ると二度ばかりたずねたことのある日夏耿之介であった。詩集が出来たので持ってきたが、こんな小路の奥ではまるで見当がつかなかったといい、差し出した書物を見ると分厚なかれの処女詩集『転身の頌』であった。日夏はほかにも配る処があるらしく二三部包んだ風呂敷包みを持って、家にはいらずに些《いささ》かこうふんしている面持で分りにくい小路を出て行った。誰でも自費出版の詩集はこんなふうに近間の人には、自分で配って歩くものであるが、傲岸な日夏耿之介にも、こういう純情可憐な若い日の一日があったのである。それから何年か後に千駄木林町の私の下宿に、突然一人の客があらわれ、私は出てみるとこれも日夏耿之介であることを知った。部屋に招じ入れると日夏は雑談の末、前田夕暮君の編集している『詩歌』という雑誌があるが、巻頭に何人かの詩人の詩をのせている。僕の詩を載せてくれるかどうかといったから、君の詩なら喜んでのせてくれるだろうと私は好意に充ちた返事をした。前田夕暮は好人物でよく詩人の詩をのせ、併せて新鋭詩人の紹介の役もしてくれた好い編集者だったからである。萩原朔太郎、加藤介春、山村暮鳥、川路柳虹なども書いていたし、私も毎号のせてもらっていた。本来は短歌の同人雑誌の組織であったが、前田夕暮の好みで活字の組みも美しかったし、何となく巻頭数頁の詩がその時代の詩壇から注目されるようになっていた。萩原朔太郎も私もたいていの新作はこの『詩歌』で発表していたから、じみな実力のある野党の詩人が集まっていた。『スバル』には高村光太郎、堀口大学、出野青煙、竹友藻風、佐藤春夫なぞが、高踏派ともいうべき澄した名前をならべていた。日夏は何処にも書いていなかったから、思い屈して私をたずねたものらしい、間もなく日夏の詩を前田夕暮にとどけると、前田は翌月の『詩歌』に日夏の詩をのせてくれ、私は前田に礼状を出して感謝した。そして訪ねて来た日夏もきっと喜んでくれるだろうと思ったが、意外にも日夏耿之介はぷうとふくれて印刷の汚ない事を遣《や》っ附け、礼状も寄越さないといって彼独特の脅かすような太い声と、大きな白い顔を怒らして私の前にすえた。紹介してきたから載せたものの当時の日夏耿之介なぞに、前田夕暮はどんなに紳士であっても原稿の礼状なぞ書けるものではない、詩の雑誌の編集者ばかりではなく、あらゆる編集者というものは、たのみもしない送り附けの原稿に一々礼状を出すような人はいない、これは日夏の思い上がりだったが私は日夏がさらに原稿料を出すかどうかとまで言い出したので、同人雑誌だから稿料は払わないことも教えなければならなかった。日夏はそれきり『詩歌』には書かなかったが、彼はそんなふうにその時代ですら自ら営々として大家を作り上げていたのである。私や萩原がたとえ三文雑誌に詩をのせてくれても喜んでいたような、そういう素直なよろこびを無理矢理に噛み潰して、日夏耿之介は日夜大家へのみちをいそいでいたのである。これは詩人の生き方であるかどうかは、彼自身がよく知っていることであろう。

私と萩原とは日夏の話が出ると、つい失笑してからはなし出すというふうであったが、高村光太郎の話が出るとちょっと真面目な顔附になり、高村の詩の仕事の質のちがいが私にはよく判り、判るほどゆだんのならない敵手が感じられていた。とにかく一度高村をたずねて見ようということになり、高村のアトリエの入口にある郵便局の窓口のようなところで、呼鈴を押して待っていると、突然、郵便局の窓口が開いて若い女の人の顔が、私の眼一杯にひろがり、その女の人はふくみ声で、たかむらはいま出かけていますといったきり、窓口の戸をすぐしめてしまった。萩原と私とは田舎者のつねで少時そこに立ったきり、二の句がつげなかった。たかむらはいま出かけています、ふうむ、あれは高村のなんだろうなと私はいい、いつも外部には笑いを見せないほど内の愛情で一杯になっているような顔を、あぶら絵のように感じた。この人が智恵子さんだった。二度目には高村自身が窓口に出て来て這入れといい、萩原と二人で挟い部屋にとおったが、高村は絣か何かの粗末な筒袖を着ていて極く普通のことをしゃべり、私達もやはり普通のことをはなしたにすぎない、卓《テエブル》の下棚にセザンヌの番号入りの大冊が、外国から来た木箱のまま上の木の蓋だけを開けて置いてあって、立派な装飾だった。正面には皿だの壺だのがあったが、この画集の勢いには遥かにおよばない蒐集品であった。高村という人はこんなところもある人だなあ、そして決して烈しい打込んだ言葉づかいもなく、私達からみるとひとりでころがり込んだ運の好い一家の風格をもっていた。萩原でも私でも詩をのせてもらう懇意な雑誌というものがない、高村は『スバル』にどれだけ書いても頁をさいてくれているし、発表機関がひらかれていて到底それには勝てるものではなかった。立読みで高村の詩を見てから萩原に君これをちょっと見たまえと『スバル』の彼の頁を示すと、萩原はすらすらとそれを読み終えると、口をむすび直すような気分の立ち直りを見せてから、『スバル』を本屋の店頭に投げ出してしまった。それをそうしなくともよいのにおせっかいな私は『スバル』を『スバル』の元のやまに積みかさねて、外に出た。萩原のゆううつは私のゆううつであり、これはどうにも退治ることとの出来ないゆううつさであった。萩原も私も根津権現裏の下宿にいたから、本郷に出る時は高村のアトリエの前を是非とも通らなければならなかったし、通るということはアトリエの屋根裏のような位置にある小窓から、えんじのかあてんが下がっているのを見なければならない、その上、小窓に西洋葵の鉢が置いてあるというしゃくにさわった風景は、しかしそのまま私の趣味を先廻りされて見せられているような始末でもあった。夜は質屋にかようた貧乏人の私は萩原の上着をかかえて、高村のアトリエの前を通って行ったのだ、萩原は萩原で現金で貸すより上着の方が貸しよいと思ったものの、質屋というものに行ったことのない彼の臆病さは、翌日の朝早くにもう受け出して着ていた。

私達は暇があったので高村をたずねるたびに、よそゆきの気持を感じ圧迫でない妙な人間のちがったものを覚え、私はとうとう高村をたずねることはもうよそうや、ちっともおもしろくないと言い出した、萩原は高村はそんな面白い男じゃないんだ、しかたなしに訪ねて行ったから話しているんだといった。それもそのとおりであった。高村はいつも含み声でものを言い、何時もうけて答えるばかりであったし、酒でものみに行ったら面白い人になるであろうが、つくらない利巧さはすぐ興に乗るということはなかった、風来犬は風来犬であしらわれるよりほかはないのである。ずっと後年、私が小説をかいてから『中央公論』で詩人の詩をまとめて出したいが、どういう人がよいかという質問に私はいつもそういうように、先ず高村光太郎をすいせんしたが、彼は『中央公論』のような名のある雑誌には、自分の詩はのせたくないといって立派に断わったそうである。そして地方雑誌とか同人雑誌には詩の原稿を送ってやり、その上、出版費に当ててくれと幾らかずつの為替を封入して送るそうであった。これは一度や二度ではなく、彼がしばしばそうやることに拠って自ら潔しとしたところであった。これには気障《きざ》なところ思わせぶりなぞなくて、すらすらとやって退けるらしいのである。こんどは芸術院会員にすいせんされたが、きっと断わるだろうと私はにこにこして見ていると、彼ははたして断わり、彼としては稀らしい理窟を『新潮』に書いていた。いやならいやでいいが、理窟だけはやめてもよかったと思ったが、人様のことをかれこれという文士のもの臭さは、ついこんな冗《くだ》らないことを書いて了ったことになるのである。

一体、高村光太郎というのは詩人か彫刻家かといったら、私は詩人といわざるをえない、それではその詩人の高村がなぜあんなに彫刻を一生の終りまで奉じているかといえば、あれだけはやってもまだやりきれなかったからだ、人間は自分の出来ないものほど大切にするのが一流だということになれば、かれの有名は彼が自ら掻き集めたものではなく、まわりが築き上げてくれた本物なのである。高村光太郎のことなら大抵及第であった。生涯有名を叩きのめそうとしていた高村は、大雑誌に詩をかくことを断わっていても、もういまでは雑誌新聞の物見山のふもとをぶらついていても、誰も何もいわないしどうやら本人も何とでもしてくれという投げやりになっていた。一生大家になろうとか有名になろうともがいて見ても、高村のように玲瓏《れいろう》とは行かない人間もいるものである。かぶりを振って厭々《いやいや》をいう女がそのいやいやだけでも無量の可愛気があるように、高村はいやというほど雑誌新聞にたいせつにされている。白状するが私の青年時代にわざわざ所蔵している陶器を奉ったご仁は、瀧田哲太郎に萩原を加え、高村におくった九谷の大皿をかぞえるとお三人だけになる、私のような慾深な人間にそんな贈り物をさせたということは、よくよくの人間であるらしいのである。

萩原の論文感想にもあまり高村のことが書かれていない、書かなければならない人であるのに書いていない、そして萩原はふだんでも高村のことはあまり喋っていないのである。何故か、何故あんなお喋りが口を噤《つぐ》んでいるのか、これも、よくよく応えた高村の力倆《りきりょう》がそうさせたのであろうか、よほど高村という人は複雑な人か、それともあんまり素朴すぎるためかな、とにかく詩人というおばかさん世界にめずらしく出来上った人物だな、人物といわれるような人間はちょっと見には判っても、肚《はら》の底はなかなか判らない、へんな曲者共を沢山にしまっているからであろう。

いまでもそうかも知れないが、その頃、無名の人間は有名な大家を訪問するか、あるいは同年輩の友人をたずねて廻って一くさりの鬱晴《うさば》らしのくどきを口説いて歩くことで、先ず無名のやからはそれぞれに吻《ほっ》と息をついたものであった。何故有名になれないかについて人々は高論卓説を吐いて、誰にでもよいからみとめてほしかったのである。有名はすぐ手のとどくところにあるから、それを受けとる前にべちゃくちゃ喋って置いて一人でもよいから、自分というものを知ってほしいために自ら投票していたようなものである。

萩原と二人で或る年に若山牧水をたずねると、牧水は二階の四畳半一杯にひろげた原稿の綴りの中に、あがらないふうていで私と萩原とにあい、これもやはり受けて答えるというような当らず触らずの応対であった。その頃、『創作』という雑誌を出していた若山は、萩原の詩と私の詩をのせてくれ、その時も毎月書くようにすすめてくれた。そして若山は萩原に身元調査のような質問をし、遊んで食えるということは羨ましいといい、萩原はこんな大家にむかっていま下宿にいるのだが、近くにいらしったら寄ってくださいといって、若山家を辞したが、その折、玄関つづきの階下の茶の間に女の人らしい姿が見え、それが喜志子さんであり結婚されたばかりのように思えた。うず高い無名の歌人の原稿にうもれた若山の書斎に、わずかな時間を話していたときに福永挽歌という小説を書く、眼がねをかけた眼のぎょろりとした人が、おとなしく若山のかたわらに坐り、邪魔にならないように歌稿を拾い読みしていて、私は名前を知っていたので、この人が福永挽歌かと思った。後年、北原白秋をたずねた時にも木下杢太郎が来合せていて、これもおとなしく北原と私との対談をきいていた。福永挽歌とおなじように北原との対談の邪魔をするとか、北原を客である私からとり上げて話をすすめるとかいうことは、決してしなかった。大学の制服をつけた木下杢太郎はとうに私が間もなく帰るということを見抜いていたのかも知れない、かれらスバル派は学生でいながらすでに大家の一段をふみこんでいたのである。

若山をたずねた四五日後、私は萩原の下宿をたずねると驚いたことには、若山牧水がたずねて来ていて酒の最中だった。萩原の宿は素人宿で卵黄で何かを作る家であり、萩原が晩酌をやることも知っているし、払いもきれいにしていたから酒の出しおしみはしていなかった。私は若山牧水くらいの大家が萩原を訪問することも不思議なら、一しょに酒を呑むということに軽はずみのようなものを若山に感じたが、若山はみだれない酒らしく、併しもうかなりな量を飲んでいた。私をみると若山はやあいいところに来たといって、したしげに自らついでくれた。萩原は不時の散財と昼間の酒で妙な顔をし、とぼけたように君をよびに行こうとしていたところだといった。萩原朔太郎は迷惑とか吃驚《びっくり》したときには、口をすぼめた子供ぽい妙な顔をするくせがあった。きょうの萩原はあきらかに若山が来たので参ったというような眼色をし、たすけてくれというようなふしもあった。いい加減呑んだ時分に萩原はもう西陽のはいって来た初夏の永い日ざしにあきあきしていった。何処か外に行ってもう一杯飲みましょうか。

だが、間もなく若山牧水は突然、渋い嗄《しわが》れた声でどこか哀愁のある追分節もうかがえるような節で、自分の歌をうたった。うまいといえばたしかにうまいし、それが若山牧水であるから一そう傾聴すべきものであった。萩原はお世辞笑いをし、うまいもんですなあと何遍もくりかえして言い、私も堂にはいったもンですなあと言い、眼をとじてうたう日本一の若山牧水をこれがほんものだとすると、われわれ風情をそんなに親しく買い被っている若山に、ちょっと感謝したいくらいであった。わが日本一は外に出てからも、酒場でろうろうと自作の歌をうたい、萩原は酔うにも酔えないふうで例のうまいもんですなを芸もなくくりかえして言い、ついに夜にはいってからも若山は杯を下に置かなかった。いまさらどうしようもなかったが、突然、若山はみ輿を上げ何やらぶつぶついうと、それきり一人で上野広小路の人混みの中にまぎれこんでしまった。萩原はあるだけの下宿料もみんな酒代に払ってしまったので、例の口をすぼめて根津の通りをもどって行った。萩原は一日せいぜいつかっても、一円というのが酒場の払いだったので、この日はその何十倍かをみな自分で払ったので彼の悄《しょ》げ方は、絶望的であった。明日は日比谷の赤十字とかに金を取りに行かないと一文もないといった。萩原の親父は医者だから赤十字に取る金があって、その書附のようなものを萩原に送っていたものらしかった。一たいに萩原の親父さんはきちんとした人であり、たびたび書留郵便で送金するのは不経済であるからといい、振替貯金にはいり、萩原のところにはいつも振替で金が送られていた、変なところに変な凝り方をしたものであった。萩原朔太郎の歿後、書物がよく売れ印税は女の子供さんやお母さんの手元にとどけられていたが、萩原の老母さん曰く、朔太郎は死んでから孝行をしてくれましたと、いわれたそうであった。生きていても孝行者の彼は長じてからも一晩十円というきまりを持って、飲んで歩いていた。自分の印税で思うまま飲めなかった彼はだからといって、いまは何処にもうろつくところがないのである。死ぬほど人間にとって莫大な損害はないのだ。

四、文学という店

結婚して間もなく上京した萩原は、私が見附けた田端の藍染川の溝ぶちの二階家に、新居を営んだ。庭がなくとも二階さえあればそれで文句のいわない萩原は、君の近くに住むということは何かにつけて、ああしろこうしろと煩く附纏われて干渉されるので困るね、そういって引越しの日に女中を手伝いに寄越そうかというと、後でお礼をしなければならないし、君のこったから吝《けち》なお礼をするなぞといわれるのも厭だから、女中のお手伝いは断わるといった。では勝手にするさと私は荷物が着いた日に寄って見ると、運送屋が忙しげに立ち働いていて細君がその指揮をやり、萩原は煙草ばかりふかしてうろうろし、こうしてくれ、ああしてくれと運送屋をうごかしているだけだった。その翌日彼は前橋まんじゅうの箱を一折持って来て、引越しの挨拶がわりに置いて行った。まんじゅうはもう硬くなって食えたものでなかった。昨日持って来てくれれば柔らかだったのに、まんじゅうを食うのに時間がけだということも知らない男だと、私と彼は動坂の酒場で一杯やりながら、まず最初の小言を私がいった。それだから僕は君の近くに住むのがいやだというんだ、まんじゅうが硬くて食えなければ棄ててしまえばいいじゃないか、たかが、まんじゅうくらいの事で愚図愚図いわれて堪ったものではない、これからさぞ煩いことになるだろうと、口先で毒舌をあやつりながらも彼独特の鶏のような笑い声をくくと立てた。まんじゅうだって有名な片原まんじゅうだし、前橋からのこのこ提げて、やって来たんじゃないかというと、君の煩いことはいね子にちゃんと話しておいたよ、いくら煩いたって家の茶の間まではいり込んで、ああこういう訳じゃないでしょうといったから、あの男は掃除ばかりしているような奴だからそこらをちょっと見ただけで、ゴミのあらをさがして見附けるかも知れないというと、いね子はではなるべく綺麗に掃除しておけばいいのでしょうといっていたが、内々警戒しているかも知れないともいった。君の細君にどう思われたって痛くも痒くもないが、でたらめをいって印象を悪くさせないでくれと私はいい、これからが見《み》物《もの》さと私は家庭の主人らしくない彼を、主人らしくないために面白がった。その筈であろう萩原は晩酌をやると、少しも顧慮するところなく表に出かけてまた一二本飲んで、毎晩くせづいた独身時分のそれを決してやめなかった。当り前のことを当り前にやっていると言ったぐあいだった。だから細君は表に行ってさんざ女共を見て来て、お酒もおもうまま飲んで家にかえるとまた一本なんて、そんなおべんちゃらの肚が見えすいていますよといった、その話をして萩原はああいう女でもすぐ女は生身《なまみ》になって当るものだねといった。萩原夫人の父君は本郷の前田邸の図書掛を勤めていて、そこで厳格にそだてられた箱入娘であったが、そんな娘も手厳しく萩原を遣っつけるようになったらしい、彼女はせいもたかく、声量にキンとひびく張りがあった。私はそんな女の人がコワかったし、どこか、苦手の圧《お》しが感じられた。

「萩原は風邪でねているんですよ、ねていると誰方にもあわないんです。」

「僕にもですか。」

啞然として親友の名誉をどうしてくれるんだというような顔附で、私はいった。しかしそんなことはこの細君に通じるものでは、ない、

「ねているところを見られたくないんでしょう、けさ方も卵酒を飲みましてね一とねいりしたところなんです。」

「卵酒が飲めるくらいなら？」

私はすぐ玄関から上れる梯子段を見上げた。二階でみんな聞いているくせに、人の悪い奴だと私はねばったが、細君はいっかな通さないふうで小肩をせり上げてさえいた。細君はまた礼儀知らぬふうで、こんなときにこんな真面目くさったことを言うものでないことを、知らないふうでいった。

「何かご用でもおありになるんですか。」

私はぷんとしてものも言わずに表に出た。ばかにしてやがる風邪をひいているからといって、親友を玄関払いにするなんて途方もない男だと思った。

萩原朔太郎は新居に落着くと、諸方に引越しの通知を出し、親父からは例の振替貯金で

毎月七十円あて送金してもらい、その不足分は原稿料をこれにあてるつもりだといい、彼はノートやら原稿紙やらにたのまれもしないものを、非常な速度で書き出した。そして或日たずねた私に不思議に堪えないふうの面持でいった。

「こうやって店を張っていても却々原稿依頼の手紙は来ないね。引越しの通知は出してあるんだ。」

「君が田舎から上京したってそんなことで原稿はたのんで来ないさ。」

「僕はたのんで来るものと思っていた。」

「いい気なもんだね君は？　原稿が正式にたのまれて来るということは、容易ならざる必要から頼んでくるもんだよ、小難《こむず》かしい論文なんかどこにもいりはしないんだ。」

「君のところに雑誌の人が行ったら此方にも来るように言ってくれ、一人も来てくれないんだ。」

正直な彼はありのまま大抵の人のいえないことを平気でいって、悄《しょ》げていた。食う金はあっても飲む金は稼がねばならない彼は、いわゆる店を張ってもおいそれとは雑誌社からの依頼がないのは、当り前のことであったろう。

「これは四十枚あるんだ。」

萩原は論文の原稿を見せたが、論文のきらいな私は碌《ろく》に読みもしなかった。そして家にかえると『新潮』の中村武羅夫に手紙を書いてたのんだが、中村武羅夫さんはすぐ返事をくれて原稿はのせるから送れといって来た。私はその話を萩原をたずねて、中村武羅夫の好意の程をはなすと、彼はすぐにかんじんなことの念を押していった。

「原稿料はすぐくれるか。」

萩原は三日も経つと原稿を送り、その原稿料を電報為替でおくるように言ってやったと、私に無邪気にそういった。自分で取りに行くならかまわないが、此方からたのんで置いて電報為替で金を送れは少々生意気で礼儀を無視しているやりくちだと、私のして来た原稿の苦労がそんなふうな口を萩原に叩きつけさせたが、萩原も悄げてそうだったなあ、あまり急だったなあといった。だがそんな原稿料の苦労はこれまたいやという程している中村武羅夫は、伝票を書いてすぐ送るようにいったのであろう、原稿料は翌日萩原の家にとどいていた。

「どうだ店は?」

私は彼の家にはいると、いつも巫山戯《ふざけ》てそんなふうな冗談口をきいた。萩原は嬉しそうに例の悪い歯なみの間から、くくくと笑っていった。

「店は繁昌というわけに行かんが、まアどうやら注文がある。」

彼は階下におりると箪笥の抽斗《ひきだし》をがたがた引きながら、しばらく経って上ってくるといった。

「ここに三拾円の為替があるが、君、取り替えてくれんか。」

「いいとも、併し何故郵便局に取りにゆかないんだ。」

「それがね君、現金にしとくとすぐ遣っちゃうんだよ。」

彼はそんなことで少しも極り悪がらない、正直さのある男であった。私と佐藤惣之助と彼と三人で銀座を飲んで歩く時も、佐藤に拾円紙幣を一枚つまみ出して手渡しすると、これで僕の分を払ってくれたまえと前渡しにするのが例になり、人の好い佐藤は三人で飲み歩く勘定方になっていた。萩原の分はもうお終いだよと佐藤はそれがなくなると大声で何時もそういった。私の行きつけのところは上品で高くてお芝居しているみたいで、ちっとも面白くないと銀座で飲むごとにそういう萩原は、銀座をひどくいやがっていた。その挙句、私は君のようにじゃらじゃらした女共とふざけて、足や頬を引張りあうような安カフェはご免だが、そんなに新宿がよかったら勝手に行ったらいいじゃないかというと、行くともさ、こんな行儀見習の女共のお芝居なぞ見ていて酒が飲めるものかと彼はやり返し、真中にいる佐藤惣之助は困って、ああまた始めやがった、二人とも好きな処に行くがいいやと天に向って慨嘆するようにいった。そうかと思うと萩原はきゅうに佐藤のそばに近づいて行って、真面目な顔附でいった。

「君、あずけてある金はまだある筈だが……」

「何言っているんだ、そんな拾円ぽっちが何時までのこっているもんか。」

「そうか、そうだったか。」

「いまの酒場の前の酒場できれいに出払ったんだ。」

「そうか、それでは失敬。」

彼は不満足げにそういうとくるまに乗って、銀座からはなれて行った。奴、何でも新宿のじゃかじゃか屋でつかう金はちゃんと除けて持っているらしいと、東京弁のうまい佐藤惣之助は巻舌もまじえて、例の天に向って何でえ、ばかにするねえ、と笑いながら唾を吹っ飛ばしていった。では、君ともう一杯行こうか、うん、ほんの正直一杯というところで今夜の終りとしよう、と私と佐藤は別の酒場で首をまげて対坐した。一たいに萩原という男は何時でもひとりで飲みたいらしいんだ、好きなことをして誰も見ていないところで、莫迦《ばか》のあるだけを尽しても悔いない酒が飲みたいんだよと佐藤はいい、そういう酒なら僕といえども飲みたいんだよといった。酒の座になると何時も萩原とは喧嘩別れになっていた。

或晩、どういうはずみか最後に飛びこんだ家に、見た顔がいるとおもうと、それは小林秀雄だった。私は初対面と同じ程だが萩原とは度たびあったことのある話振りであった。小林秀雄もかなり飲んでいるらしく、萩原とすぐ文学上の議論めいたものが持ち上がり、私はこまったことになったと思ったが段々に声が大きくなり、険しい言葉の切れが耳をかすめた。それは話のぐあいで、小林が萩原という名前をよび放しにしたことを、萩原は摑んで放さなかった。

「萩原とは何んだ、呼びすてにするとは何んだ。」

「ではどういったらいいんだ。」

「萩原先生といえ。」

「へ、萩原先生とかい。」

小林秀雄は混《ま》ぜ返していい、萩原は君から萩原といわれるわけがないと真面目顔でそういい、私はひや汗を掻いて、表に出た。萩原、かえろうと彼をなだめ、小林秀雄には萩原は今夜は酔っているからといって、君も何も小林秀雄に先生といえなんて言うわけがないじゃないかと言ったが、私となら喧嘩を辞さない他人にはおとなしい彼の、あんな薄恍《うすとぼ》けたことばを聞いたことは初めてであった。その晩の彼は深酔いしていたことも実際である、一たいに萩原の深酔いはそんなでないときに、それが不意に突然にあらわれていることが多かった。まだ下宿にいる頃、萩原と別れてから何かの用事で萩原の部屋にはいってゆくと、押入れを開けてふとんを出そうとして、その中棚につかまりながら倒れもしないでぐうぐうねているのを見て、こんなに酔っているのかと呆れて見直したが、実際、正体はなかった。下宿のお内儀《かみ》さんにそういい、ちゃんと二人がかりで寝かせて戻った程だった。

動坂の坂下の角にある家で、私達はよく酒を飲んだが、萩原はそのたびに例の一枚ずつの為替を持っていた。それは詩とか感想文とかの原稿料であり、例の箪笥の抽斗に入れてあるのを毎晩一枚ずつ携帯するらしく、為替はひくい額面からつかってゆくらしい、その晩もこれをちょっと取り替えてくれと、女達のいる前でも平気でそういい、どう見ても正直一図であった。決して大量の金はつかわなかったし、持って歩いてもいなかったようである。彼は親父ののこした遺産には手をふれないで、母親の生活費にあてていたらしく、彼の死後にまだ母親の手元にたべるだけの金はのこっていたそうであった。

或日、それは萩原が前橋から引越してから三ヶ月程経っていたが、私は彼の家の玄関に荷造りの縄やら板切やらが散らばっているのを見て、いった。

「君、こんな縄屑くらいは片附けてもいいじゃないか。」

萩原はその縄屑を見てだまったきり、そのことの返事はしなかった。この日は妙にこの縄屑のことから、二階に上ってくるまで萩原は何か細君と話をし、私は何となくしまったと呟いた。そのためか萩原のだんまりが続いて、気拙くなって早々に私は表に出た。こんなお互が何か気持のことで隠し合い、最後までそれを押し切ったことも初めてだった。口でいうこともいやなそれには私も、冗《くだ》らないことをいったものであると思った。

萩原はそれから半月くらい後に、突然たずねて来ると、君の近くにいると何彼と煩いからこんど引越すことにしたと、笑いながらいった。私もそれがいい、近間にいるとつい遊んでしまってこまるといった。

「一たい何処に越すつもりなのか。」

「大森さ、あそこならいくら君でも、ちょっとは来られないだろう。」

私はそのぬけぬけした言葉を友達以上の冷罵のように聞いて、不愉快であった。

「誰が大森くんだりなぞに行くものか。」

彼が引越した日も訪ねず、それからずっと大森に行ってからも、たずねなかった。二年くらいは私は頑固に訪ねずにいて、たまに宴会であうと一度来てくれと彼はけろりとしていい、私は充分にこだわって大森くんだりまで行く暇がないよ、何だいいまになって遊びに来いもないもんだといい、私は本気で大森の彼の家に行く気がしなかった。萩原は大森の家の二階でレコードをかけ、近所の奥さんとか下町の別荘とかの息子達とダンスをやっていることを聞いて、それもよかろうと思った。丁度、時勢はダンスが妙にはやって来ていて、そのため風儀風俗が悪くなるとかで政府がそろそろダンスホールの封鎖を命じたり、個人の家庭で踊っていても外から巡査がもしもしと声をかけるようになっていた。わが萩原朔太郎は大森馬込の坂上の二階家で踊りが盛りになると、階下にこっそり下りて行っては冷酒をあおり、へんな比律賓人になりすまして夜毎踊っていたのである。良家の育ちで男というものは萩原しか知らなかったいね子夫人は、男というものはご亭主のように面白くないものである観念を取り棄てて、若い肩と腰にある肉のぐあい好いさわりを先ず第一に感じた、そして男の呼吸づかいが耳のへりをなぶることに、ご亭主以上のもやもやの抒情詩とやらを感じしめたのである。

五、いね子夫人

萩原は妹おもいの男である。四人の妹の上三人は結婚していたが、幸子《ゆき》という一等上の妹を彼はなかんずく愛していて、旅行にはよく連れて出掛けていた、萩原家は伊香保に近い前橋にあったから、夏になると伊香保に行かなければ水上温泉とか越後の鯨波海岸とかに旅行する習慣がついていたらしく、それもほんの四五日の間であるが毎年出掛けていた、そのたびに幸子を誘うて同伴であったが、ほかの妹達とあまり出掛けていない、一番末の愛子なぞと旅行したということは聞いたことはないが、幸子は萩原が大森に越してからも、しばらく滞在していることも私は聞いていたし、一番下の愛子はずっと大森の家に同居していた。たくさんの妹達はそれぞれに眼に立つ美貌をもっていたが、なかんずく幸子はなみはずれた整うた美人であった。萩原がこの幸子を引っ張り出して軽井沢にも再度行ったことがあり、芥川も旅館にい合せて私と芥川の間に気拙いこともあったが、芥川は端麗な人をすぐに好きになるくせがあった。このことは小説堀辰雄の中に書いたから省くが、ともかくも萩原は美貌の妹を美貌だということを判然と知っていて、自慢していたようなものである。

田端にいたころ知り合った芥川龍之介は、或日大森の新井宿街道を人力車に乗って馬込村の萩原の家を目ざして馳っていた。そして東馬込にはいる坂下の向うから来る人力車とすれちがいになり、女の人はその貴公子然たる龍之介先生をはっとしたような眼色で見返り、龍之介のことならこれもきっと振り返って見たにちがいない幸子夫人を、すぐさま萩原の妹だと直覚して、萩原の家につくとこのことを話し、そして幸子夫人であることを知ったのである。芥川はあとで真白な空気の中で見た幸子夫人をむやみに褒め、こんな時に芥川は濁った喉声になるくせがあり、あれは稀な美人だと繰り返していった。その日も萩原の二階でダンスの催しがあったが、芥川にも踊れとすすめただろうが踊りはしなかっただろう。

私はその秋、はじめて二年ぶりで萩原をたずねた。そしてその日もダンスがあるらしく、いね子夫人は室生さんも踊んなさいよといい、知らなくとも鳥渡《ちょっと》手ほどきすればすぐおぼえられるわよ、と、田端にいたころとちがって声は弾み、化粧も濃うめに冴えていて、わが萩原朔太郎はそばからレコードをかけ、君は踊るがらではないが、まあ覚えて置いたってよいと、くく声で笑った。いね子夫人は椅子にかじりついているような私の手に、ふいに自分の手をかぎのように引っ掛け、むりに私を立たせてしまった。親友の夫人に親友の前で手をとられた私は、ぐあい悪く、がらでないことを言っていやだといっても、いね子夫人は聞きいれないで、私と胸をあわせ、手でからだにさわった。私は一生涯ダンスというものをしたことはこの日きりであったが、ダンスというものは相手方の大腿部のようなところに、なまあったかくちょいちょい此方のそれが触れるものであることを知った。容易ならざることであると私は教えられたとおりに足を引くと、向うの膝の上がしらなみのようにひたひた打ちよせて来るのである。

「あたしが引いたあとへ足をはこぶのよ、そう、それでいいわ、お上手ね？」

「もう、かんべんして下さい。」

「だんだんに拍子《ひょうし》をとるようにして、……」

いね子夫人はぐいぐい手にちからを入れ、私は全身の前側に接触があって、そればかりが問題になって私をとうとういね子夫人から引きはなさせた。私はばかばかしく息をはずませているのが、しゃくであった。

「君だって踊ろうとすれば踊れるじゃないか。」

「ばか言いなさい、人のおくさんとくっついていて平気でいられるか。」

「君はダンスに礼儀のあることを知らないんだ。」

彼の書斎であるこの部屋の机も本箱も片寄せられ、窓には晩にかけるよごれたかーてんの用意までしてあった。私は階下の後架《こうか》に行くために通った茶の間に、電灯を中心にして舞っている蠅のむれに顔を打っつけたくらいであった。畳は人間の足の垢とゴミとで、爪立てをして歩かなければならない程、よごれてにちゃ附いていた。

夕方から二人で駅の酒場で酒を汲み交しながら、瘠せて鼻ばかり隆《たか》くなっているわが比律賓人の、いわば性慾篇の一くさりを傾聴していた。彼はダンスというものの昂奮性は有効適切であり、女房さんの活力養成には欠くべからざるものであって、薬品のごとく須臾《しゅゆ》にして消失するものではない、たとえばだね、いね子が逞しい若い奴に抱かれて踊っているのを見ていると、むずがゆくなるし、やきもちみたいなものが、すぐ変形して性的魅力の一部をさらけ出して来るのだ、そういう魅力というものを失っている僕には全く不意にお目にかかったようなもので、何処をさがしてもみとめられなかったものである。僕は踊りというものをはじめてからいね子がすくなくとも皮膚のあらを見せなくなっただけでも、取り得だとそう思っているんだ、いね子は皮膚があらい女だからね、随分いろんな人が来るが此方はこちらでよその奥さんと踊っているあいだは、蒸風呂にはいっているようなものだから、いね子がどんなふうに踊っていようが気にならないんだ。

「君はやきもち焼きだからダンスはだめだろうが。」

彼は最後に何時ものように私を遣っ附けたが、私は彼から遣っ附けられても平気でにこにこしながら、たまに、ばかめ宜い加減にしろというくらいであった。わが比律賓人は私の前ではたとえ投書家が一枚加わっている座であっても、容赦はせずに毒舌で叩きのめしていた。しかし感想論文のような類いのものになると、彼は人が変ったように私のよさそうなところ、よいところを極りの悪いくらい褒めていてくれた、そんな妙な人なのである。

「僕も大森に越して来たいね。」

私は駅通りの整頓された道路を二人で行きながら、海の匂いや、酒場の清潔なことをほめてそういったが、こんどは君が追いかけて来ることになるねといい、彼はそれを気にかけていった。

「こんども煩くつべこべ干渉するのか。」

「君が何をやろうが勝手さ、あまり乱次《だらし》ないとつい言いたくなるが、君のようなのらくら生活にはもう口も聞きたくないんだ。」

それから一週間程すると電報が来て大森に行き、私は萩原のすいせんする家を見てこれならどうやら住めると、大森に越したのである。溝のへりで片側は高台になりうしろは谷中という、店を開いても売れないようなさびた通りになっていた。此処に越してから萩原と毎晩のように飲みに出掛け、よくあれだけからだが続いたとおもわれるくらい、根気好く故意と飲んで歩いているような萩原を、時どきこれは少しおかしいぞと見直したことがあった。それは決って夕方から晩もおそく、おそいといっても十一時とか十二時という更けた時間にならないと、彼は帰るといわなかった。晩酌は家でやることもありやらないこともあったが、あまりに晩《おそ》くなるので私は先にもどることもあり、萩原が一人で出掛けるように私を避けているような時もあった。それは小学生のようにいままで呼びに来た彼は、私の家に寄らずにまっすぐ駅前に出てしまうのだ、私はことさらに彼を呼びに行くことをやめ、駅通りの心当りの酒場やカフェをたずねて見ても、そことは場所をかえた飲屋にいるらしく、何処でもしばらくお見えにならないという酒場の返事であった。たまにあうと酒ばかりあおって得体《えたい》の分らないざれ唄をうたい、帽子の山をときおり手でへし潰しては、しきしまを噛んでは吐き出しがぶっと一口に杯をあける変なくせがついていた。こいつ、愈々《いよいよ》おかしいぞと内々注意していると、ねが正直な人だから永くは包みかねているらしく、といっても、ほんとの肝腎なことはなかなか言わなかった。

「家で皆は踊っているんだ、だから、皆のかえった頃にもどるようにしている。」

「なぜ?」

「邪魔だからね。」

「君がか?」

「そうさ。」

「君の家で君が邪魔になったら一体どうなるんだ。」

「そんなことは知らないよ、また干渉をはじめる、……」

「じゃ、だまっていることにしよう。」

萩原の家には名のない犬という、名なしの犬がいた。或晩坂上の家まで坂をのぼってゆくと、どうにも足が立たなくなりそのまま坂の中途に、坐りこんでしまった。それまで覚えているが、気が附くと例の名なしの犬が見附けて、頰をなめては何処へか行き、少時経つとまたやって来て頰を舐めるので目がさめ、また犬がいなくなるという感覚もおぼろげな中で、ねこんでしまうのであった。そんなあとで誰かががやがや大勢騒いでいる人声が聞え、人声が段々にふえるような気がしてほんものの目をさますと、家に集まったダンスの連中が人垣をつくり、顔をならべてつッ立っているので彼は起き上り、何もいわずにだまって歩き出した、いね子はもちろんそばにいた、あとで聞くと名のない犬は裏戸を引っ掻いては吼え、いね子に僕が道路に寝込んでいるのを知らせに行ったものらしかった、と、そんな話を萩原にはめずらしい細かい口でする描写をして、私に話した。何時も吼えたけるいやな犬であるが、私はそうでもない名なし犬をなかなかよい犬だと思った。が、その犬も何時の間にかいなくなり、萩原にあの犬はどうしたというと犬捕りに捕られたとかいって、気にもしていないふうであった。

或日、萩原の紹介でせいの矮《ひく》い眼のぎょろりとした男がたずねて来て、その男は自分は伊藤信吉であるといったが、その伊藤信吉はつきあって見ると細かいことに気がつきそうで、夏一杯軽井沢に行くあいだの留守をたのむと、引きうけてくれた、そして伊藤が留守をしている或朝萩原朔太郎が訪ねて来て、縁側に本の包みのような重いものをどかんと置いて、伊藤にこれは原稿なんだが焼き棄てる手伝いをしてくれと言い、例の気短かに自分で庭に下りると原稿を颯爽として引き裂き、積みかさねて火を放った。あまり手早いので伊藤はまごまごしたが、彼も庭に下りて綴じた厚い原稿の綴目を外し、燃えやすいように引き裂いて火中に投じた、原稿は原稿紙ばかりでなく大学ノートにも書きこまれてあって、これも裂いて燃しはじめた。庭を大切にしていてもいなきゃ室生にも分らんよと、萩原は笑い、伊藤は勝手に廻ってお茶のしたくをして来る程、原稿は永い間燃えていた。萩原は叮嚀《ていねい》に燃していたからもあろうが、伊藤信吉はなんでも半日くらいかかりましたよ、もったいないことをしましたと後でいったが、原稿を燃すようなことは滅多にしない萩原が、あとからもう一度自宅に包みを取りに行ったほどの、大量の原稿を焚いたことは一体どういうことだろう、彼はすっかり焚いてしまってから伊藤のいれてくれた紅茶を甘美そうに喉にながしこんで、伊藤君は紅茶なぞ喫んでいてなかなか贅沢ですねと萩原のいうのを受けて人の金だから紅茶も喫めるんですと伊藤も笑いながら答えた。それもその筈、伊藤信吉はひと月のあいだに十八円なにがしの砂糖を紅茶にいれて、勉強しながら喫んでいたのである。

夏が終ってから萩原をたずねると萩原は前橋に行きましたというい ね子夫人のうしろに、茶の間に若い男がうろうろしているのを眼に入れた。何時頃かえりますかというと彼の人《あ》の事だから分りません、こんどもふいに行ったんですからといい、お上りなさいとも何ともいわずに、身一杯に玄関に立ちはだかって肩をひろげるようないね子夫人の構えであった。私はかえりぎわに気がつくと下駄箱の上に、皮みがきのきれをかぶせた赤靴が一足かくれているのを見つけ、先刻、うろうろして間もなく見えなくなった男の靴だろうと思った。原稿を焼いたのは日記のようなものだろうか、あれから萩原は益々変に私を避けて会わないようにしていたが、もう前橋からもどって来ただろうか、自分の一身上の事件が起っても決して親友にも打ち明けない男であるが、その代りそんな問題はすぐ父とか母の許に持って行き、相談なら相談する男である。彼は前橋からかえって来てから私を表に呼び出し、飲もうといい出した。私の家では他にもれる憂いがあるので呼び出したのである。萩原朔太郎はあっさりと言ってのけた。

「僕はこんどいね子とわかれることにしたよ。」

私はきっとこんなふうに萩原が言い出す時があるだろうと思っていたので、べつに驚きもしなかった。

「どうして？」

「わけはあとで話すがそのごたごたで前橋に行っていたのだ。」

「誰か仲に人でもはいって話をつけたのかね。」

「親父がつけてくれる、……」

「親父さんもたいへんな役を仰せつかったものだね。」

「金は親父でないと出ないからね。」

「そこで子供さんはどうする。」

「子供はこちらに引き取る。」

「誰が育てるの、もう手もかからないだろうが。」

萩原の二人の女の子は、上が六つくらいで下が四つくらいだった。

「前橋の母のところにやるつもりだ。」

金の事の話し合いがなかなかつかず、いね子からの申出も女一人で考えた金高だとは思えない業腹《ごうはら》なふしもあった。併し金で済むことなら無理をしてもきれいにしたいと前橋の父母達もいい、萩原はとうにかくごをしていたふうだった。

「いね子は人が好い方だし孰方《どちら》かといえばもとはお嬢さんなんだ、僕のところに来るまでは男なんてまるで話したこともない女だったからね。」

「そういう令嬢がくずれると、底なしにくずれてくるね。」

「騙されたって騙されていることの判らない女なんだ。」

「一体その相手の男は誰なんだ。」

萩原は口の内で何やらむにゃむにゃいうと、それ以上くわしいことはいわなかった。ただ妙なことにはただの一度も萩原はいね子のことを悪しざまにいわないで、自分でいね子の行状を一々弁護しているふうであった。あの人がああなったのも君がだらしのない処に引き摺りこんで、悦にいっていたばかさ加減が酬《むく》いて来たのさと、私は遣るところを遣っつけて見ても、彼はそれにも反対はしなかった。女はどこまでも引き摺られる素質を男同様に持っているのに、亭主がどろ沼のあんない役では外からのものは、ふせぎようもないのだと私はがりがり喋くった。そしてかれからいね子は手際よく手切金をうけ取って別れた。自分の妻がふしだらをして手切金まで取られても、いね子のことになると彼の女はひとが好いからだと言って寧ろ憐れむような萩原は、去ったいね子を悪罵しなかった。彼女はふとった下町の何屋かの商売屋の息子と、喫茶店を開いているとかと聞いたが、さてその喫茶店はその後どうなったか消息を絶っていた。――このごろ「毎日グラフ」に物故した文士の遺族や故郷の写真を一まとめにした見開き二頁の誌面が特設され、萩原朔太郎の分も出ていて、娘さん達の写真がうつし出されていた。娘さんの談話にはもう一度お母上にお目にかかりたいという真心ある記述があって、まだ結婚しない病気がちな娘さんのその言葉を私は軽い意味でありがたく思った。一代の飲んだくれもついにただの飲んだくれでなかった萩原朔太郎の書物は、質もちがうが私なぞよりずっと若い読者に愛せられ、二人の娘さん達は生活の苦労困窮なぞもなく、新築した家の中にお雛様のようにくらしている。これも飲んだくれの有難さがそうしてくれたのであろう。

六、雁子夫人

萩原はもういちど結婚する気があったのか、知人朋友からの見合写真を贅沢に取捨撰択をして見て、晩は好きなほど飲み、昼間も飲み、更けては世田ヶ谷代田駅の待合椅子の上で睡《ねむ》り、途上の電柱にもたれてはつい思わざる一と睡りをやり、家ではお母さんと水入らずの二人でくらしていた。父の歿後、代田で新築した家は腰板から天井までべに殻塗りを凝らして、建築というものをまるで知らないこの男が、書物の装幀と同じ意気込みで本を作るように家を建てたのである。こういう建て方もあるというだけではなく、独創というものは不可見の世界に対《むか》っても、おくれを取らざるものであることを証左していた。彼はさらに末の妹の愛子を、最近妻を亡くした佐藤惣之助とどういう話合いが出来たのか、突然、佐藤夫人に置きかえることを私に知らせて来た。佐藤惣之助は二十何年かをいっしょに暮した妻が死んでから、まだ半年も経っていない間の再婚であり、あわれを知らねばならない詩人の佐藤はそんなものあわれを蹶飛《けと》ばして生きることに、妙味をあじわわざるをえなかったのである。かれらは友人から親戚関係になり阿呆陀羅《あほだら》の佐藤は、飲んだくれを兄貴と呼んだりして私の苦笑をいざなうた。かれらは仲善くきのうも萩原と会ったが、何とか後添えがないものかと佐藤は心労の程を示し、萩原はまた佐藤にもよく会うが愛子をあしらうことが巧いので先ず一安心だという趣きを、私に話してくれた。飲んだくれの兄貴と川崎在の地廻りの芝居者は、もう碌でもない空威張りの私には二人がかりで遣っ附けて来るので敵《かな》わなかった。併し妙なこの二人は死ぬ時も殆ど一しょに死んだような美談をのこして行ったのである。萩原の死んだどさくさまぎれに深酒をした佐藤は、一日間を置いた翌々日に脳溢血で倒れたきり、息が絶えていた。何といっていいか彼らはおたがいが知らない間に、死ぬことも一緒にやってしまったのだ。

扨《さ》て、私も萩原の再度《にど》めのよめの世話に一枚加わって見たが、みごとにすっぽかされた、お医者の娘さんだったが再度見合いをし、もう文句ないというところで速達郵便が来て断わられたのである。速達郵便は名文であって私は先方に断わり、こんな縁談なんかに出るがらでないことを知った。そして間もなく萩原は東北の或る町の酒造りの旧家に、見合いの娘がいるので出掛けて行った。その旧家の主人は文学的には詩もかくという人であり、その妹の友達に美人がいるというので萩原は汽車に乗り、弁当を食べ、遥々出かけたのである。彼はもうお母さんだけで身も心も軽がるとしたものであった。ただ、みちづれにはー人の美女をたずさえることが、さきの妻にこりこりしていた彼は何よりも内気でおとなしい女をという標的だった。旧家に着いていよいよ見合いしてみると、かんじんの見合いの令嬢よりも、その先にお茶をもって出た令嬢の方がさんらんとして見えたので、彼はそこであたらしい憂鬱と取りくむことになり、すごすごと風色明媚な山河の町の景色も見ないで帰京したのである。そして名文家は旧家の主人にありのままを書いて、あの時にお茶をはこんだお嬢さんこそ私ののぞんでいる人であり、枉《ま》げてその令嬢をもらえまいかという文面であった。旧家の主人はそもそもお茶をもって出たのは自分の妹であること、その妹をという萩原にはちょっと困った立場になったが、それも無理に工面したり嘘をついたりして、ついに、妹の雁子をさし上げるということに萩原に返事をし、雁子にも納得させたのである。萩原はこの話をしていままで写真も何十枚も見たし、見合いの真似事も五六度もして見たが、百聞一見にしかずだよといって見合いは見合いの周囲に美人がいるものだと、彼一流の独断で見合論をよくくり返していた。年五十に近くして彼のごとくむさぼりくわねばならないものに、自ら打ち込んだ人はすくなかろう、そして五十七で死なねばならないように出来ていたことをここに加えることは愚論であろう。

雁子夫人を伴い、私が先に見附けた軽井沢の別荘に乗りこんで来た萩原は、自ら新婚旅行の延長であるといい、芝生の広場に三軒ならんだ比較的新築に近い家では、どうも、こちらの様子が向いの家からまる見えで困るといった。そして彼の外で飲むくせは軽井沢に来てもなおらずに、私と夕方の五時に時間を合せて町の角にあるきくやという料理店で、ビールを飲む約束をしてその時間には町の西と東から二人のボロ紳士は町のきくやに出掛け、通りに面した卓にさし向いになり、冷さないビールを飲んでいた。二人ともそこで腹には日本酒のつきのよいように、ビールで下地をつくっていたのであるから、これから帰るとあらためてわれわれはその日の晩酌の日本酒を飲むのであり、はなはだ手数のかかったやり方であるが、友情は蓋《けだ》しかくのごとく緊密にならざるをえないのであった。こういう或日彼は家に晩食をたべに来てくれといい、私は萩原家で晩食をたべたのであるが、萩原は私を見送りながらその途《みち》すがらいった。

「料理というものをまるで知らない女なんだ。」

「元々お嬢さんが料理を知っている訳がないじゃないか。」

「いや、まるで知らない、それにね、性交というものも知っていないんだ。」

「君くらいには誰だって知らないだろう、一体、君はそんな人がよかったのじゃなかったのか。」

雁子夫人はたまに私の家に来ると、萩原はまるでまだ子供みたいでこまりますと、二十二くらいのわか妻がそういった。小がらでレインコートのよく似合う彼女はまだほんの小女あがりのようで、ああでもない、こうでもないと対手《あいて》が何も彼も知っていると早呑込みしてものをいう萩原には、なかなか困難なつきあいらしかった。これも萩原死後六七年の後年であったが、突然、雁子夫人が私の家にあらわれ、はじめは誰だか判らなかったくらいだった、そして彼女はその折、萩原にいた雁子でございますといったので、やあ、雁子さんだったかと私はおお声をあげたくらい、彼女はおおきく落ちついた年増のあだなところを見せていた。彼女の話のようにあのじぶんはまだ子供だったものですからよく判りませんでしたが、萩原ってどうにもならない人でございましたね、別れてからもわたくしの家にきては書きものをさしてくれといい、半日もなにか書いてはこなごなに裂いてやめてしまいまして、それからお酒をおあがりになるんです。きれいに別ればなしのついているわたくしの家にいらっしゃるのも、そう無下にはとめるわけにはまいりませんが、兄の控え家だったものですからこまりましたわ、いまでも、萩原の書きすての原稿や色紙がございますけれどと、いま、友達と共同で小間物の商いをひらいて、その片方の部屋で喫茶部もやっているという彼女は、兄の仕送りでりゅうとした扮装をしていて、物言いもきちんとしてみだれたところはなかった。成程、軽井沢に来たじぶんとくらべるとあのころはまだ子供だというその子供の意味も、しだいに判るようであった。

雁子夫人とも三四年くらいでわかれた萩原には、私はそのわけをもう聞かなかったし、萩原もいわずじまいになっていた。平常妙なことをいう男であるが、その甚だしい一例に頬の尖った女が好きだということであった。そのくせやせた女をきらうている彼はなぜ頬の尖った人が好きなのか、いまでもよく判らなかった。少しも遠慮のないもの言いをする彼は、君の細君はきめがこまかいからいいがというようなことを平気でいう男であった。

この日の雁子夫人と私の間には、ただ回顧談ばかりがあったきりで、萩原の上の娘はどういうものか萩原のお母さんと仲がわるく、お母さんはときどきこういう酷いこともいう方だったと、彼女ははなしていた。

「結婚紹介所に行ったたって縁談の口はあるんですよ。結婚紹介所にいらっしゃい。」

こうお母さんは自分の成長した孫娘にいい、孫娘はくやしそうにお母さんと顔を合すのがそれ以来つらかった。わが飲んだくれの先生は、そんな家庭のこまかいことは知らずに、日がくれると出掛け、夜が更けるともどり、そして段々更けても戻って来ない晩があった。そんな晩は二晩もつづいても、仲のよいお母さんはこの飲んだくれを先ず寝かしつけ、風邪気味だと好きな卵酒を作ってやり、毎月小遣銭をいまだに八十円ずつ与え、そのかわり印税がはいると萩原はそれをみんな母親の前に出し、母親は小切手を洗濯するように皺を伸して保管していた。かれらくらい仲のよい親子はいない、お母さんのいうことは何でもはいはいといって聞いていたし、お母さんはこの飲んだくれの毛並を舐めるどら猫のように、ていねいなものであった。萩原死後、長女である娘さんは、巨額の印税がみな彼女の手元にとどけられて来たが、お母さんの許には一銭もはいらなかった。お母さんは病みつき金も必要であったが、何とかして印税のはいる工夫がないものかと術を尽しても、長女である彼女にとどけられるのに不審はなかった。そして彼女も頑固に全収入を自分で処理するのに、少しの容赦はなかったのである。当時私はそれを聞いてお母さんにもお頒《わ》けしたらよかろうと思ったが、そこまで私がくちばしを挿しはさむべきでないことを知って、黙っていた。しかしいま雁子夫人の話を聞いて事ごとに辛く当っていたお母さんのやり方を思い当てると、あ、そうか、それだから娘さんが頑張っていたのだ、これはお母さんの方で折れて出なければいけないと考えていると、親戚の人が仲にはいって、その後にお母さん生存中は三分の壱くらい頒けるということに、娘さんも折れを容れたのであった。全くどういう時にたとえ親子肉親の間柄であっても、しっぺ返しをされて苦しまなければならないことがあるかも、分らないものであった。

　雁子夫人はそんな話のあとで、うつくしい話をひとくさり覚えていてしてくれた。

「何時か軽井沢でお宅からかえろうとすると、きゅうに夕立がふって来ましたね。」

「え、あそこは朝から夕立が降っているんです。」

「そこでお嬢さんのレインコートをお借りして雨にぬれないで帰ったことをいまでも覚えていますよ、あんな嬉しいことございませんでした。」

「そしてあんたは翌日家の娘よりかもっとよいコートを着て返しにいらしった、……」

「立派だなんてあれはお古でしたわ。」

あの日の雨の色をまだ覚えているという雁子夫人は、さすがに何処か言葉にも、あやがあった。雁子夫人はあと一度くらい訪ねて来て、それきり見えなくなった。この雁子夫人は或いは自分で萩原家から足を抜いて、逃げ出したのかも知れない、そうでなかったら永い間萩原が雁子夫人の家に通わなかったであろう。雁子夫人は麴町にある広やかな兄の邸宅に住んでいたから、萩原が仕事をするためにも都合が宜かったのであろう、しかも彼はここでも酒を飲み、雁子夫人に酒の用意をさせていたことでも判るのだ、私は二度会った時にも雁子夫人がこれも萩原の悪い癖については一言もいわず、寧ろその乱次《だらし》のない性質にある真直ぐなものを褒めていたように覚えている。

七、院子夫人

これは誰も知らない書かれざる類いの小説であって、その正体がよくつかめないもうろうたるものであった。萩原は時どき何かの弾みに女というものはとか、別居している女というものはとかいう冒頭にそんな言葉を置いて、夕方から映画でも見に行こうといってやると、別居している女というものの嬉しがりようはたいへんに派手なものであって、こんなに喜ぶのならもっと度々映画にもさそうてやれば宜かったと言った。そして彼は露骨にめかけと名のつくものは悉《ことごと》く物語のあわれを持っていて、そのあわれは凡《およ》そ文学的であるともいった。彼はよく酔ったまぎれに、いん子という女名前を交えてはなしていたが、いん子は院子というのか、ただのいん子であるか、それとも印子というのか、りんかくは甚だもうろうとしていた。萩原は雁子夫人とわかれてから何年めかに、外にそのいん子という女人を囲うていたのである。私はそのいん子夫人にただの一度も会ったことがないし、その事では身分もいきさつも喋るような萩原ではない、彼は正直なお喋りではあったけれど、いん子夫人については口は固く秘密はきちんとまもり、外部に漏れずにいた。ただ、妹婿である佐藤惣之助だけが、この女の最後の場面に立ち会い、それ以前にも萩原から内情を打ち明けられていたものらしく、佐藤以外に彼女の顔を見た者は一人もなかった。さきに萩原がよく家を明け或いは幾晩もかえらないことがあると書いたのは、このいん子夫人の宿に泊ったことになるのだ、萩原にいわせるといん子夫人の宿に行くと、彼は朝からでも飲んで時間の制限がなかった。酒は何時も夕方に飲む習慣をもっていた萩原は、それを廃していつでも女の宿ではだらしなく飲むより外に、して遊ぶたいくつしのぎもなかったらしい、それはもっともな話である。萩原は小さいながら一軒の家を女に持たせていたこと、彼がもうろうとすがたをかくしていた三四年間は、すべてこのどこかの小路の奥にある家で寝そべっていたのであろう、彼としてのしあわせはこの乱次《だらし》のない、家庭でない、二間きりの家の中にあふれていたのではなかろうかと思われる、……

だが、このいん子の顔は偶然のことから上州磯部温泉で、詩人でこれももう亡くなった津村信夫によってまざまざと見破られたのである。津村はこの磯部温泉にある詩人大手拓次の旧家をたずねに行き、旧家は温泉宿である関係から、大手の兄の経営している磯部館をたずねたのであった。津村が玄関から奥縁側を通ろうとすると、思いがけなく萩原朔太郎が女中さんにあんないされながら、浴場にゆくらしく手拭をさげ、藍ばんだ浴衣を着ていたが、うしろにしたがう女の人も手拭を手にたたんで持っていた。これは女中さんではない、彼女はすぐ伏眼になり、萩原はおお声になってやあといい、どうして此処に来たのとたずねた。大手拓次の生れた家を見に来たのだといい、萩原は後で散歩をしようと彼らはすぐ浴場の硝子《ガラス》戸をあけて、中にはいったが女の人も萩原と殆ど一緒といってもいいくらいの早さで、すっぽりと開けた硝子戸の内側にすべりこんだ。津村の見たのはいん子夫人であり、いん子夫人を見たものは津村だけであった。美人だったかね、と、きくと若い津村は笑って萩原さんの好きそうな人ですよ、と、くすくす笑った。萩原さんの好きらしい女だといったところに津村は、女の器量と風采の一さいを私の解釈に委《まか》せて、くわしいことを言うのを控えた。津村も次の汽車の時間があったので、萩原と裏の畑を少し散歩してすぐ別れた。つれのいん子夫人については、何も弁解がましいことは萩原はいわなかったが、機嫌は上機嫌だった。これらの邂逅はおそらく萩原がいん子夫人と旅をした最初の、それきりお終いになった旅行ではなかったろうか、磯部温泉にでかけたさびしげな旅行も萩原らしいし、津村に見附けられたという不始末も彼らしい油断だらけの仕儀であった。私はいん子夫人についてはただのおとなしい一方の、萩原の言いなりになっていた人で、なりは矮《ひく》くすがたもじみな人であったように考えていたが、萩原をたよっていたことは人一倍たよっていた人のように考えられた。私はその話を萩原にはなして君は津村に磯部で会ったというじゃないかというと、萩原は笑ってどうにもごま化しようもなかったので、黙って置いたが津村は女中か何かのように思ったろうといっていた。君は何故その人を僕に紹介しないのかときくと、顔が拙いし顔の拙い女を口の悪い君に見せたくないんだ、美人でもあれば君を妬かせて見たいのだが、田舎者の女なんぞ友人に見られたくないといった。それもそうだ、見ないでいる方がいいかも知れないと萩原の気にいるようにしている女は、りこうな人ではなかったろう、りこうな女というものを好かないというより、私達はりこうな女が常に私達に寄ってもつかないことを知っていたからである。

或朝ももう十時に廻った頃に、佐藤惣之助あてに一通の電報が萩原からとどいた。ジケンアリ、スグコイという文面であり、佐藤はその発信先が代田局でないことで、家庭内の出来事でないことを直覚して、さらに品川局であることをたしかめると、これはいん子夫人と萩原の間に何かの事件が起り、その収拾策のために打電されたことをほぼ察することが出来た。その生涯に於て他人の気を悪くするような喧嘩口論を一さいしたことのない、好人物の惣之助は金まで用意していわゆる兄貴のもとに出掛けた。兄貴はいん子の家にいるより外に居る筈はないからである。

いん子の家にまがろうとする路地の角で、惣之助は線香のにおいを齅《か》いだが、その線香の匂いのして来る方に行かねばならぬ惣之助は、いん子の家の前ではじめてそうかと胸をひっぱたかれた。格子を開けると顔じゅうの皺がたてにながれている萩原の、疲れ切った顔を眼の前に啞然として見入った。

「まあ上ってくれたまえ、君よりほかに委せる人がいないものだから。」

早瀬という姓のいん子はゆうべ死去し、枕元にかんごふが一人まだ帰らずにいた。昨夜強心剤をお医者から打ってもらった三時間後に、小水のためからだを動かしたいん子は、左の手を突然つッ張ったと見えたが、心臓の音はもう聞えなかった。

「君はこんなことでは経験があるんだと思ってね。」

惣之助夫人は四ヶ月前に、かなり永くわずらって亡くなっていたが、だから葬送の手続等心得ているという萩原の信頼であった。しかも妹婿である惣之助は萩原が勝手からはこんだ酒を冷やで、あおり、好人物の彼はここぞとばかり先ず葬儀屋の小者を呼んで、零細くまなく命令を出してきてやっと気附いたようにいった。

「君、身寄りはないのか」

「さあね、甥が一人いると聞いたが、父母はもう死んで了っているらしい。」

「らしいってそんな簡単には行かないぜ、何か戸籍の謄本のようなものがないのか。」

二人がかりでしらべた風呂敷包がいい塩梅に見附かり、それには父母の分が死去線が引かれてあるだけで、やはり一人身であった。

惣之助が待てよ、変だぞといった。

「彼女はいったい幾つだといっていたんだ。」

「二十七さ。」

「ところがこれを見ろ、この計算でゆくと三十四になるわけじゃないか。」

「は、なンほど、三十四だな、とすると七つちがう、……」

「七つ若くいっていたわけだ。」

萩原はどうも年齢の点では幾らかうそをいっていると思っていたが、そうだ七つちがうと繰り返して、へんな、うろん臭い顔の持ってゆきどころのないまま、あご先を撫でまわした、彼のまわりにあるものあわれさは早くこの場を切り上げることによって、萩原はほっとしたかったし、かんごふも、もうわたくしとしてはご用もございませんからと、いん子に薄化粧の死出の一刷《ひとはけ》をしてしまうと、ボストン・バッグに着がえや石鹸歯みがきの類をいれはじめ、萩原は佐藤と相談をして礼金やら日当を支払った。届を済した葬儀屋は身寄りのないことも法律的に判りましたから、手取り早くかたをつけましょうかといい、佐藤は暑がって着物を股のところまでまくって、ごたごたは早くやっちまえ、ホトケもこんな裏長屋じゃうかばれないと笑っていい、葬儀屋は機械のように納棺の用意をして、いんな裏長屋じゃうかばれないと笑っていい、
子を白木のひつぎにおさめた。万端整うと惣之助は葬儀屋に君、一杯どうだといったが、葬儀屋はひやで一杯引っかけた。萩原は世帯道具は近所の人に分けるようにいい、家賃敷金なぞも惣之助の好きにたのんだ。

「では僕はこれで失敬するよ。」

「何を失敬するというんだ、これから焼場に行くんだが誰かついて行かなければならないんだ。」

「そうか。」

萩原は坐り直してがっかりした顔の色に、何かを訴える子供のような表情《いろ》をうかべた。彼は一刻もはやく此処からぬけ出したかった。惣之助がすぐその顔色をくみ取った。

「二人で行こうじゃないか、可愛い女ごのためや。」

「君が行ってくれれば有難い。」

萩原はやっと活気を取り戻して、惣之助につぎ、自分の杯にもつぎ、葬儀屋にもついでやった。間もなく機関車のように轟き亘《わた》った一台の霊柩車が、路地の入口に着いた。此処らはもとは沼地であったらしく、家鳴りとともに畳まで揺れたようであった。惣之助は頻《しき》

りに暑がり着物の端をつまんで突っ立ち、萩原と葬儀屋と三人がかりで、ひつぎを表にかつぎ出し、そして路地の入口の霊柩車まで搬《はこ》んで行った。そこでひつぎを車にすべりこませると、呆気《あっけ》なく霊柩車は彼らとは何の関係もなく、あぶらのように馳って行き、佐藤と萩原は気がついてタクシーを呼びとめて、あの霊柩車の後を趁《お》ってくれと惣之助が、太い声で呶鳴った。これで万事がうまくいったが、骨はどうするつもりだと惣之助がいった。「骨は家には持ってかえれない、……」と、萩原は一層真面目な顔附でいった。では、その甥という人の来るまでおれが預かろうじゃないかと惣之助がいった。この日から二年も経たない間に死ななければならない二人の親友は、焼場の待合所で乾いた喉に渋茶をながしこんで、きょうも暑くなりそうな割砂利を敷いた何も咲いていないがりがりした空地を、下瞼を垂れくたびれ切って眺め入った。

（『新潮』一九五四年六月号）

萩原葉子『父・萩原朔太郎』初版あとがき

萩原葉子さんの「父・萩原朔太郎」は、父親としての萩原朔太郎を中心とし、葉子さんには母親である朔太郎夫人の時勢的な体温を、一人の娘として文章に拠って見直した面白い作品である。萩原朔太郎という不世出の詩人が、家庭ではどういう人がらであったかがこの思い出に現われていて、娘である葉子さんは物悲しく、父親朔太郎もまた悲しみを紛らして、類の少ない家庭生活にお互に参与している。

残念ながら私の二人とない親友萩原朔太郎は、家庭では何時も私小説的ないざこざの中にあって、無益な小説と物語めいた日常をクツの先でけ飛ばしていたものの、若い奥さんが今夜ダンスの会を催すという宵の程から、家にいるのがいやで外に出掛けねばならなかった。出しなに奥さんはそれでも注意して言った。「あなた、素足では見っともないから足袋をはいていらっしゃい」と。そしてわが朔太郎は、あ、そうか、足袋を出してくれ、と機嫌好く足袋をはいて出てゆく程、物事に無とん着な人であった。

近くに住む私なんぞはそんな晩には決して呼び出してくれないで、彼は一人で帽子をあみだに冠って大森の酒の店でのんでいた。

「名のない犬」という萩原家の飼犬が、深夜の馬込の坂の上で一人の酔漢になった萩原をとらえ、くんくん鼻を鳴らして迎えに出るころは、萩原家の二階の電灯は消え、ダンスの会は終っていた。当時、七、八歳の萩原葉子はだいぶ永く目をさましていたものの、何時の間にか睡《ねむ》り込んで了《しま》った。何が何やら判らぬままでいながら母という人、ある夜は見ちがえるようになって、声まできれいに弾んで来る母という人に、反対にたっぷりした大きい包みを感じ、その中に変な愛情がつつみ込まれているようにも思えた。

「子供は早く睡るものだわよ、明日は学校だから」というその言葉も、何にも判らない葉子には、子供は早く寝ることが本当にそう決められていることに思えた。

私はよく萩原を訪ねた。そして何時も茶の間から出て来た葉子は、突立ったままにこりともしないで、何しに来たとでもいうよう大きい眼一杯に私を見て、お父さんはいるかねと聞くと、肯《うな》ずいて見せて、いるわといってハシゴ段の下の段から顔を上に向けて言った。

「お父さん、むろうさんが入《い》らっしったわよ」

「あ、上れといってくれ」

その返事が私にも聞えたので、葉子がアゴをしゃくっている間に、ハシゴ段を上って行った。そして私が後架《こうか》に行く為に階下に降りると、葉子はまだ茶の間をうろうろしていて、私の顔を見ても矢張りにこりともしなかった。

何時行ってもこの子は茶の間に立って、うろうろしている変な子だ、何処かまともに言葉がいえないようなものがあって、この様子だと学課の方もよくはあるまいと思った。

二人で夕方近くになり飲みに出掛けようと、階下に降りると葉子は突立ったままで、例の笑わないで私達大人の酒を飲むということを平気な顔付で見送った。お母さんが帰ったらむろうと散歩に出掛けたと言ってくれ、葉子は先きに夕食を済していた方がいいよ、と萩原は晩菜の事も何も言わず、葉子もそんな事も気にしないらしい。よくある留守の母親に慣れているふうだった。そして今夜も父親がまた留守になるという晩なのだ。私もまた葉子が何を考えているかという事を、すこしも頭にいれないでいた。

広い家に小さい妹と二人きりの葉子が、皆から見放されている状態のことでは、お菜を作りながら巧くそれができない戻《もど》かしさもあって、その時には何も感じないでいただろうが、ずっと先、何十年か後のために何処かにその日の事が片づけられていたのだ。人間の記憶という物は本人がちっとも知らない間に、優しい頭という母親のようなヤツが、そっと何も彼もしまって置いてくれているのだった。

萩原葉子は「父・萩原朔太郎」という文章が書けるかどうかは分らないにしても、十何年後にそれを書こうとして、片づけて置いた頭の押入れを初めて開けて見て、喫驚《びっくり》して、宝物を一つ二つと数えながら書きはじめたのである。

たとえば幸田文さんの「父・露伴」とか、森茉莉さんや杏奴さんの「父・鷗外」などを読んで見ても、偉い人を父に持ったからという血すじは私には特に感じられない。西条八十の令嬢で詩人である三井ふたばこさん、画家山本鼎《やまもとかなえ》を父に持つ詩人山本太郎、谷川徹三の息子さんの谷川俊太郎詩人、いままた萩原朔太郎の長女葉子さんというふうに算《かぞ》えて来ると、評論家はこれは血すじのせいだと決めてかかるだろうが、私は血すじよりもっと大切な毎日の父親の言葉づかいとか、怒る事とか、不愉快な事とか、顔の洗い方や便所の入り方、美しい物を美しく見るという見方とかが、二三十年の成長期の間毎日こまかに父親というやつが、ハナのかみ方までお手本を示しているのだ。

一等頭の好い幼年期に偉い父を持ったムスコや娘の心が、父の持つ物を読み続けて怠る事が出来ないのである。父親という一冊の本をざっと三十年近くも毎日読んでいるとしたら、こんな膨大な本は何処にも売っていないし、そしてこれはどんな人間もこの一冊だけは読破しなければならない書物なのである。彼等息子や令嬢達が偉くなるのは当り前の事なのだ。

息子や娘はおやじの二倍くらいの仕事をしてかからなければ、ふみ台になったおやじはつぶされ損なのだ。

同人雑誌「青い花」に「父・朔太郎の思い出」萩原葉子という活字を見て、これはおれの読み違いかと思ったが、読んで見ると何時もハシゴ段の下にうろうろしていたムンズリやさんの葉子さんが、三十枚も息もつかずに書いているのだ。私はこれはうれしい事が始まったと思った。たどたどしい文章を書くことをおぼえている女の美しい杖が、自分の文章の行列を指して、ここ読んでよ、それからここから彼処まで飛ばさずに落ち着いて読むのよ、どう巧く出来たかどうか、それを言って頂だいという声まで紙背から起って来た。

葉子、これらの小説風な文章というものが、君のお父さんには書こうとして心がけていて書けなかった物だ。みんな詩の中で費《つか》い果してしまい、面白い素直な物を書こうとしても何時も難かしい「絶望の逃走」になったのだ。葉子、君はおやじの書き落した物をたんねんに拾い上げ、貝殻箱にならべはじめた。一等問題になるのはこんな文章を一体何時何処で仕入れて来たかということだ、おやじさんも驚くだろうが、私もキツネにハナをつままれた思いである。

一体文学というものは書かない前はうじむしで、書けば蝶々になるということですかネ。

何時か朔太郎全集の寄りで久し振りで君にお会いして、これからは一人だから確《しっ》かりなさいと私は何処か人の好い、私流にいえばだまそうとおもえばだまされやすい対手《あいて》に気詰りを与えない君にそう言ったが、あれからも十年近く経っている。おやじの朔太郎は死んでから本が沢山売れ、君は本の売れる事と有名なおやじという二つの問題を頭にならべ、おやじを考え直すために、あの時はああだった、こうだったと一々もっともに思い、酔っぱらいさんが金ぴかに光り出したのに、父親を考え直す時機がじりじり回りはじめたのではないか。

萩原朔太郎という人は文学の中でよく激怒した人だったが、君も言うように娘さんの君を一度だって怒った事がないらしい。君の書いたお母さんにもがみがみ叱言《こごと》をいった事もなく、何時もあれはばかだからという柔しい言葉で、僕の前では普通の顔付でそう言放して済していた。決して君の母親を悪し態《あざま》にののしる事をしなかったのだ。そんな彼がいざとなると、別れなければならない結論は決して退ぞけなかった。萩原は見ただけの萩原ではなくシンがあって、そのシンの周囲はぐにゃぐにゃであったけれど、シンだけは何時もあざやかにハッキリと眼をさましていた。葉子、君の文章を読んで私は詳しく千枚くらいお書きなさいと言ったのは、本統の萩原朔太郎は君しか書けない事があるから、ああいう葉書を出したのだよ。

併《しか》し僕もそうだが、お父さんはどんなにか驚いているだろう。葉子が文章を書くなんて事はやはりキツネがジャケツを着て、一流の音楽家に早変りしているようなものではないか、キツネなんて失礼な、ごめんなさい葉子さん。

（筑摩書房　一九五九年刊）

萩原に与へたる詩

君だけは知つてくれる
ほんとの私の愛と芸術を
求めて得られないシンセリテイを知つてくれる
君のいふやうに二魂一体だ
君の苦しんでゐるものは
叉私にも分たれる
私の苦しみをも
又君に分たれる
私がはじめて君をたづねたとき
二人でぶらぶら利根川の岸辺を歩いた日
はじめて会つたものの抱くお互の不安
おお　あれからもう幾年たつたらう

私を君は兄分に
君を私は兄分にした
吾吾のみが知る制作の苦労
充ち溢れた
なにもかも知りつくした友情
洗ひざらして磨き上げられた僕等
今私はこの生れた国から
君のことを考へ此の詩を送ることは
「うらうらとのぼる春日に……」といふ
あのギタルをひいた午前の
むつまじいあの日のことを思ひ出す
または東京の街から街を歩きつかれて
公園の芝草のあたりに坐つたことを思ひ出す
君の胸間にしみ込んで
よく映つて行つてゐる
私はもはや君と離れることはないであらう
君の無頓着なそれでゐて

人の幸福を喜ぶ善良さは
永久君の内に充ちあふれるであらう
君の詩や私の詩が
打ち打たれながらだんだん世の中へ出て行つたことも
私どものよき心の現はれであつたであらう。

（『新潮』一九五四年六月号）

供物

はらがへる
死んだきみのはらがへる。
いくら供えても
一向供物はへらない。
酒をぶつかけても
きみはおこらない。
けふも僕の腹はへる。
だが、きみのはらはへらない。

（『四季』一九四二年九月萩原朔太郎追悼号）

III 詩集に寄せて

萩原朔太郎
室生犀星

室生犀星『抒情小曲集』序

私にとって限りなくなつかしく思われるは、この集におさめられた室生の抒情小曲である。彼の過去に発表したすべての詩篇の中で、此等の抒情詩ほど、正直ないじらしい感情にみちているものはない。それは実に透明な青味を帯びた、美しい貝のような詩である。そしてそのリズムは、過去に現われた日本語の抒情詩の、どれにも発見することのできない珍しい鋭どさをもって居る。そしてこの詩集は、北原兄の『思い出』以後における日本唯一の美しい抒情小曲集である。こういう種類の芸術では、これ以上のすぐれたものを求めることは、今後とも容易にあるまいと思っている。

萩原朔太郎

(『感情』一九一六年七月号)

健康の都市　君が詩集の終りに

大正二年の春もおしまいのころ、私は未知の友から一通の手紙をもらった。私が当時雑誌ザムボアに出した小景異情という小曲風な詩について、今の詩壇では見ることの出来ない純な真実なものである。これからも君はこの道を行かれるように祈ると書いてあった。私は未見の友達から手紙をもらったことが此れが生れて初めてであり又此れほどまで鋭どく韻律の一端をも漏さぬ批評に接したことも之れまでには無かったことである。私は直覚した。これは私とほぼ同じいような若い人であり境遇もほぼ似た人であると思った。ちょうど東京に一年ばかり漂泊して帰っていたころで親しい友達というものも無かったので、私は饑《う》え渇いたようにこの友達に感謝した。それからというものは私だちは毎日のように手紙をやりとりして、ときには世に出さない作品をお互に批評し合ったりした。

　私はときおり寺院の脚高な縁側から国境山脈をゆめのように眺めながら此の友のいる上野国や能《よ》く詩にかかれる利根川の堤防なぞを懐しく考えるようになったのである。会えばどんなに心分《こころもち》の触れ合うことか。いまにも飛んで行きたいような気が何時も瞼を熱くした。この友もまた逢って話したいなぞと、まるで二人は恋しあうような烈しい感情をいつも長い手紙で物語った。私どもの純真な感情を植え育ててゆくゆく日本の詩壇に現われ立つ日のことや、またどうしても詩壇の為めに私どもが出なければならないような図抜けた強い意志も出来ていた。どこまで行っても私どもはいつも離れないでいようと女性と男性との問に約されるような誓いも立てたりした。

大正三年になって私は上京した。そして生活というものと正面からぶつかって、私はすぐに疲れた。その時はこの友のいる故郷とも近くなっていたので、私は草臥《くたび》れたままですぐに友に逢うことを喜んだ。友はその故郷の停車場でいきなり私のうろうろしているのをつかまえた。私どもは握手した。友はどこか品のある瞳の大きな想像したとおりの毛唐のようなとこのある人であった。私どもは利根川の堤を松並木のおしまいに建った旅館まで俥にのった。浅間のけむりが長くこの上野まで尾を曳いて寒い冬の日が沈みかけていた。

旅館は利根川の上流の、市街《まち》はずれの静かな磧《かわら》に向って建てられていた。すぐに庭下駄をひっかけて茫々とした磧へ出られた。二月だというのにいろいろなものの芽立ちが南に向いた畦だの崖だのにぞくぞく生えていた。友はよくこの磧から私をたずねてくれた。私どもは詩を見せ合ったり批評をし合ったりした。

大正四年友は出京した。

私どもは毎日会った。そして私どもの狂わしいBARの生活が始まった。暑い八月の東京の街路で時には劇しい議論をした。熱い熱い感情は鉄火のような量のある愛に燃えていた。ときには根津権現の境内やBARの卓《テーブル》の上で詩作をしたりした。私は私で極度の貧しさと戦いながらも盃は唇を離れなかった。そしていつも此友にやっかいをかけた。間もなく友は友の故郷へ私は私の国へ帰った。そして端なく私どもの心持を結びつけるために『卓上噴水』というぜいたくな詩の雑誌を出したが三冊でつぶれた。

私どもが此の雑誌が出なくなってからお互にまた逢いたくなったのである。友は私の生国に私を訪問することになった。私のかいた海岸や砂丘や静かな北国の街々なぞの景情が友を遠い旅中の人として私の故郷を訪ずれた。私が三年前に友の故郷を友とつれ立って歩いたように、私は友をつれて故郷の街や公園を紹介した。私のいるうすくらい寺院を友は私のいそうな処だと喜んだ。または廓《くるわ》の日ぐれどきにあちこち動く赤襟の美しい姿を珍しがった。または私が時々に行く海岸の尼寺をも案内した。そこの砂山を越えて遠い長い渚を歩いたりして荒い日本海をも紹介した。それらは私どもを子供のようにして楽しく日をくらさせた。そのころ私は愛していた一少女をも紹介した。

友は間もなくかえった。それから友からの消息はばったりと絶えた。友の肉体や思想の内部にいろいろの変化が起ったのも此時からである。手紙や通信はそれからあとは一つも来なかった。私は哀しい気がした。あの高い友情は今友の内心から突然に消え失せたとは思えなかった。あのような烈しい愛と熱とがもう私と友とを昔日のように結びつけることが出来なくなったのであろうか。私には然《そ》う思えなかった。

『竹』という詩が突然に発表された。からだじゅうに巣喰った病気が腐れた噴水のように、友の詩を味う私を不安にした。友の肉体と魂とは晴れた日にあおあおと伸上った『竹』におびやかされた。竹を感じる力は友の肉体の上にまで重量を加えた。かれは、からだじゅう竹が生えるような神経系統にぞくする恐竹病におそわれた。そしてまた友の肉体に潜んだいろいろな苦悶と疾患とが、友を非常な神経質な針のさきのようなちくちくした痛みを絶えず経験させた。

ながい疾患のいたみから
その顔は蜘蛛の巣だらけとなり
腰から下は影のやうに消えてしまひ
腰から上には竹が生え
手が腐れ
しんたいいちめんがじつにめちやくちやになり
ああけふも月が出で
有明の月が空に出で

そのぼんぼりのやうなうすあかりで
畸形の白犬が吠えて居る
しののめちかく
さむしい道路の方で吠える犬だよ。

私はこの詩を読んで永い間考えた。あの利根川のほとりで土筆《つくし》やたんぽぽ又は匂い高い抒情小曲なぞをかいた此れが紅顔の彼の詩であろうか。かれの心も姿もあまりに変り果てた。かれはきみのわるい畸形の犬がぼうぼうと吠える月夜をぼんぼりのように病みつかれて歩いている。ときは春の終りのころでもあろうか。二年にもあまる永い病気がすこしよくなりかけ、ある生ぬるい晩を歩きにでると世の中がすっかり変化《かわ》ってしまったように感じる。永遠というものの力が自分のからだを外にしても斯《こ》うして空と地上とに何時までもある。道路の方で白い犬が、ゆめのようなミステックな響をもってぼうぼうと吠えている。そして自分の頭がいろいろな病のために白痴のようにぼんやりしている。ああ月が出ている。

私は次の頁をかえす。

遠く渚の方を見わたせば

ぬれた渚路には
腰から下のない病人の列が歩いてゐる
ふらりふらりと歩いてゐる

　彼にとっては総てが変態であり恐怖であり幻惑《げんわく》であった。かれの静かな心にうつってくるのは、かれの病みつかれた顔や手足にまつわる悩ましい蜘蛛の巣である。彼は殆んど白痴に近い感覚の最も発作の静まった時にすら、その指さきからきぬいとのようなものの垂れるのを感じる。その幻覚はかれの魂を慰める。ああ蒼白なこの友が最もふしぎに最も自然に自分の指をつくづく眺めているのに出会して涙なきものがいようか。私と向い合った怜悧な眼付はどんよりとして底深いところから静かに実に不審な病夢を見ているのである。

　それらの詩篇が現われると間もなく又ばったり作がなかった。私のところへも通信もなかった。私から求めると今私に手紙をくれるなとばかり何事も物語らなかった。とうとう一年ばかり彼は誰にも会わなかった。かれにとって凡《すべ》ての風景や人間がもう平気で見ていられなくなった。ことに人を怖れた。まがりくねって犬のように病んだ心と、人間のもっとも深い罪や科やに対して彼は自らを祈るに先立って、その祈りを犯されることを厭《いと》うた。ひとりでいることを、ひとりで祈ることを、ひとりで苦しみ考えることを、ああ、その間にも彼の疾患は辛い辛い痛みを加えた。かれはヨブのような苦しみを試みられているようでもあった。なぜに自分はかように肉体的に病み苦しまなければならないかとさえ叫んだ。かれにとって或る一点を凝視するような祈禱の心持！　どうにかして自分の力を、今持っている意識を最《も》っと高くし最っと良くするためにも此疾患を追い出してしまいたいとする心持！　この一巻の詩の精神は、ここから発足しているのであった。

彼の物語の深さはものの内臓にある。くらい人間のお腹にぐにゃぐにゃに詰ったいろいろな機械の病んだものの腐れかけたもの死にそうなものの類いが今光の方面を向いている。光の方へ。それこそ彼の求めている一切である。彼の詩のあやしさはポオでもボードレエルでもなかった。それはとうてい病んだものでなければ窺知することのできない特種な世界であった。彼は祈った。かれの祈禱は詩の形式であり懺悔の器でもあった。

凍れる松が枝に
祈れるままに吊されぬ

という天上縊死の一章を見ても、どれだけ彼が苦しんだことかが判る。かれの詩は子供がははおやの白い大きい胸にすがるようにすなおな極めて懐しいものも其疾患の絶え間絶え間に物語られた。

萩原君。

私はここまで書いて此の物語が以前に送った跋文《ばつぶん》にくらべて、どこか物足りなさを感じた。君がふとしたことから跋文を紛失したと青い顔をして来たときに思った。あれは再度かけるものではない。かけても其《その》書いていたときの熱情と韻律とが二度と浮んでこないことを苦しんだ。けれどもペンをとると一気に十枚ばかり書いた。けれどもこれ以上書けない。これだけでは兄の詩集をけがすに過ぎぬ。一つは兄が私の跋文を紛失させた罪もあるが。

唯私はこの二度目の此の文章をかいて知ったことは、兄の詩を余りに愛し過ぎ、兄の生活をあまりに知り過ぎているために、私に批評が出来ないような気がすることだ。思えば私どもの交ってからもう五六年になるが、兄は私にとっていつもよい刺戟《しげき》と鞭撻を与えてくれた。あの奇怪な『猫』の表現の透徹した心持は、幾度となく私の模倣したものであったが物にならなかった。兄の繊細な恐ろしい過敏な神経質なものの見かたは、いつもサイコロジカルに滲透していた。そこへは私は行こうとして行けなかったところだ。

兄の健康は今兄の手にもどろうとしている。兄はこれからも変化するだろう。兄のあつい愛は兄の詩をますます砥ぎすました者にするであろう。兄にとって病多い人生がカラリと晴れ上って兄の肉体を温めるであろう。私は兄を福祉する。兄のためにこの人類のすべてが最っと健康な幸福を与えてくれるであろう。そして兄が此の悩ましくも美しい一巻を抱いて街頭に立つとしたらば、これを読むものはどれだけ兄が苦しんだかを理解するようになる。此の数多い詩篇をほんとに解るものは、兄の苦しんだものを又必然苦しまねばならぬ。そして皆は兄の蒼白な手をとって親しく微笑して更らに健康と勇気と光との世界を求めるようになるであろう。更らにこれらの詩篇によって物語られた特異な世界と、人間の感覚を極度までに繊細に鋭どく働かしてそこに神経ばかりの仮令《たと》えば歯痛のごとき苦悶を最も新らしい表現と形式によったことを皆は認めるであろう。

も一歩進んで言えば君ほど日本語にかげと深さを注意したものは私の知るかぎりでは今までには無かった。君は言葉よりもそのかげと量と深さとを音楽的な才分で創造した。君は楽器で表現できないリズムに注意深い耳をもっていた。君自らが音楽家であったという事実をよそにしても、いろはにほへを鍵盤にした最も進んだ詩人の一人であった。

ああ君の魂に祝福あれ。

大声でしかも地響のする声量で私は呼ぶ。健康なれ！　おお健康なれ！　と。

千九百十六年十二月十五日深更

東京郊外田端にて

室 生 犀 星

（萩原朔太郎『月に吠える』アルス社　一九一七年三月　跋）

室生犀星「愛の詩集」に就て

いま「愛の詩集」の原稿が届いた。

赤いロシヤ更紗《さらさ》の風呂敷に包んであったのはよかった。いかにも愛の詩集の原稿らしくてうれしかった。原稿の三分の一ほどよんで或る名状しがたき感情に打たれて、ひとりで室内を歩き廻った。

君の詩集をみるということは何というよろこびだ。私はむしろ不思議な神秘的な問題を感じているほどだ。

私は此頃になって今日ほど君のことを重厚に考えつめたことはない。それは名状しがたき一種の哀愁を帯びたよろこびであった。君と君の詩篇と君の生活とは私にとって絶大な因縁をもっているものだ。そこには君と僕しか何人も知らない秘密がある。すべてに於て君の友情を思い起すものである。君の為めに私が過去に払った犠牲は何でもない。それよりも幾倍もありがたいものは、君の美しい人格とその高貴な愛である。私は君のためにどんなに感激して、こうした愛敬の情を語り尽さねばならぬか。

友よ。僕はほんとに君に対して恥かしい。君はほんとに僕の孤独生活における唯一のよい家庭教師であった。僕は君のために多くの善良なる人間性を学び、美しいエピソードにみちた気に入りのリーダーをよみおぼえた。

君とあって話をするとき、僕のすべての憂鬱は忘られる。僕の心の中にあるすべての不潔なものや、非人間的な悪感情は君の前には快くも掃き清められる。

君の詩稿の前に僕は崇敬な、とはいえ感傷的な心のよろこびを以て接した。

君の序文は君の人格的芸術について、その概念を語りつくしたものである。そこには男性的な重苦しさと憂鬱とに充ちた君の過去が語られて居る。そうした生活について私は世の何ぴとよりも深い同情と愛敬とをもっているものである。

君の芸術の貴重さは、君の人間性から出発した所にある。何人も君の詩篇を汚すことを許さない。私は忠実な番犬のような心を以て、君の芸術の前に身構えをする。

附言。詩集の表紙は是非赤がよい。あのロシヤ更紗の赤がよい。愛憐の中にもロシヤらしい憂鬱と宗教的病熱をもった、言わばネルリの愛をしのばせるような暗赤色の表紙がよい。

萩原朔太郎

（『感情』一九一七年一一月号）

愛の詩集の終りに

私の友人、室生犀星の芸術とその人物に就いて、委《くわ》しく私の記録を認めるならば、ここに私は一冊の書物を編みあげねばならない。それほど私は彼に就いて多くを知りすぎて居る。それほど私と彼とは密接な兄弟的友情をもって居る。

およそ私たちのこうした友情は、世にも珍なる彼のはればれしき男性的性情と、やや女性的で憂鬱がちなる私の貧しき性情との奇蹟めいた会遇によって結びつけられた。

主として運命は我等を導いて行った。

年久しくも友の求めて居たものは、高貴なる貴族的の人格とその教養ある趣味性であった。そして私の貴族めいたエゴイズムの思想と、一種の偏重した趣味性とは、不思議にも我が友のいたく悦ぶ所となった。

一方また私の求めていた者は、率直なる情熱的の人格と、男らしき単純さと、明るく健康なたましいをもった人格であった。

思うに私のような貴族的な性情をもって生れた人間にとって何よりも寂しいことは、あのなつかしい「愛」の欠陥である。神は貴族とエゴイストとを罰するために彼等の心から愛憐の芽生をぬき去った。（その芽生こそ凡《すべ》ての幸福の苗であるのに。）あの偉大なるトルストイを始めとして、世の多くの貴族と生れながらのエゴイストとが、悩み苦しみて求めるものは、実にこの「生えざる」苗を求めんとして嘆き訴うる悲しみの声に外ならない。之に反して、貧しき境遇にあるもの、生れながらによきキリストの血を受けて長く苦労せる人人の心には、自然とやさしい人情の種が蒔かれて居た。

私の友、室生犀星は生れながらの愛の詩人である。

彼は口に人道と博愛を称え、自ら求め得ざる夢想の愛を求めんとして、苦しき努力の生涯を終りたる、あの悲しいトルストイの徒ではなくして、真にその肉体から高貴な人義的の愛を体得して生れた「生ける愛の詩人」である。

こうして私と彼とは、互にその欠陥せる病癖を悲しみ、互にその夢想せるしかも正反対の性情の美しさを交換した。

とは言え、私たちが始めて会遇した主なる動機は、もちろん人間としての交りでなく、ただその芸術を通じての交歓であった。

その頃此の国の詩壇は傷ましくも荒みきって居た。新らしいものは未だ生れず、古いものは枯燥しきって居た。

室生と私とはここに一つの盟約を立てた。我等はすべての因襲から脱却すること。我等は過去の詩形を破壊すること。我等は二身一体となりて新らしい詩の創造に尽力すること及びその他である。

その頃、室生の創造した新らしい詩が、どんなに深く私を感動せしめたことであろう、私は日夜に彼の詩篇を愛吟して手ばなすこともできなかった。

実際、当時の彼の詩は、青春の感情の奔縦を極めたものであった。

燃えあがるようなさかんな熱情。野獣のような病熱さをもった少年の日の情慾。及びその色情狂的情調。何ものにも捉われない野蛮人めいた狂暴無智の感情の大浪と、そのうねりくねる所の狂的なリズム。此等すべて彼の創造した新らしい芸術は、一一に私を驚かし、私の心にさわやかな幸福と、未だかつて知らなかった新世界の景物を展開してくれた。

併《しか》し今や時は流れすぎた。

そして私共は、既にこうした青春時代の花やかな、とはいえいくぶん狂気じみた創造の夢を過去に微笑して観ることさえもできる。

今や私共の狂暴な破壊は終った。――それは私共の第一番目の仕事であった。――そして兎に角にも自己流の珍らしい建築を完成した。

ある日、街上を行く。ふと私は友の背後に立つ二つの黒い投影を見て驚いた。

その一つの影は、いじらしくも恋を恋する少年の日の可憐な真情を訴えた彼の『抒情小曲集』であった。そこには少年に特有なあの美しい感傷と、生娘のような純潔の気高さがあった。

他の一つの影は、逞ましく肉づいた青春の情慾と健康と、及びその放縦無恥な感情の乱酔を語った、世にも水水しい情熱の詩篇であった。

私は静かに友の肩を叩いて笑った。何故ならば『愛の詩集』を懐中《ふところ》にした彼の現実には、あまりに重厚で静謐な中年者の姿を思わせるものがあったからである。

とはいえ、時はまた私自身の上にも流れて居た。恐らくに私自身の背後にもまた、その同じ二つの投影を見たことであろう。

思うに私共の、よき宴会の日は過ぎ去った。此の『愛の詩集』に於て友の語るものは、もはや少年の花やかな幻想ではなくして、荒廃したまことの人生と現実とに接触した、彼が最初の魂の驚きを語るものでなければならぬ。

室生の芸術の貴重さは、彼が人間としての人格の貴重さから出発する。

凡《およ》そ私の知っている男性の中で、室生ほど純一無垢な高貴な感情をもった人間はない。彼ほど馬鹿正直で、彼ほど子供らしい純潔と率直さをもった人間はない。

彼の詩を読むものは、何びともあの天才的奔縦を思わせる未曽有のリズムと、その何物にも捉われない嬰児のようなナイーヴな感情とに、絶大な驚異を感ぜずには居られないであろう。しかもこうした驚異は、同時に人間としての室生犀星を知るものが、だれしも等しく感知する所の人格的驚異に外ならないのである。

彼の神経は、近代文明の病癖を受けて針のように過敏であり、その感覚は驚くべく洗練された者であるにも拘らず、彼の精神は全く子供のような単純さと、野蛮人のような生生《なまなま》した原始的の驚きに充たされて居る。言わば室生は文明人の繊細な皮膚と野蛮人の強健な心臓とをもって生れた、近代世紀の幸福なる予言者である。

彼の生活は、今や空虚な狂熱や、耽美的な情緒に惑溺する時代を通り越した。

今の彼は、深い確信の下に人類の幸福を愛し、私共のために彼自身の立派な生活と、その高貴な感情のリズムとを分ちあたえようとする者である。

いま彼の靴音は、しっかりとして大地を踏みつけて行く。そのがっしりした鉄のような腕は、すべての不健全なもの、非人倫的なもの、神秘的なもの、病感的なもの、（もちろんその中には私の詩にみるような哲学も含んで居る）及び人生の幸福に有害なる一切の感情を弾きとばすことに熱して居る。

「この道をも私は通る」以下の詩、及び淫売婦に贈った数篇の詩篇をよむものは、どんなに長い間、彼が霊的に苦しんで居たか、そして今の彼がどんなに健全で高潔な愛の信仰の上に立って居るかを知るであろう。

とはいえ、彼は決してニイチェやゲーテの如き意味でのよき詩人ではない。どんな方面から見ても彼は思想の人ではない。そして同時にまたボードレエルの如き冥想の詩人でもない。

人生は、彼にとっては決して「考える」ものではない。そして、もちろんまた冥想するものではない。

人生は、彼にとっては一つの美しい現実であり、同時にまた理想である。人はよく生きるためには、絶えず高潔な感情を求めて、現実の生活そのものを充実した美しさの上に、がっしりと、しかも肉体的に築きあげねばならないと言うのは、彼の叙情詩の凡《すべ》てが語る所の哲学である。

こうした彼の哲学（人格の語る哲学であって思想の語る哲学ではない）は、ある意味に於て、あの偉大なる古代ギリシャ人のそれと全く共通する。そこには近代文明の不幸な疾病が憧憬する所の、あの美しく明るい健康の哲学がある。新楽天主義（それは未来を支配する）の輝やかしい黎明の光がうかがわれる。

要するに室生は「生れたる新人」である。そして同時にまた「生れたる叙情詩人」である。恐らく、彼はその生涯を通じて、叙情詩以外の何物をも書かないであろう。しかもそうした純潔の詩人の生涯こそ、かの音楽家のそれと等しく、人生の最も神聖なる住宅、即ち道徳及びその他の感情生活の世界を支配する最高至美の権威でなければならない。

室生の詩に就いて、特に私の敬服に耐えないものは、その独創あるすばらしい表現である。

およそ日本の詩壇に自由詩形が紹介されて以来、真に日本言葉のなつかしいリズムを捉えて、之を我々の情緒の中に生かしたものは、室生以前には一人も無かった。

その頃、此の国の自由詩と称するものは、多くは旧来の形式を完全に脱して居ない、極めて幼稚な口調本位のものであった。あまつさえ、彼等の表現の多くは、乞食壮士の大道演説に類したものであった。そこにはむやみと生硬の漢語や、俗悪で不自然な言葉のアクセントや、中学生じみた幼稚な興奮や、およそそうした類の低能な感傷的表情を、むやみと誇張した態度で一本調子に並べたてられて居た。

また他の者たちは、西洋詩の生硬な直訳を思わせるような、息苦しい悪い趣味の詩を発表して新らしがって居た。そしてその他の者は、相変らず古典的な美文で、古典的な、熱のない脩辞を繰返して居るにすぎなかった。然るに私共の求めていたものは、もっと鮮新で、もっと自由で、そしてもっとしんみりとした情熱をもった、純日本言葉の美しい音楽であった。

こうした私共の要求を満足させて、最初に日本現代語の「音楽らしい音楽」を聴かせてくれたものは、実に私の友人室生犀星その人であった。

彼の新らしい詩の表現は、丁度、愛する妻と共に日暮れの街を歩きながら、楽しい買物の話をするような、平易な親しさの中に、力強い情熱のひびきをこもらせたものであった。(愛の詩集の読者は、だれしもそうした言葉の味覚を感得するであろう。)

勿論、彼の初期の作には、尚文章語脈を脱して居なかったとはいえ、尚且つ当時に於ける他の流行の詩(気取ったり、固くなったり、肩を怒らしたりする)とは、あまりに甚だしく風変りのものであった。

こうした彼の艶艶しい表現は、長く日本の枯燥した詩に不満を抱いていた私にとっては実に絶大の驚異であった。

私は殆んど彼を崇拝した。——私と北原白秋氏とは彼の最初の知己であった——あまつさえ、私自身しばしば彼の表現を模倣しようとして、愚かな失敗を繰返したことさえある。思うに、ああした魔力ある彼の言葉は、彼の不思議な天賦の性情から、自然と湧き出ずる人格のリズムであって、断じて彼以外の者の追従を許さない秘密であろう。

室生の詩の特長の一つは、一般に「易しくて解りよい」という評判のあることである。

彼の詩が、かくも民衆に親しみをもって居ると言うことは、勿論、一つはその内容の上から、彼が勉めて曖昧な哲学めいた思想や、異常な神秘的冥想を排斥して、現実の強健な感情生活を高歌するにもよるのであるが、また一つには、その表現の極めて率直で民衆と親しみの深い平易な家庭的の日常語を、自由に大胆にぐんぐんとしゃべることに原因するものでなくてはならぬ。

明らさまに言えば、『愛の詩集』の後半に現われた彼の思潮とその傾向とは、私の立場からみて全く相反目する所の敵国である。

若《も》し私共二人が、互にその思想や主張の上で自己を押し立てようとするならば、私共はとくに血を流すような争論を繰返して居なければならなかった。

けれども私共は、始から「思想のための友人」もしくはその共鳴者ではなかった。私共が互にその対手《あいて》に認めて崇敬しあったものは、思想でも哲学でもなく、ただ「人間として」のなつかしい人格であった。極めて稀にみる子供らしい純一無垢な性情と、そして何よりも人間としての純潔さを、私共は互に愛し悦びあった。

ここに私共のはれがましい不断の交歓があった。そしてまたここに彼の芸術に対する私の思想上の異議が存在するのであった。

が、それにも拘らず、私は此の詩集に現われた、彼の驚くべき表現と、そのすばらしい人格的感情のリズムの前には、偽りなき敬虔の心で頭をさげざるを得ないものである。

繰返して言う、私はこの書物の著者及びその人の生活に関しては、世の何びとよりも深徹な智識をもっているものである。順《したが》って私の著者に対する大胆な評価は、凡てこの自信と無遠慮の独断から出発する。「此の書物こそは」と私は言う、「日本人が日本語で書いた告白の最初の真実であり、そして日本に於ける、最初の感情生活の記録である」と。

千九百十七年十一月九日

郷里にて

萩原朔太郎

（室生犀星『愛の詩集』聚英閣　一九一八年一月）

室生犀星『新らしい詩とその作り方』序に代えて

室生の書いたこの書物は、たいへんよい書物だと思う。

何故かというに、日本の詩壇は今漸く自覚しようとしかかっているのだ。

すべてのよいものや、美しいものや、力のあるものは「これから」生れてくるのだ。

ここで室生の集めた詩は「これまで」の詩なのであろう。併《しか》し一面からみると、それは実に「これまで」と「これから」との中間なのだ。

それ故、先ずこの辺からぼつぼつ「詩の芽生」らしいものが見えてくるかも知れないのだ。

私の信ずる所によると、これまでの日本にはほんとの自由詩というものは一つも生れていないのだ。ただ「自由詩らしい」ものがあったのだ。

それと同じことで、これまでの日本には、ほんとの象徴詩は一つもなかったのだ。ただ「象徴詩らしい」あるものがあったのだ。

元来言うと、ほんとの象徴主義というものがはっきりと解ってしまわない中は、自由詩が作れる道理はないのだ。

象徴詩の原理が解らずして自由詩を作るのは、詩に自由を求めるのでなくして詩を虐殺しようとするようなものだ。

そもそも自由詩というものは、近代の最も進歩した最も文化的な詩形なのであって、今日の人たちが考えているような「でたらめに書いた」一種の無韻詩のようなものではないのだ。そこにはしっかりした原理と、非常にむずかしい一種の規約があるのだ。

自由詩というのは、詩の形式に自由をあたえたので、詩の内在律にまで自由をあたえたのではないのだ。

そこの原則を知らずに自由詩を書くから、たいていの人は例の「横に書いた散文詩」を作ってしまうのだ。

散文と詩との区別さえ解らないようなものが自由詩であったら、自由詩ほど野蛮で、自由詩ほど幼稚な詩形はないであろう。

今の日本の叙情詩は、一部分一部分の小さな手入れをしていたのでは到底よくなりはしないのだ。

この破損は比較的小さな部分的なものであると考えていたので、ある大工が、彼の「とんでもない思いちがえ」から、一寸した手入れをしてみたのだ。

併し大工が実に彼の心の奥底から驚いたことには家が土台石から腐っていたということ

だったのだ。

今となっては、もうすべての小さな仕事は投げ出してしまう方がいい。

今となっては、家を根こそぎ新しく建て直すより仕方がないのだ。

日本に詩がないということは、考えても不愉快なことだ。

それはとにかく、日本の新しい詩の熱心な要求者にとっては「光の予感」となることだけは疑いを入れない。

この書物は全体には理論的の統一がないかも知れない。併し部分的にはたいへんよいものを暗示している。

その暗示を感知することのできる人には、この書物はたいへん貴重なものだ。

尚、私はこの書物の序で、自家の信条を発表する約束を或人たちにしたけれども、今言ったような事情でやめた。

日本の詩界では、自分一個の主義や理想を表明するような時代は、まだまだ容易には来ない。

今の時代では、そうした主張なんか言った所で曲解されるばかりで何の益にも立たないということを知ったから、ここでは何も言わないことにした。

千九百十八年一月

著者のよき友人なる
萩原朔太郎

（室生犀星『新らしい詩とその作り方』文武堂書店　一九一八年四月）

珍らしいものをかくしている人への序文

萩原の今いる二階家から本郷動坂あたりの町家の屋根が見え、木立を透いて赤い色の三角形の支那風な旗が、いつも行くごとに閃めいて見えた。このごろ木立の若葉が茂り合ったので風でも吹いて樹や茎が動かないとその赤色の旗が見られなかった。

「惜しいことをしたね。」

しかし萩原はわたしのこの言葉にも例によって無関心な顔貌をした。

或る朝、萩原は一帖の原稿紙をわたしに見せてくれた。いまから十三四年前に始めてわたしが萩原の詩をよんだときの、その原稿の綴りであった。わたしは読み終えてから何か言おうとしたが、それよりもわたしが受けた感銘はかなりに繊《ほそ》く鋭どかったので、もう一度黙って原稿を繰りかえして読んで見た。そしてやはり頭につうんと来る感銘が深かった。いいフィルムを見たときにつうんとくる涙っぽい種類の快よさであった。わたしはすぐ自分のむかしの詩を思い返して、萩原もいい詩をかいて永い間世に出さなかったものだと、無関心で、無頓着げなかれの性分の中に或る奥床《おくゆか》しさをかんじた。かれは何か絶えずもの珍らしいものを秘かにしまっているような人がらである。

五月二十一日朝

犀星生

（萩原朔太郎『純情小曲集』新潮社　一九二五年）

『室生犀星詩選』推薦文

故郷の公園に桜の咲くころ、一人さびしく堤防の上を歩きながら、いつも私は室生の詩を口吟《ずさ》んでいた。その頃から今日に至るまで、室生の詩ほど私にとって懐かしいものはない。それほどにも私を涙ぐましく、又それほどにも私を感動させ、それほどにも私を魅惑させるものはない。げに彼の詩には人間の最も純真なるリズムがある。あらゆる人の情緒にふれるヒューマニチイがある。そしてその表現は全く独創的である。ここに彼の選集が出版されたことは、私にまで彼との旧《ふる》き友情を追憶させる。あまつさえ、過去の詩壇に於ける彼の偉大な功績を追憶させる。

萩原朔太郎

（『室生犀星詩選』アルス社　一九二二年三月　新聞広告）

室生犀星『青き魚を釣る人』序

少年のとき、だれでもそうであるように、ふしぎなあこがれの思いを抱いて、私はひねもす野山を歩きまわった。其の頃のせつない思いは、蒲公英《たんぽぽ》の茎をかむ汁のように、春の日の薄い光のなかで、白くさびしく私の頰にながれていた。

そうしたやるせない悶えのなかで、私はいろいろな人の詩をよみあさった。どれか一つぐらいは、自分の思いに触れるものがあるかと思ったから――何というさびしさだろう。この世の詩人たちの歌うことばは、あまりに私の熱情と縁がなかった。すべての詩集を草に投げ捨て、私はひとり大空の雲をながめていた。

この慰められない心に、はじめて犀星の詩が見出だされたとき、その悦びのきわまり、熱にうるむうたごえ、涙はしずくのように青い洋紙をうるおした。かくもわが身にしたしく触れ、身ぶるいをさせ、耐えようにもなく心に喰い入る。かくもふしぎなる情緒の苗はどこにあるのか。

このふかい感情は、世の常の言葉につくすべくもなかった。その愛慕と渇仰のありたけを手紙につづって、当時尚詩壇に知る人もない田舎の無名詩人犀星に送ったのである。かくして二人の交情は始まり、その後互に上京して感情詩社を結ぶまでの径路になった。さればその後出刊された、彼の多くの詩篇と詩集とがあるにかかわらず、私にとって恋人ほどもなつかしいのは、矢張そのころの抒情小曲であり、それにまさるものは外にない。

私は思う。あの北国の暗い町を、あわれな痩犬のように徘徊していた彼の姿を、――その頃彼はまったく無名の詩人であり、その故郷《ふるさと》の町の人たちは、巷路《こうじ》から巷路へかれを不良少年の如く追い廻した。彼はいつも貧しく飢えていた。いつも薄っぺらな単衣《ひとえ》をきて、雪のふる裏街を何がなし方向もなく歩いていた。その空腹のさもしい心で、クリスマスの夜の肉菓子を幻想したり、銀行の前に立って金庫の開く音に夜盗の耳をそばだてたりした。あるいは片恋の娘にこがれて悶えたり、遠い都の灯にあこがれたり、酒場の暗い隅に酔い倒れていたりした。――すべてそれらの心のありたけを、いじらしくも彼は詩のことばにつづったのである。

さればそれらの小曲は、芸術と言わんよりはむしろあまりに切実にして、あまりにいじらしい純情のうたごえである。胸も張りさく感情の出水である。さばかりそれが読む人の心に高い響をあたえるのは当然である。今この著者は、それらの過去の追憶を嫌っている。かれはこれらの小曲を自ら幼なしとして悦ばないように思われる。しかしながら詩の尊き価《あたい》が、純情の美しさと創作情熱の必然性とによって買われることを知るならば、むしろ反対に、著者の最も大いなる自負が此所にあることを思うべきである。かくの如き詩は、著者に於てもふたたび得がたく、未来の日本詩壇に於ても、おそらくはもはやふたたび得がたいものであろう。

これらの貴重なる純情詩篇は、既に自費出版されて絶版になっている彼の『抒情小曲集』にすべて納められている。しかしてこの『青き魚を釣る人』は、その脱稿をあつめた拾遺詩集と見るべきであろう。——集中「春の入日」「朱の小箱」「逢いて来し夜は」「ふるさとより」「僧院の窓辺」「青き魚を釣る人」「壁上哀歌」「哀しき都市」「滞郷異信」「雪くる前」「洲崎の海」の十一篇は、その頃の私が、しんに涙をながして愛誦したなつかしい詩篇である。いまこの詩集にめぐりあうのは、ひさしく忘れた昔の恋人に逢うような思いがする。

室生の詩の気凜《きりん》は、青い雪のふる空に魚の肌膚《はだえ》の触覚をかんずるようである。——めいじょうしがたく美しく、ふしぎにさびしく青みあるでりけしいいを思わせるのである。

昔より著者の親友なる
萩原朔太郎

（室生犀星『青き魚を釣る人』アルス社　一九二三年四月）

室生犀星詩集の編選について

ずっと昔から、自分は室生犀星の詩が好きであった。それでいつか機会をみて、特別愛誦する彼の詩篇を、自分の編纂で集めたいと思っていた。ところが今度、第一書房から犀星詩集が出るについて、書房と著者の両方から、自分にその選詩をたのまれたので、好期を逸せず、進んでこの編纂をひき受けることになった。

しかしこの選集は、始めから自分がしたのでなく、著者の室生自身が、彼の数多い詩篇の中で、特に自信あるものを厳選され、自分に渡された手稿の中から、さらに二重の選抜をしたのであるから、本来の意味に於ては、自分の選詩集と言うべきでなく、単に著者の選詩について、取捨を加減したにすぎないのだ。若《も》し始めから、自分の思い立った編纂だったら、或はもっとちがった選詩をしたかも知れない。

著者の室生が自選した詩は、全体で二百七十余篇あった。その編纂の様式は、初期の小曲から最近の詩に至るまでを、年代順に配列したものであった。読んで行く中に、友の長い過去の生活、とりわけ自分との親しい交情が思い出され、不覚の涙をさそわれるまで、追懐の情緒に耐えがたかった。思えば小景異情の昔から、自分と室生とは水魚の交りをつくして来た。我々は詩壇に出世を同じくし、生活を共にして来た。

　明白に言えば、自分と室生との間には一の避けがたい気質の相違がある。それからして我々は、時に人生観のイデヤを異にし、友誼《ゆうぎ》の親しさからくる衝突を繰返している。にもかかわらず、室生の詩をよんで感ずることは、本質に於ての彼と僕とがぴったり同じ種目の人間であり、同じ生活を生活し同じ人生を悩んで来たところの、真の兄弟同士であったということである。今、室生の過去の詩作を読んで一貫した彼の生涯《ライフ》を考える時、結局して友の求め悩んだ人生は自分の長く生活して来た道と同じであり、二人が共に求めたものは、共に同じ一つの宿命であったことが、真にはっきりとわかってきた。自分と室生とが、いろいろな点に於て詩の特色をひとしくすることも、またむしろ当然と言わねばならない。

　こうした室生の詩は、芸術的にさえも自分にとって懐かしいのに、個人的な友誼の思い出が加わっているため、一層愛惜の情が深く、殆どこれが取捨の選に苦しんだ。特にこの集の手稿は、室生自身が最初に自選したものであったので、特別にまた選択が苦しかった。しかし本の頁数を限定する都合からどうしても半数以下に削除せねばならないので、断然自分の芸術的批判によって、比較上での名作のみを選定し、全体で百三十二篇の詩を選んだ。

　選の仕方は、自分の固く信ずる芸術的批判に訴えた。自分の見るところでは、室生の詩の最傑作と認むべきは、主として初期の『抒情小曲』と、最近の『忘春詩集』の二冊にある。他にも散漫には佳い作があるけれども、概して代表的な名作は、この前後二期の詩集に尽されてる。『愛の詩集』及びその以後に続刊された多くの詩集は、どういうものか散文的平面にながれている。真に詩的情熱の濃厚で、詩語に美しい音律を有するものは、主として前に言った二詩集及びその前後の作にあるようだ。

そこで自分の選としては、主として『抒情小曲』と『忘春詩集』から大部を取った。しかしその他の時期のものでも、室生の或る詩風を代表すべきものは、勉めて選に入れるようにした。例えば『愛の詩集』前後の作は当時のいわゆる『感情派の詩』を代表した典型的スタイルであり、詩壇に広い範囲の影響を与えたもので、今日にも尚その感化が一般的とさえなってるほどのものであるから、文献的の意味からしても、代表的な作品を選入しておいた。他も夫々《それぞれ》の詩集から、年代順に代表作を選んでおいた。

要するに自分は、大体に於て著者の意を尊重し、編纂の次第も年代順とし、単に一部の詩の取捨選択だけを、自己の自由鑑賞でしたにすぎない。しかしとにかく、自分はこれによって座右の愛吟詩集を編纂し、我が親しき友の芸術と一緒に居られることを、この上なく満足にうれしく思う。尚最後に、友が友情あつき詩『萩原にあたふ』の一篇を、自分の芸術的見地からこの集に除いたことを、私情の上から寂しく感じている。

萩　原　朔　太　郎

（萩原朔太郎編『室生犀星詩集』第一書房　一九二九年一一月）

野性の叫び

室生犀星は、一つの慣らされない野獣である。彼の場合では、感覚でも、直観でも、情緒でも、すべて不思議な動物的叡智にもとづいてる。だから人間の常識では、想像のできないような神秘のものが、彼の文学の本質にひそんでいて、批判の及ばない謎を持つのだ。彼の文学する精神は、人生に対して犬（慣らされない犬）のように毛を逆立ててる。彼は未知の物に対して、犬のように怖気づき、吠え立て、牙をむいて噛みついて来る。そしてまた犬のように純情で、正直で、素朴な一本気の心をもってる。その意味に於て、室生のように「いじらしい人間」は世界になく、同時にまたこれほど「逞ましい男」もめったにない。彼の文学は、このいじらしさの抒情詩と、逞ましさの野性とが、互に噛み合ってる両頭の蛇である。それは常識人の常識批判を、全く超越したミステリイの文学である。

萩原朔太郎

（『室生犀星全集』非凡閣　一九三六年年九月　内容見本）

Ⅳ　詩への告別

萩原朔太郎
室生犀星

詩よきみとお別れする

室生犀星

僕はときどき歯のうずくような気になって小説のなかでのた打ち廻っているが、昔、詩を書いていたころにもこの気持があった。しかしこのごろでは詩を書いて見たいと考えることが滅多になくなり、詩なんかめんどうくさくなって了《しま》った。つまり僕の考えのなかには詩の神さまなぞお泊りになることがなくなってしまい、昔苦しんで置きかえ、書きなおして眺めていた二行三行の美しい詩が失せてしまったのであろう、だから詩をかいて見たいなどと夢にすら考えたことがないし、人の詩を見ても昂奮するということがなくなった。却ってあまり詩のことをしゃべられるときまりが悪くなるくらいである。そのきまりがわるくなる気持の中には、ひょっとするといまの詩がわからなくなっているかも知れないというふうに、詩をよむ気持にいつも警戒的になり、悲しいあせった僕がまごつき、自分のそだって来ている詩のなかでこうも窮屈な気持になるものかと、思うのである。つまり僕はいつも安心して詩なんかどう変ってもたかが知れていると考えているうちに、詩はほんの少しずつ僕の眼のとどかないところで、変って行ったのである。これは却々《なかなか》恐ろしいことらしい、恐ろしいという言葉はこんなときに言葉の役目をつとめるのだ。

　僕はだから詩だけはかかないでいて、心を穏やかにしていたいのである。詩がわからないとか、書けないとかいう気持でなしに詩だけはツかないでいて、読むだけに止めて置いてそっとして置きたかったのである。詩の前で僕は温和《おとな》しくいい子になっていたい、僕がどれだけばたばた羽ばたいてもがいても、どれだけ新しいものを取り入れようとしても、追つかないものや感じられないものはどう仕様がないのだ。僕のなかにある詩らしいものは大方硬《こわ》ばってしまって、役に立たないものになっているのである。堀辰雄は、僕が詩をかけないのは小説とか随筆とかに詩の精分をこまかく泌《し》み出しているからというふうに言ってくれたが、それは或いはそうかも知れぬが実さいに二行とか三行とかの、大切な詩をなくしてしまっているからであって、大抵の詩人が、ぼやけて詰らなくなってしまうのも、結局この二行三行を見失うている原因によるのだ。これに気がつかないで、むだな詩をかいていることは悲惨である。そんな詩人はどれだけいるかも知れない。

　僕のように詩を子供の時から書いて来た人間にとって、もう詩がかけない、とか、勢い込んで詩を自分のなかにたずねることを放擲するということは、何ともいえず悲しい。未練なんか少しもないくせによく思い切ることができたと思い、そういうことに嫉《ねた》みもおこらないことを快適に思うのだ。毎日、詩の原稿を書きため、それを書物のように綴って喜んでいた三十年も前の僕が、きょう考えるように詩を打っちゃってしまってもいいと思うようになるとは、ゆめにも思わなかったことであろう。そして僕は僕のちからが尽きて了ったというよりも、文学の運命を呑み込むわかりのよさを持っていたいからである。あらゆる文学のなかでふしぎに詩の運命がいちはやく訪ずれて来るようである。それを見分けることも肝要なことらしいのだ。詩の要素には老いは光らない、老いは詩をくさらせるだけである。詩というものはしんが上ってしまったから仮令《たとえ》それを書いていても、ただの散文でしかありえないものである。

詩をかこうとし、詩がうまく書けた時分の僕はわけなく信じて詩のなかにはいることができたし、詩をつかまえることができたが、このごろの僕はどこまでが詩であったか、そしてまたどこまでが散文であったかが判りにくくなったのである。（これは或いは昔からそうであったかも知れないが）だから思いかえして詩から手をひいてしまう。詩がかけなくなるのもこんな時に多いのだ。

小説では僕は僕のまわりをひと廻りして、ほとんど大抵のものは書いてしまってもう何もかくことのない空っぽの世界に投げ出されてしまっていた。この空っぽになった僕はやっと自分に食っつきすぎたものから放れたので、こんどはいままで手をつけなかったものに手をつけなければならなくなり、手をつけて見ると豊富な素材のあることに驚きもしたのである。実際に於て作家というものは一遍空っぽになることが必要なのだ。空っぽになると人生というものが文字どおり人生の幅の広さを見せてくれて、書くことは実に一杯に張り切って見えてくるのだ。これの経験は全く意想外だった。もうどうにもならなくなり一行も見付けられない行詰まった果《はて》に突き出されたところでは、なんでも、みんな新しくゆたかに書きつくせないくらいに漲っているのだ。自分ばかりの手近いものをあさっていた窮屈さが、脱け切って明るくなった僕にはあまり狭すぎたように思えるのである。

詩はきめのこまかい間だけのものであって、文章が荒廃しかかった時期や、あまりに人生の底をかッさらっている苦しげな人間には書けるものではない、かいても散文にしかならない、詩は美しい青年の手によってかき上げられるのが本来であって、じじむさい人間によってかかれるものとすれば、それは詩ではなくて文章のこまぎれであろう。そんな詩は実にざらにあるのだ。惰性で書きでたらめで書きこじつけで書き、永い間のごま化しで書いて行けるようなものには、僕はもう何もいうべきことがないのだ、詩から手を引くということはよくよく自分を厳格に見据えないと、そうはいえないのだ。

或る時期の僕は小説が書けないでいると、詩ばかり書いていてそれで僕を建直しをしようとしたり、詩がかけなくなると詩の悪口をいうような気持で、小説のなかにはいり込んで行って鬱憤をはらしたりしていたが、これは二つのうちの孰方《どちら》かとわかれないでいると、その孰方をも完成することができないというふうに考えることがあった。しかも、その孰方ともわかれることができなかった。小説は直接に生計への重い役目をもっていたし、詩はなにやら小説とは少し清いようなところがあったし、詩とわかれてしまえばただの碌《ろく》でなしの小説家になってしまうとも考えられるのであった。ただの小説家でもいい筈であるのに見栄のある僕はやはり詩人という金看板のようなものをおろしてしまうのに躊躇《ためら》い、全く見えすいた男であった。だからずるずるに僕は詩人という冠をかむっている俗物になり、碌に詩をもかけないくせに書けるような顔をおし通して来たようなものであった。たまにかけば僕の詩はふるくさくなっている。ふるくさいということがハッキリわかることはまだいいが、古くさいものをかくということがわるい、わるいような気がしてくるのだ。

こんな古くさい僕にも、詩の雑誌が新しく出ると、まず詩を一つ書いてくれんかとか、少々古くてもさし支えがないとか、やはりあなたの詩が雑誌にはさまれているほうが雑誌が確《しっか》りしていいとか言って、私に詩をかかせるのである。私は無理に或る時は感興もないのに詩をかいて了うのだ。そういう人間にさえ私は堕落しているのである。

小説というものは書けないからと言ってじっとしていると、百年経っても書けるものではない、書けない自分のなかに飛び込んで行って、書けるまで机をはなれずに自分をいじめあげると、白状しない罪人が鞭打たれる苦しさから何もかも言ってしまうように、やっと書けるようになるのである。だから結局は自身をいじめ上げるよりほかはないのだ。だが詩はそういうふうに自分を苦しめても、もう失くなっている二行三行のものをさぐり当てることは、絶対にできないのだ、一度、はぐれたらその二行三行の光茫は殆んど生涯かえって来ないであろう。小説はかえって来ても、詩はかえってくることはないのだ。

僕はそういう物わかりのよい、ゆったりした気持になって詩とわかれても寂しいとか、物足りなさを感じるとかいうことはないつもりである。詩というものに永い間抱かれていてその乳ぶさを腹一杯にふくんでいた僕は、そういう母親を大切にしてらくにして上げたいくらいである。こういう母親を悲しませることはいやである。

豊島與志雄君は作家というものが生前にみんな原稿を売り切ってしまって、一枚も遺っていないことは淋しいといい、そしてそういう遺稿に詩が一番ふさわしいということを言っていたが、あるいは詩が遺稿として最も光った作品であるかも知れぬ。しかし僕なぞはただの一句の発句でも、詩はもちろんのこと、凡《およ》そ金になるものはインキの匂いと湿りの乾かないあいだに、みんな印刷になり売ってしまうのだ。遺稿どころか一行の詩さえ僕の机の抽出しにははいっていない、遺稿のある作家はゆったりしていいものだが、書きながら売ってゆく身のそういう生優しいことなぞはしていられないのだ。詩なぞのノートをめくって見ても残っているわけのものではない。なまじい遺稿なぞがなくてきれいさっぱりと死ぬなら死んだほうがいいのだ。生きていてさえ忘られがちな雑魚同様の作家詩人が死んでしまったら、誰が古くさい詩をたずねてくれるものか。——僕もひとしきり後世をたのむ腑甲斐ない、弱いみえのある気持を懐いていたことがあったけれど、そんな気持をもつことを卑怯だと思い、ごま化しだと考えるようになった。きれい、さっぱりと死ぬのは本望だが、詰らない詩や小説のこまぎれを遺して友人にめいわくをかけることは止めたかった。あいつもとうとう死んだが、あいつは最後の一枚までお金にして食っていた、あいつの意地きたなさに呆れてしまう、と、いうふうに言われた方がいいくらいである。むしろそういう罵りの声を聞くほうがさっぱりしている。

生涯を詩に托し多くの遺稿をのこして亡くなった詩人がたくさんにあった。山村暮鳥とか生田春月とか大手拓次とか、そういう詩人は遺稿のなかに必然に後世をたのみ、つぎの時代の詩人が拾い読みをしてくれる筈であった。そしてそのことも実さいに拾いよみにされていたけれど、そんなことがらが僕の身に引きくらべて見て何んの足しになるであろうぞ。いくら感心してくれていても本人が生きていないのだから、本人には何にもならないのだ。しかしこういう我儘なことをいう僕こそ却って後世をたのむから、そういう涼しい顔つきをしているのじゃないかと言われれば仕方がないが、実さい本人が死んでいたのでは面白くも可笑しくもないのだ。絶世の美人があって誰々の詩を愛誦しているといわれても、本人には見たこともないのだから詰らない道聴塗説でしかありえないのである。

このあいだ高橋新吉君の詩集『日食』をよんでいて、動物園の門の上に大きな虎がそとを覗いているという詩があって、僕は驚いて虎の顔を眼の前にうかべた。それからまた岡崎清一郎君の詩集に使われている不思議な文字の効果をいまどき珍らしいと思うた。この病弱な詩人のえがく空気は嘗《かつ》ての日夏君のようにこけ威《おど》しでない、深い真実があった。それから丸山薫君の山にのぼって行く詩のなかで、いつの間にか指の股からぬけ落ちた花のことを書いた詩があって、そんな、たわいないことが何と旨く詩というものを盛り上げているかに、ひそかに敬服した。詩というものはこういう微かであるが深い気持をそっと持っていなければならんものであると、僕は勉強したくなったくらいであった。誰にきいて見ても丸山薫君は一流ですと、と、そう解釈してくれた。

阪本越郎君の詩集『暮春詩集』で伊藤整君が何とうまい序文をかいていることか、そして伊藤君もいわれるようにのっぽうで苦ミ走った顔つきの阪本君の気のよい詩人らしい一さいのものが、はえぬきの詩人であるに間ちがいないことを証左している。「猫の子は白い、牛乳で育ったので。」という阪本越郎はそのようにふっくりした心のひとである。それからまた乾直恵君は小説はまずいが批評はするどい、菱山修三君を批評してあの人は自分で才能を信じているからいつも一人ですよ、と、うまいことを言ったものである。その菱山修三君は父君をこの夏前になくされていたが、夕方おそく菱山君が勤め先からもどって大森の駅におりると、度たび父君が菱山君を迎えに出て居られた。父君はお母さんにこっそりと何もいわれずに迎えに出ていられたそうであった。僕はこの話を聞いて菱山君の悲しみとおなじいもの、あるいはそれ以上のものが感じられたのであった。こういう気持は人間に生きる善良な美しさを与えてくれるものである。

三好達治君の短歌にた或いは歌であるかも知れぬ詩も、このごろきっちりと隙のない作品になっていた。しかしこういう形式でどれだけ旨くなって行っても、うまさがきまっているものであるから、そこに三好君が注意すべきであろう。北川冬彦君の場合でも出来のよい詩はハッキリした印象があるが、ひとり合点なところがある。小説のなかで北川君はつとめて詩をころしてかかっているが、僕は却って反対に小説のなかにこそ詩を生かしてほしいのである。そういう北川冬彦はおそらくもっと、いわゆる読みばえのある作品を見せてくれる筈である。詩人のかく小説は詩がありあまっても間ちがいはない、それをじっと殺してかかることは作品をきゅうくつにするのだ。詩というものは散文をかいているとそのなかに、よりよき滋養分になって沁《し》みわたってゆく、これを豊富に持っている作家というものは天下に稀なものである。

(『文藝』一九三四年八月号)

詩に告別した室生犀星君へ

萩原朔太郎

先に詩集「鉄集」で、これが最後の詩集であると序文した室生君は、いよいよ雑誌に公開して詩への告別を宣言した。感情詩社の昔から、僕と手をたずさえて詩壇に出て、最初の出発から今日まで、唯一の詩友として同伴して来た室生君が、最後の捨台詞を残して告別したのは、僕にとって心寂しく、跡に一人残された旅の秋風が身にしみて来る。

室生君の告別演説には、自己に対する反省と苛責とがあり、それが外部に八当りして、多少皮肉な調子を帯びていた。詩は少年や青年の文学だから、中年になって詩に執するのは未練であり、潔よく捨ててしまう方が好いと言うのである。一応それにはちがいないが、ここにはまた室生君自身の場合に於ける、特殊な個人的な事情が指摘される。元来、僕等の作る「詩」という文学は、西洋から舶来した抒情詩や叙事詩の翻案で、日本に昔からあった文学ではない。日本の国粋のポエムは、だれも知っている通り和歌や俳句である。こうした伝統の詩があるところへ、さらに西洋から輸入して、また一の別なポエムを加えた。そこで今の日本には、和歌と、俳句と、欧風詩と、つまり三つの詩があるわけである。

さてこの最後の欧風詩、即ち僕等が普通に「詩」と呼んでるものは、西洋では「文学の精華」と言われるほどで、西洋文芸思潮の最も本質的なエスプリを代表している。日本の新しい文壇は、小説に、戯曲に、評論に、明治以来すべて西洋のそれを模倣し、翻案輸入することに勉めたけれども、その中最も根本のものは詩であって、これに西洋文芸のエキスされた一切の精神があるのだから、詩の翻案と輸入の完全にされない限りは、日本に真の西洋思潮は移植されないわけである。したがってその輸入者である詩人という連中は、日本の文学者の中でいちばん気質的に西洋臭く、身体の中からバタの臭いがするようなハイカラ人種に限られている。たとえ外貌はどうあろうとも、性格気質の底に西洋風なキリスト教や、ギリシャ思潮を傾向した人種でなければ、詩の輸入翻案者たる詩人の役目は勤まらない。そして実際にもその通り、日本で詩人と呼ばれる連中は、過去に於ても現在に於ても、どこか他の一般文学者とちがったところがあり、何かしら日本の風土習俗に馴染まないところの、妙に周囲と調和しないエトランゼのような風貌がある。

近頃或る一部の詩人は言う。日本の詩は日本の詩である。西洋の真似や翻案をする必要はなく、国粋のものを創作する方が好いではないかと。しかし若《も》しそれだったら、むしろ和歌や俳句を作る方がよく、詩の必要が無いではないかと反問される。実際僕等の詩操の中から、西洋風の趣味や情操を除いてしまえば、必然の結果として、俳句や歌が出来てしまう。日本人らしい情操を歌う為には、これほど適切なポエムはなく、丁度西洋人は抒情詩《リリック》や叙事詩《エピック》が適切であるように、我々には俳句や和歌が最も自然的にぴったりしている。詩を必要とする精神は、そうした国粋のポエジィ（詩的情操）以外に、他の別の物を欲求する意志があるからで、もしそれが無かったら、日本に詩という文学は必要がなく、和歌俳句以外の蛇足である。

ところで室生犀星君は、この数年来著るしく伝統的な日本趣味に惑溺している。単に趣味ばかりでなく、近年では気質的な日本人になってしまって、昔のハイカラなところは殆んどなくなってしまっている。室生君は今随筆を盛んに書き、その方でも小説家以上の名人という定評を取っているし、僕等が読んでも非常に面白い文章であるけれども、その随筆の精神は全く東洋風のものであって、芭蕉等の俳句とも共通した情趣をもつものである。こうした心境に住む室生君が、西洋風のリリックやエピックなど書くとすれば、それこそ却って不自然に感じられる。今の室生君にして、もしポエジィの表現を求めるならば、当然その詩は俳句や和歌に行くべきである。室生君は「詩」と告別したと言ったけれども、「俳句」と告別したと言わなかった。即ち室生君の詩という言葉の中には、俳句等のポエジィは加算してないのである。

先年、静岡に蒲原有明氏を訪ねた時、有明氏は茶の湯や生花の趣味を愛して居られ、且つ僕にこう語られた。「私も昔はずいぶんハイカラで、西洋の詩など非常に好んで読みましたが、今ではちっとも面白くない。それよりずっと日本の俳句などの方が幽玄で好い。

若い時の西洋趣味なんか、年を取れば皆なくなってしまうし、実に詰らんものですね。」と。仏蘭西の新しい近代詩を、初めて日本の詩壇に輸入した有明氏からこの言を聞き、僕も深く考えるところがあった。僕等の作る西洋まがいの詩なんていうものは、結局青年時代のエキゾチシズム以外の何物でもなく、日本の風土に合わない附焼刃の似而非物《にせもの》ではないかと考えたりした。しかしやはり僕の中には、俳句や和歌で満足できない或る物がある。すくなくとも僕自身には、まだ詩の必要があると思った。未来、もし僕に詩の必要がなくなった時、俳句のポエジイだけですむ日が来た時、その時僕は初めて純粋の日本人になり、日本の風土気候に順応することができるようになったのである。そしてまたその時、僕は初めて周囲と調和し、住心地の好い家郷を近く身辺に持ち得るのだ。その幸福の日は何時来るだろうと考えたりした。

室生君の「詩と告別する」を読んで、僕は蒲原有明氏の言葉を考え、当時の僕の感慨を、新しくまた繰返して感慨した。詩を必要としなくなった室生君は、日本の風土気候にすっかり調和し、身辺に楽しく住心地の好い家郷を持った幸福人である。僕にとってみれば、室生君は実に羨やましく、あらゆる幸福人の中の幸福人という感じがする。もっとも室生君は一方で、詩を思う心は生涯つきまとうだろうと言ってるが、そのポエジイは、俳句や和歌で表現されるポエジイである。それは君に風韻の楽しみをあたえはするが、決して君を苦しめ悲劇させることはない。なぜなら僕等の悲劇する原因は、俳句等の伝統する日本の自然と、詩人が調和しないことに存するのだから。

室生君は尚お、詩は青年の文学であるという。その通りにちがいない。なぜなら西洋の文学そのものが、元来本質的に「青年の文学」なのである。西洋には「老年の文学」というものはない。ゲーテは八十歳になって恋愛詩を書き、トルストイは老年になって、尚お狂気の如く正義を求め苦しんだ。西洋の文学が本質している精神は、すべてみな「青年の情熱」である。静かな落付いた観照や、心の澄み切った静寂の境地ではなく、常に動乱し、興奮し、狂熱し、苦悩し、絶叫するところの文学である。あの芭蕉に見るような静かな澄み渡った深い境地、静寂の侘びに住んで人生の底を探ぐるという風な文学は西洋にない。そうした「老年の文学」は、ただ東洋にだけ発育した。

それ故に東洋の詩人たちは、概してみな老年になってから善い詩を作る。李白や、杜甫や、陶淵明やの支那詩人は、すべて皆四十歳から六十歳までの間に、代表的な名詩をたくさん作り、最も油の乗った活躍をしている。日本でも同じく、芭蕉や、蕪村や、西行や、人麿やの詩人たちが、すべて中年期をすぎてから生涯の全活躍をし、名歌や名句を多く作った。これに反して西洋の詩人は、概してみな年の若い青春時代に善い詩を作っている。東洋と西洋と、ここが全く正反対にちがうのである。「老年になっても詩を書いてる」という言葉の中での「も」は、西洋の文学が意味するのである。日本では反対に、老年になるから俳句や和歌を作るのである。

前年、徳田秋声氏の恋愛事件があった時、日本の文壇諸家はゴシップして、老人のくせにみっともないと言って悪評した。これがもし西洋だったら、反対に文学者らしく、如何にも人間的な生活だと言って賞讃されたにちがいない。西洋では、たとえ老人になっても八十歳になっても、常に「青年らしく」生活することが賞讃され、文学者の文学者らしい生き方と考えられてる。これが反対に日本や支那では、常に「老年らしく」することが尊敬され、文学者の正しい生き方と思惟されてる。東洋では「老」という言葉に無限の祝福が含まれて居り、イデアが指示されているからである。かつて室生君が漸くまだ四十歳位の壮年時代に、自分の老を歎息するとか、老を楽しむとかいうようなことを書いたのを見て、僕は思わず失笑してしまったが、東洋の文学では老を誇張することさえが、一つの風雅な文人趣味に考えられているほどでもある。文壇ばかりでなく社会的にも、東洋では「老人らしく」することが一般に尊敬される。老人がもし老年らしくしなかったら、日本では周囲中から悪評され、嘲笑され、道徳的にさえも罪悪として擯斥《ひんせき》される。或る雑誌記者は、与謝野晶子氏が老人のくせに恋を語ると言って嘲笑した。西洋では反対に、ゲーテが八十歳になって恋をしたと言って敬嘆された。東洋と西洋と、これほど反対の宇宙があるだろうか。

詩は「青年の文学」である。それ故に西洋では、詩が文学の帝王として、一切文学のエスプリとして権威されてる。反対に日本では、丁度その同じ理由の故に、詩が文学の中の雑草として軽蔑されてる。日本では「老年の文学」ほど尊ばれ権威される。故に文学の中でのいちばん老成したもの、即ち小説が文壇の王座を占め、次に戯曲、次に評論、そして最後に詩が来るのである。即ち西洋の王様が日本では下僕になっているわけで、日本に生れて詩人と呼ばれる人間ほど、不運で気の毒な宿命はない。彼等はすべて日本の風土気候に合わないところの、季節はずれの連中なのである。

　我が室生君が、この季節はずれの連中に告別して、小説や随筆の方に専念するようになったのは、君自身の心境にその「季節はずれ」がなくなり、日本の風土気候とぴったり調和する境地に入った証左である。その告別の言葉の中で君は言ってる。この頃では詩と随筆の区別がつかなくなったと。日本の文壇でいう「随筆」とは、西洋のエッセイとは全く別種の物であって、主として季節の推移に於ける自然の情趣や、日常生活に於ける身辺の述懐などを叙するもので、その文学の本質する精神は、全く俳句のそれと共通している。即ち随筆とは「散文で書いた俳句」のようなものであり、室生君の場合に於ては、特にまたそうである。したがって君の場合に、詩と随筆との区別がつかなくなったと言うのは、君の中にあるポエジィ（詩的情操）そのものが、本質的に俳句になってしまったことを説明している。君にとって必要な詩は、日本の詩であって抒情詩《リリック》ではない。西洋風の詩の世界は、もはや君にとって無用の物になったのである。今の君の心境は、おそらく蒲原有明氏と共に、次の述懐をしているだろう。「若い時の西洋趣味なんか、今となって考えれば、実に詰らんものだったなあ！」と。もっとも君は、今でもまだ多少の西洋趣味を所有していて、軽井沢の外人町を喜んだり、ダンスガールのことを小説に書いたりする。その点で言えば、君は僕より却ってずっとモダンボーイである。しかし君の西洋趣味は、そのまま俳句の季節に入れて、句を作ることができる種類の趣味である。換言すれば、外部から鑑賞している趣味であって、君の生活の中心主体に食い込んでる趣味ではない。反対に僕の場合では、外部の趣味にハイカラやモダンが殆んどなく、生活の根柢《こんてい》している精神にだけ、キリスト教的な西洋の蛇が食い込んでいるのである。

それゆえ僕には「詩」は止められない。たとえ一篇の詩も書けずにいても、詩と告別しては生きられない。なぜなら僕には、室生君の如くそれに代る別のポエム、即ち俳句や随筆がないからである。僕の世界にある文学は、詩とエッセイの外に何物もない。そしてこれは二つ共、日本の風土気候に合わないのである。僕は今、室生君の告別を見送りながら、一人あとに残された自分の道を眺めている。その道は無限に遠く、地平線の涯に続いて消え去っている。だれも友だちもなく道づれもない。僕は永久に一人ぽっちで、孤独の影を踏みながら歩いて行く。目標もなく、希望もなく、寂しい大時計の振子のように、永遠に愁いながら歩いて行くのだ。

（『文藝』一九三四年一〇月号）

悲しき決闘

萩原朔太郎

雑誌「文藝」に発表した僕の評論（詩に告別した室生犀星君へ）は、意外にも文壇の人々に反響した。正宗白鳥氏と、川端康成氏と、それから他の二三氏とが、新聞紙上にこれを論じ、そろってみな僕の主旨に同感を表してくれた。単に同感したばかりではない。非常な熱情を以て書いてるのである。いつも文壇から白眼視されてる、僕等の長い「詩人の嘆き」が、今日昭和の文壇で、こうした反響を見ることは意外であった。同時にまたそれによって、僕等の孤独な詩人の嘆きが、文壇の一部にも共通する嘆きであり、日本現代文化の矛盾と悲劇を内容するところの、痛ましい実相であることを知って悲しくなった。「我等何処へ行くべきか」という標題は、必ずしも詩人ばかりの標題ではない。小説家も評論家も、日本のすべての智識人種は漂泊者である。

日本語はレアリスチックな文学表現に適さないということが、最近小説家の間に論じられ悲観されてる。だが彼等の場合は、それが必ずしも致命的の絶望を意味していない。僕等の詩人の場合にあっては、国語の問題が全部なのだ。日本語は、西洋風の近代小説に適さないと同じく、西洋風の近代詩には尚おもっと根本的に適しないのだ。その適さない道具を以て出発した僕等の歴史は、新体詩の出発以来あらゆる敗北のしつづけだった。僕等は卵を重ねて家を建てようとし、虚無よりの創造にあがきながら、絶望の戦いを戦って来た。しかも努力は報いられず、外からは嘲笑と冷淡とを以て遇されて来た。詩人の運命について考えれば、昔も今も——おそらくはまた未来も——ただ暗爾《あんじ》たるのみである。

詩人になることの運命は、ニヒリストになることの運命だと誰れかが言った。そうかも知れない。あの女性的で、感傷的で、本来優美な性情をもった殉情詩人の生田春月が、晩年に於ける烈しい思想への転向は何を語るか。あの牝牛のように健康で、ゲーテのように万有を包合する人類愛の詩人高村光太郎が、最近に於けるニヒリスチックの詩は何を語るか。彼等がもし外国に生れたら、生涯その天質の美を守って、朗らかな詩を書いた筈だ。彼等は好んで行ったのではない。無理にその道へ追い込まれたのだ。何が彼等を追い込んだか。国語の問題ばかりではない。日本の文化と社会に淵源《えんげん》している、過渡期の恐ろしい罪悪がそこにあるのだ。——詩人はすべての犠牲者である。

僕の一文から演繹された、川端康成氏の室生犀星論（朝日新聞）は適評だった。室生君は詩に告別しても、決して文学に告別できない作家である。なぜなら彼は、真の天質的な文学者であるからだ。川端氏は僕と同じく、日本文壇に於ける伝統的東洋趣味の横行（それが西洋的近代文学の発育を妨げてる）を悲しんでいる。この点に関して言えば、おそらく僕と同じ抗議を室生君に持つのであろう。しかも室生君の芸術そのものに対しては、一も二もなく敬服すると言って嘆賞している。何故に敬服するのだろうか？　室生君の小説には、真の文学する深い精神があるからである。

西洋と東洋との対立はある。だが対立を越えた上位の空では、すべての文学する精神が一に帰する。芭蕉とボードレエルとが、もし同じ国に生れて友人だったら何うだろうか。おそらく二人は反目し、議論し、絶えず争っていたかも知れぬ。しかも精神の本質点では、互に最も敬服している親友であったか知れぬ。なぜなら文学する精神の第一義で、二人のポエジイに共通するものが有るからである。そして互に、これを黙々の中に感じているからである。

川端氏の室生君に対する言葉が、おそらくこうした複雑な感情を内包している。その東洋趣味も文学意識も、室生君の場合には絶対である。そして絶対のものには批判がない。僕の室生君に対する抗議も、単にその「絶対の下位」でのみ言ってるのである。僕の論文に於ける室生君は、いつも抽象観念として借用される、仮想上のモデルみたいなものである。モデルそのものには罪がなく、甚だ気の毒な次第であるが、射撃の目標のためには仕方がない。

今度と同じ題目で、昔も一度、室生君と烈しく喧嘩をしたことがある。その時は僕もまだ年が若く、客観の認識力がなかったので、室生君の「東洋趣味への傾向」を、詩の同志を裏切る者として腹を立てた。それは僕が独合点《ひとりがてん》で、昔から室生君を自分と同じ気質の詩人であり、それ故にまた日本の文壇や文化に対して、戦いを持つ共同の戦士であると思惟していた為であった。だが裏日本の金沢に生れ、暗い過去の伝統の中に育った室生君が、長じて日本趣味に転向するのは自然であって、むしろそれが本来の回帰であった。当時僕が怒ったのは、家鴨の卵から鶏が生れたと言って腹を立てたようなもので、今思えば我ながら認識不足の滑稽である。

僕も今では、だんだん日本の好い趣味が解って来た。昔は聴くも耳の穢れと思っていた三味線が、今ではオーケストラよりも好きになって来た。昔は人間堕落の骨頂と思って憎悪し切っていた江戸文化が、今ではそれほどに悪くない。俳句や茶道の幽玄な妙趣なども、だんだん少し宛《ずつ》解って来た。昔、芥川君によく連れられて行った田端の自笑軒の風流料理が、今では時々食いたくなる。それを昔は「非営養料理」と罵って、芥川君に「野蛮だなあ」と呆れられた。もっとも人が五十年近くも日本に住み、毎日畳の上に坐って米や味噌汁を食っていたら、どんな生えぬきの外国人でも、少しは皮膚の色が変って来る。ただ変らないのは、人種の遺伝された骨格だけだ。

僕が室生君と喧嘩したのは、自笑軒の料理を「非営養料理」と罵って芥川君を呆れさせた頃の事だ。今だったら、僕は室生君の趣味も心境も理解している。いつも室生君の家へ呼ばれて自慢の庭や茶席を拝見すると、僕もいっそ東洋主義に転向してしまいたくなる。だが今のところでは、まだ僕にあえてそれが出来ないので、独り日本の風土気候と調和しない自分の孤独を、しみじみ寂しく思うのである。

こうした室生君と僕との喧嘩を、人々は八百長だと言って笑っている。だが僕等にとってみれば、決して笑い事や八百長ではない。すくなくとも僕にとっては、日本に生れた自分のライフを決定すべき、必死の宿命的の争闘である。室生君勝てば僕が亡びる。僕が勝てば室生が亡びる。東洋精神か西洋精神か。俳句か抒情詩《リリック》か。僕と室生の対立したこの世界は、互に両立できない世界であり、地球の南極と北極である。しかももっと悲しいことは、二人が互に親友であり、その上にも文学する精神の第一義感を、ぴったり一致しているることである。僕は室生君の文学は（詩も小説も含めて）日本で一流の者だと思っている。東洋精神のすぐれた善さが、室生の文学について一番よく解るのである。そしてしかもその東洋精神は、僕が射撃する標的なのだ。こんな矛盾したことはない。こんな悲しいことはない。

僕と室生犀星とは、いつも必死の捨身になって、刀のツバをせり合わせている。どっちか引けば、引いた方が切られるのである。僕は自分が切られたくない。室生も自分が切られたくない。だから二人はにらみ合ってる。しかもその必死の場合に、刀の合せたツバの下から、二人は顔を見合せて笑っているのだ。その笑いの意味することは、お互に何もかも解りきってる。君を斬る必要もなく、僕が斬られる必要もない、というのである。こんな悲しい決闘が何処にあるか。

芥川君の自殺した当時、室生君はひそかに僕の身上のことを憂えたらしく、出入の青年にこう語ったという。「今度萩原が死んだら承知しないぞ。靴で蹴って撲り殺してやる。」この話を聞いた時、僕も腹を立てて「ヒドイことを吐かしやがる。余計な世話だ。」と呶鳴《どな》り返してやったが、後で考えてみれば、死んだ以上はいくら撲られても無感覚だし、殺されたっても同じことだ。何も腹を立てて怒る必要はなかったわけだ。室生君には友人が極めてすくなく、親友といえば僕と故芥川君ぐらいのものである。僕等はツバぜり合いの刀の下で、永久に黙笑し合ってる仇敵である。

（一九三四年一一月　初出未詳）

詩への告別に就て萩原君に答う

室生犀星

一、牡蠣の料理

君が『文藝』に書いた詩に告別した僕への文章を読んだが、更《あらた》めて何もいうことはないのだが時事の学芸欄の好みでもう一席弁ずることにした。しかし結局君と僕との間柄では君からいえば室生犀星論になるし、僕からいえば萩原朔太郎論になってしまう。そして肝腎な君へのお返事や少々腑に落ちないところを補うことなぞを忘れてしまうようになるのだ。正直に白状すれば『文藝』から何か文学的な随筆をかけといわれた時に、書くことがないのでつまり鳥渡《ちょっと》気が利いているような、そして今更らしく喋る必要のないところの「詩よきみとお別れする」というようなことを書いてしまったのだ。事実僕はだいぶ前から詩をかかないでいるのであるから、あんなことを更めてかく必要がなかったのだ。併《しか》し文学者というものは書きながら考えることが一番近道なようにことに、僕は考えることだけを取扱うことの出来ない男であるから、少しずつ考えては書き、書きながら考えるというふうになってつまり詩はもう書けないし、書く気はないということを言ったのだ。いまから考えると僕のあの文章は手紙のような形式で君にあてて書けばよかったと思うのだ。君と僕との永い間の不思議なほど綿々たる友情からも文章が引き立って見えたろうし、もっと嚙みくだいて詩と別れる心持を悉皆《しっかい》述べたであろうと思われる。つまりああいう詩に別れるとか別れないとかいう個人的な気持を堂々と羞《は》ずかしくもなくだら喋りに喋ったことも、どうかと思うのだ。全くあれは君にあてて書いて多少感慨的にも回顧風にめそめそと述べるべきであった。僕の詩のかけない理由はつづめていえば一つしかない。それはあらゆる雑色な原稿を書いてへどへどになっている僕に、新鮮であることがいかなるときにも条件になる詩の精神では到底ついてゆけないからである。さんざん詩を食いちらし或る時はおもちゃにしていた僕はこれ以上汚したくないのだ。君は僕が詩をやめても発句や随筆があるからと言われた。発句や随筆は詩のかわりになるかどうか知らんが、随筆の或る種のものを書いていると詩をかくような気がするという僕の頭は、それほど平明に堕落しているわけだ。詩やら散文やらをごっちゃに書いているということは、あんまり惨《むご》たらしい不品行な、そして弱り切っている平板さを証拠立てているものではないか。僕はそれが一番こたえるのだ。それから僕はもう詩人という言葉にとうに飽きて了《しま》っているのだ。何と詩人ということばが無気力でくそ面白くない、ばかばかしい代名詞になっていることか。

曰く君は詩人であるからどうのこうのとか。詩人の小説であるから詩がいたるところに落っこちているとか。いかにも詩人らしい見方であるとかないとか。詩人出の小説家であるとかないとか。何と忌々しいこの寝言があっちからもこっちからものさばり出しているこ とか。そしてその寝言に出くわすごとに戸惑いをして詩人であるのやらないのやら、鳥《ちょっ》渡《と》の間あまり詩人ということばが古くさくて又新鮮すぎて却ってハッキリ受取れないくらいである。若いご婦人に立派な食堂か何かで対《むか》い合せに坐ったと思いたまえ。そして彼女はすこし上眼をするような恭羞の情をあらわしながら感激に堪えないもののごとく、「まあ、詩をおかきになるというお心持は何て美しいんでしょう。そしてよくお書きになれたときはまあ何てほがらかなお心持でございましょう。あたくし想像もうしあげるだけでもお羨ましゅうございますわ。」と来たら、一たい先刻から食べた牡蠣の料理やセリイ酒の始末はどうなると思う。そして神よ助けたまえと腹の中で叫ばざるをえないのだ。

二、白鳥の死

君は室生犀星のなかには詩と入れかわりになった発句だけが生きているようにいうが、それでも僕はそれに抗弁をする必要がない。只、こういうことが言えるのだ。君はパブロヴァやダンカンが演《や》った白鳥の死という舞踊を見たことがあるだろう。傷ついた白鳥が弱りながら死んでしまうまでの翼の運動や肉体の衰えをあらわしたものだが、こういう言い方は甚だ気障で鼻持ならぬものかも知れないが、僕の中にいた縹緻《きりょう》のよくない詩の女神というしろものも、つまりあの白鳥の死とやらをひと舞いやってからバッタリと打倒れてしまわれたのだ。そして弱々しい息の下で何か遺言のようなものでもいうのか知らと僕は聞耳を立てていたけれど、詩の女神は学問のない女中さんのように平凡に亡くなられて了ったのだ。それ以来僕が詩をかけなくなったといえば猶更気障になるが、しかしざっと譬《たと》えていうならこんなふうだ。僕も内々この女神には並々ならぬ思召しがあって、気難しいお天気者の彼女であったに拘らず、永い間ほとんど三十年もその機嫌を損ねないように心がけて暮して来たものであるが、併し実際では彼女は女神だか女中だか訳の分らないほど年を老《と》ってしまって、もう胸も肌もボロボロに荒れていた。いまさらそれに別れるのは薄情かも知れないが、役にも立たない女神だか豚だか分らないものを対手《あいて》にしていても仕方のないことなので、別れてしまったのだ。だから僕としては甚だ小爽乎《こざっぱり》した気持でいる訳だ。君がそれを悲しんでくれるのもわかるし、もともと君もこの女神の性質気立のよいことを知っていてああ言ってくれた訳だが、事実、間に合わないものを対手にしたって何にもならない訳だ。僕は少しも未練もないし今さら女神を呼び起すわけにゆかない。手紙の形式で君に話をすればよかったというのは即ちこの意味なのだ。

君の彼の一文は東洋と西洋の詩人の比較なぞをしていて君の一番得意なところで一席講

じているが、誰でもあの文章を読むと先ず君自身の颯爽とした激しい、併乍《しかしながら》何かさびしい孤独のようなものに打つかるのだ。川端康成君のいうのも此処を見ているのであろうし、僕からいえば孰方《どちら》へ廻ってもいつも孤独と戦うている君を思わぬわけにゆかないのだ。君は室生は詩を書かないからおれはひとりでこの道を行くというような、君のなかの一番正直な、正直すぎて少々詠嘆に近いような気持で彼の一文を結んでいるが、これは僕という道化者のことを喋《しゃべ》りながら君自身のことを言っているのだ。「僕は永久に一人ぼっちで、孤独に影を踏みながら歩いて行く。目標もなく、希望もなく、寂しい大時計の振子のように永遠に愁いながら歩いて行く。」というようなしろものは、つまり僕が詩をやめてもやめなくとも、君が十何年前からの虚無と戦うていたところのものであって縁あってまた飛び出して来たわけに過ぎないのだ。君と会うた人は君のどこかにさびしいところがあると言うが、僕に会うた人はそんなふうに見ないで何処か仕合せそうな人だと見るのだ。君自身ですら僕を幸福すぎるくらいの幸福人にかぞえているのだ。それは何かの間違いであろうと考えるのだ。

三、僕の詩がどこでどう滅びたか

「今の室生君にして、ポエジイの表現を求めるならば、当然その詩は俳句や和歌に行くべきである。」と萩原君は早考えをして言っているが、ここで肝腎なことは寧ろ「当然その詩は小説に向って発散せられるべき」であると言ってくれれば、僕は大いに悦に入って我が意を得たりと思うのだが、これは君と会って能《よ》く話して見ればそれもそうだな、それが本当かも知れないと言ってくれるかも知れない。あるいはポエジィの形式という点にちからを入れて、いや矢張り俳句を作って詩みたいなものを交ぜるようになると自説を動かさないかも知れないのだ。実は我が萩原朔太郎は昔から小説が嫌いな方であって、滅多に僕の作品なぞは読んでくれたことがなかった。僕の作品ばかりでなく一たいに小説というものを余り読まない方なのである。そして僕と萩原君と一しょに食事をすると、よく食う男だな、おれの二倍くらい食うじゃないかと言ってから彼は彼の論文にあるような結論を与えるようにいうのだ。いや小説家というものは自然勢力家なんだから食物もよけいに食う訳だと。——だが萩原朔太郎は昔から小食でほんのちょっぴりしか食べなかった。併しながら深夜そとから微酔を帯びてかえってくると、枕元にお握りが三つ置いてあってそれを夕食がわりに食べるのだそうで、妻のない彼は彼をまだ子供のように考えている親切なお母さんが何時もそういう心づけをしてくれるのだそうであった。僕はそれ以来夜半ひそかにお握りを三つも食べる男を小食とは信ぜぬことにした。そして母親というものは何と有難いものではないかと考えるようになったのだ。

ところで僕の小説をよまない彼は僕の詩がどこでどう滅びかかって来ていたか。誇らしいものをどこで使い果して来たかを見てくれないのだ。彼の文章には僕の小説のことなぞは少しも問題にしてはいない。つまり僕の詩をほろぼし僕の頭をざくざくにした奴、詩らしいものを持ち合していながらそれに戻って行けないようにした奴すなわち小説という鬼に取っ憑かれている僕を見て見ぬふりをしているのだ。小説の中でのた打っているから詩の方で愛想を尽かしたくらいにでも、切《せ》めて言ってくれればいいのだ。

だが、わが萩原君もどうやら何時の間にか詩の老いたること、詩の老いゆくことが再び取りもどせないことを彼の論文のなかで、いたるところに旨い言い廻しをしながら嘆くがごとく悲しむがごとく将又《はたまた》或いは憤然と怒りを為すがごとく雄弁に物語っていた。これは正直な、正直すぎるくらいな萩原君でないと書けない論文なのだ。詩の主成分が発句にはいり込むなぞということは、もっと発句をつッ込んで見てくれれば分ることで、あぶらが水にあわないくらいに持ち廻りが出来ないものなのだ。そして芭蕉をあくまで閑寂な風流のお手本のようにあしらうのは、どういうものか、芭蕉の表現されたものはああいう静かなものではあったが、あれをあそこまで叩き上げるには大した戦闘があったといえる。二百年も前に生死を賭して二ヶ月も旅行しつづけて自分の蕉風をあそこまで天下に地盤を固めに出かけたことは全くの命がけのことであって、それを何んでもない風流韻事で頭ごなしにこなすということは、どんなものであろう。

四、文学青年の生立

予定の枚数を越えたがさきにも述べたように僕を幸福人ときめて了うのは、ちょっと僕はむっとしたような気になるのだ。それは僕は大抵のことを熱心にやるくせがあって、日常生活にしてもきちんと行かないと面白くないし、大抵のものを貪れるだけ貪るくせがある。文学はもちろん陶器や映画や庭つくりでも片ッ端から消化して行って、生活の面と層を複雑にすることで僕は生き甲斐を感じるのだ。つまり僕のわずかな収入というものの範囲で人間の頭で考えられる程度以上のものを消化することで、或いは飽くことなき野人の暮しをしているものかも知れないが、それでさえ僕はまだ手頼りなさを感じるのだ。君はそういう生活面の複層をもつ僕であるがために多分幸福人というふうに、趣味が多面だとか何とか言って片づけてしまったのであろう。

口の悪い君は僕にとって最も口の悪くなる側の人物であるが、君の口の悪さのなかには少しの毒気がなくて却って愉快になる気がするが、時々こういうことを君はいう、「室生という奴は三文くらいのものを百円くらいにいう奴だ。」と。何と旨い比譬《たとえ》を言い当てたものか、これは全く妙味ある言葉でこれには何とも返しようがないくらいである。ところが君と或る令嬢を招いて、一夕君と僕とそのお嬢さんとで夕食をとったことがあった。君と僕とははじめは紳士のごとく物静かに盃を交していたが、酒十交の後には君と僕とはいつの間にか近代に於けるカフェがいかに有害なものであるかを話し出して、はっと僕が気がついたころに君はなお気がつかずに、カフェがどうのこうのと、熱心に物語り出したので僕は令嬢の手前もあり、何と取りつくろうていいやら甚だ周章狼狽したことがあった。それでもなお君は気がつかずに面白そうにははははとか笑って、僕は冷汗を掻いたくらいであった。そしてこういう君と僕との妙な友情のどちらが不幸であって、どちらが幸福であるといえるのだろう。三文のものを百円に考えるということは、つづめて言えば人生の不幸である。古来多くの英雄豪傑の僵《たお》れたのはつまり三文のしろものを、百円にするためではなかったろうか。

さて枚数は益々ふえたが、ここにもう一つ君が「日本詩」にかいた室生犀星論は甚だ微をうがち細を尽したものであるが、あれは少々名誉に関係しているから酷いじゃないかというと、君もあれは少しひどかったなと言った。僕が父の遺産を五千円持っているといったのは、実は一文もなかったのだとか。初めて二十三歳の室生に会ったときは見るに忍びない青書生だとか書いていた。僕が萩原に初めて会ったときはトルコ帽か何かをかむって長いマントを引きずってマンドリンを弾く、文字通りの文学青年であった。そして朝から晩まで紅茶ばかり喫んでいた男であった。彼の論文での「室生の東洋趣味はもう骨からのそれである」のは当っているが、彼の西洋趣味はマンドリンや紅茶を卒業して彼の思想にくい込んで、育って来たものらしく思われるのだ。何と恐るべき長足の進歩であろうぞ。
――もうこれくらいにして後は又会ったときに喋ることにしよう。お互に言い過ぎはこれで帳消しにしよう。

（『時事新報』一九三五年一月五日～八日）

犀星氏の詩

萩原朔太郎

文藝（一月号）に出た室生犀星の詩は、彼の作として久しぶりの傑作だった。特に最初の一篇と父親と題する詩はよかった。詩に告別するとか、詩を蹴飛ばすとか言いながら、依然として詩を書いてるのを見ると、文学者の言う事なんか当にならないという気もする。

×

しかし犀星の言った意味は、小説的手法の上で、抒情詩的の感傷性や甘たるさを一掃し現実暴露のレアリズムに徹底するということをいったのだろう。そうだったら何も詩に告別するなんかという必要はなく、また僕にした所で「詩に告別した室生犀星へ」なんていう一文を書く要もなかった。小説のレアルが手法上で詩を排し、詩を止揚《しよう》上のエスプリとするのは当り前の話である。

×

ついでに言うが、彼の「復讐の文学」という意味も、つまり闘犬のように牙をむいて文学と取っ組み合い、書いて書いて書きまくるということのタンカにすぎず、まことに他愛のない無邪気な内容にすぎないのである。しかもその馬鹿げたことが、彼の筆に上ると不思議に生気潑剌としてユニイクで光彩のある文学作品になるのである。犀星という男は真に不思議な恵まれた男であり、生れながら文学の神様に寵愛されたような人間である。

（『東京朝日新聞』「槍騎兵」一九三六年一二月二九日）

巻末対談

わたしの朔太郎　わたしの犀星

萩原葉子
室生朝子

司会　左が、萩原葉子さんでございます。萩原朔太郎の長女です。小説家としての活躍も盛んです。今日は葉子さん一人でお話いただきたいと思ったんですが、話し下手で一人では困ると言われ、それじゃあ朝子さんと一緒にならどうかと申したら、それなら、なんとかなりそうということで……（笑い）。

あるいは、天国かお墓の下で、萩原朔太郎と室生犀星が、娘どもが集まって何をつまらんこと喋るのかと、心配しているかも知れませんが、ひとつ存分に、皆さんに珍しいお話やざっくばらんなお話を頂けたらありがたいと思います。よろしくお願いいたします。

室生　どうぞよろしく。

萩原　こちらこそ、よろしく。話になるとあがってしまうので……。

室生　犀星が、はじめて朔太郎に会ったのは、大正三年の二月十四日に、前橋を訪れている。その前に手紙のやりとりがあった。アルスとかスバルという雑誌に、詩を発表しながら、たとえば朔太郎が今月いい詩を書くと、犀星は、じゃあ俺も来月はもっと上手い詩を書こうと、お互いに刺激しあい、よいライバルであったと思います。

萩原　明治の末、北原白秋の『朱欒《ザンボア》』という詩誌で二人が出合ってるのですが……。

室生　大正三年に初めて犀星が前橋に行ったときのことを萩原朔太郎が書いています。読んでみますね。

「僕の第一印象は甚だ悪かった。「青き魚を釣る人」などで想像した僕のイメージの室生君は、非常に繊細な神経をもった青白い魚のような美少年の姿であった。然るに現実の室生君は、ガッチリした肩を四角に怒らし、太い桜のステッキを振り廻した頑強な小男で、非常に粗野で荒々しい感じがした。その上言葉や行為の上にも、何か垢ぬけのしない田舎の典型的な文学青年という感じがあった。それは都会人的な気質をもってる僕の神経には、少し荒々しく粗野にすぎる印象だった。

しかしそれよりも驚いたのは、まるで無一文でやって来たことだった。それで前橋に当分滞在するからよろしく頼むという御宣託である」

（萩原朔太郎「詩壇に出た頃」）

犀星の、『我が愛する詩人の伝記』の中の朔太郎のある一節は、

前橋の停車場に迎えに出た萩原は、トルコ帽をかむり、半コートを着用に及び、愛煙のタバコを目に咥《くわ》えていた。

第一印象は、何て気障な、虫酸が走る男だろうと私は身ブルヒを感じた。

とあります。

萩原 そのころ、努力家の祖父が、開業医を営んでいましたが、勉強よりも詩やマンドリン演奏に熱心だった父を困り者として扱い、極端にいうと邪魔者の存在でした。大正六年に『月に吠える』が出たので、その四年前の二十代の終わりごろでした。医学校を卒業して、そろそろ長男だから医者のあとを継がなくてはならないのに、高校中退で毎日世間的にはブラブラしているもので、厄介者扱いされてたんです。

そこへ長期滞在のお友達を連れて来たので歓迎も長くつづく筈ありません。追い出された形になって、旅館へ連れてったんです。

室生 じゃ、それとも知らずにお家へ泊まったんですね。

萩原 そうです。父が間に入って困っていたのは眼に見えるようです。

室生 どうもありがとうございました（笑い）。それから今度、大正三年六月に朔太郎、山村暮鳥と一緒に、三人で人魚誌社というのを金沢をもとにした、小さな同人雑誌を始めて出していくようになった。

萩原 朝子さんは、よくお父上のことをしらべているの、感心ですね。

室生 いえ、まあまあ、今はとば口ですから……（笑い）。

萩原 私は自分の小説書きで一杯で、父のことはまったく研究していません。

室生　いや、それはそれでいいのよ。

萩原　こうして父のことを喋ることも抵抗があるのです。まして研究なんかしたくないし、年譜も作りません。

室生　犀星を研究する人が少ないので、何となくやるようになってしまったの。で、朔太郎が、金沢に行っていることはご存知でしょう。

萩原　ええ、知ってます。

室生　大正四年の五月八日に、朔太郎は金沢に行っています。ええ、西町の松籟館《しょうらいかん》に十七日迄滞在するのです。

犀星は大正六年の五月、群馬県の梨木温泉に泊まり、前橋の朔太郎を訪ね、一緒に伊香保温泉の千明館に滞在していた谷崎潤一郎を訪ねます。当時の宿屋に私行ってみたけれども、どこの宿屋にもその宿帳は残ってなくて、ついにその筆跡をいまだに見つけることは、できないんです。このころは詩人で有名でなかったわけよね。まだ犀星も朔太郎もね。

萩原　大正六年ならば父の『月に吠える』の処女詩集の出た年で、まだ詩人としての第一歩を踏み出したばかりでしたね。

室生　そのころ、谷崎潤一郎はもう小説書いて有名になっていたのでしょ。

萩原　大正六年に自費出版でようやく出たのを白秋や森鷗外に認められて、やっと分かる人には分かってもらえる詩人のヒヨコになったのでした。

室生　犀星の『愛の詩集』が出たのが大正七年。だから地方の温泉に行っても詩人は、特に宿屋のおかみさんには分からないのね。だから宿帳や色紙など頼まれなければ書かなかったんじゃないかと思うんです。

萩原　色紙頼まれるなど、かなり有名でなくてはね。

室生　でも一軒ぐらい宿帳、残っていてもいいなと思うけど、いまだに駄目です。

萩原　次に昭和初年に大森馬込村に住んだころの、子供の思い出を話しましょう。昭和元年に室生さんのさがしてくれた小さな二階建の家に、鎌倉から引っ越して来ました。家が近かったので両親に連れられて、室生家に遊びにいったこと覚えています。

室生　そうすると、大森谷中の石段の前の家ですよ。それは私覚えていないの。

萩原　朝子さんは三つ年下だから覚えていないのね。私は六つから八つまでで、朝子さんの幼い姿覚えています。可愛い子供と言う評判で、私はそのころからもう顔のコンプレックス持ってました。お母さまが紅茶を入れて来ると私、嬉しくなっちゃって、すぐ飲もうとすると、出されたものをすぐ飲んじゃいけないと、母に取り上げられました。

室生　だって家には、紅茶セットとかコーヒーセットっていうものが無かった筈よ。

萩原　でも、ちゃんと茶碗のまるいカップで角砂糖とスプーンがついていたの覚えています。

室生　昭和四年までいたのね。大森に。

萩原　はい。四年に母が年下の恋人と家を出て両親が別れ、私と妹の二人は祖父母の家に父と帰ったのです。そのあとは、私の小説『蕁麻の家』にも書いたように、私の人生は百八十度変わりました。

室生　朔太郎の再婚は何年だった？

萩原　昭和十三年です。私が女学校卒業して、文化学院へ入学する年ですね。

室生　朔太郎のお見合いの話ですが、犀星は朔太郎が早くお嫁さんをもらわなきゃいけないってことを気にしていたらしくて、これは犀星自身も書いていないし、葉子さんもあまり知らないでしょうけれども、私の女学校一年生のころか小学校六年生のときですが、非常にはっきり覚えている。

というのは、軽井沢に夏だけ来る青木さんという小児科のお医者様がいたの。福子さんというお嬢さんがいらして、綺麗な方だったけれど、適齢期に胸を悪くして、年をとってしまったの。夏に病気になると、青木さんに診てもらっていた。軽井沢のおつき合いは、夏だけで、東京では会うこともなく、また次の夏、本当に一年経ちましたねって言ってまたおつき合いが始まる。そういうおつき合いが多かったですが、なぜか、その福子さんは東京でも大森の家に遊びによくいらした。そうして、どこでどうなったか、そこは分からないけど、朔太郎と福子さんを馬込の家でお見合いをさせる、というところまで話しが進んだことがあるのです。

それで、奥の書斎に福子さんとお母様が見えて、あとから朔太郎が一人でいらっしゃいました。そして四人はいろいろと話をしながら、夕方になると例によって私の母の手料理で、夕食になったんです……。それからその後に、福子さんのお母様が「何も出来ない娘ですけれどもどうぞよろしくお願いいたします」といわれたのです。そしたらば、朔太郎の母が、つまり萩原家のおばあちゃまはそのとおりに取って「なにも出来ない娘が、お嫁に来たら困る」と、その話は、それっきりになって……。

萩原　ともかく祖母は一家の家長を強く主張し、やかましい人でした。

室生　それで、その話は壊れてしまったわけです。それからもうひとつ、これは小説で、事実は犀星から聞いてはいないけれども、週刊朝日の昭和十年十一月号に、『結婚について』という小説を書いています。

伊東の暖香園に、犀星が泊っていたのです。昨夜読み返してみたら、秋になると毎年伊東に行くと書いてあったけど、毎年行った形跡は現実にはないのですが、宿屋でひとりの綺麗なお嬢さんを知るわけです。そしてその人を毎日見ているうちに、犀星はこの人は朔太郎の嫁にいいと思い込んでしまうのです。犀星は、嫁をみつけたから、朔太郎に伊東まで来ないかと、手紙を出すのです。手紙を読んで朔太郎もさっさと、伊東にお嫁さんを見に来るわけです。それが、どういうお家のお嬢さんかということだけは分かっていて、それほど犀星は親しくもないのだけれど、伊東でお見合いをするわけです。そしてお互いに東京へ帰ってから、今度は母が間に入って、朔太郎は綺麗な人だから話をまとめてくれといい、母親とは別居するということが条件であったのです。

萩原　祖母と一緒ではやかましくてうまくゆく筈がないのを犀星さんも分かったのではないかしら？

室生　そうですの。やっぱりそのお嬢さんも、いわゆる家事が出来ない人なので、当分の間二人で住まわせてくださるのが条件ならば、じゃあ差し上げましょうってことになった。ところが今度、萩原家のおばあちゃまと、それから朔太郎の妹さんたちが、その別居の条件なんてとんでもないとか、何も出来ないでは困るとか、またそこでいろいろと引き合いが出て来て……。

萩原　やっぱり、姑、小姑たちのいびりがあることを、分かって来たのですよ。

室生　で、結局、小説のなかでのこのお話も駄目になりました。

萩原　室生さんは、青木福子さんの時に萩原家の内情が分かったのね。私も青木という名前、なんとなく覚えていました。

室生　それで結局、犀星が、いくつか縁談話を持っていったけども、全部うまくいかなかった。けれども、良い女性を見つけて、再婚なすったのね。それを話して。

萩原　はい。福島の大谷忠一郎という詩人の妹と再婚することになったのです。父と忠一郎氏とは詩人のつき合いがあったので、父が独身でいるのを気の毒がり、知人の娘を見合いさせようとしました。その時、お茶を持って来た忠一郎氏の妹さんを好きになってしまったのです。

室生　見合いの相手よりも、妹さんのほうが気にいっちゃったんだ……。

萩原　ええ、それでラブレターを何十通も出して忠一郎さんや両親に分かってもらい、やっと結婚をしたんですけれど、さっきも言ったように祖母がなにしろ大変うるさい祖母で、嫁いびりでいびり出された形になって、軽井沢に別荘借りて夏は別居したりしましたが、一年足らずで別れることになりました。でもその後、祖母に内緒でアパートを借りて、父が死ぬまでずっとその人のところへ通ってたという話です。

室生　十三年の夏、軽井沢にいらしたわね、お二人で。私はっきり覚えていますわ。

萩原　いま思うと、ずいぶん察しが悪いと思うの。新婚でせっかく二人きりになれたのに、あとから私も軽井沢に行ったのです。いまの中学一年だからまだ子供だったのね。父にお使いをたのまれて室生家に自転車に乗っていったのね。私、母がいないから洋服など着るものを買ってもらえないから、軽井沢の若者らしくないのね。夏だというのに、長い木綿のくつ下はいていたの。庭の縁側で「そんな野暮ったいものはくんじゃない」と叱られたのをいまも覚えてます。

室生　犀星がソックスをはけって言うの。

萩原　そのころ若い娘のハイソックスはやったのね。特に自転車に乗る時は……。

室生　私、とても印象に残っているのは、ひとりで葉子さんが、軽井沢の家へみえたことがあるのよね。そのとき、土砂降りだった。それ覚えてらっしゃる？

萩原　覚えてないわね。

室生　で、私は一度だけお宅にお訪ねしたことがある。でも、葉子さんとはあんまりお話もしなかったし……。

萩原　私は子供のころからひどい引っ込み思案の対人恐怖症だったから。でも、その原因の一つに朝子さんの存在があるのよ。聞いてくださいよ。その当時、父はいつも朝子さんのこと可愛い子供だと言ってました。それぱかりか、あのやかましい祖母や伯母も「葉子と比べて朝子ちゃんは何と可愛い顔で人なつっこい」と私に当てつけるように言うのでした。それ聞くたびに子供心にも、自分は醜いアヒルの子と思い、いよいよお客が来ると、猫みたいに二階へかくれたのよ。

父の何かの文にも、朝子さんは可愛い、人馴っこいから芸者にするとよいと書いてあるわよ。可愛いかったと過去形で言っちゃ悪いわね。

室生　そうかしら？　萩原朔太郎のこと家では、仇名があってね、「ハギサクおじさん」と母や私たちは呼んでいたのです。

萩原　知らなかった。

室生　犀星は電話が嫌いだから、当時はなかったので電報をうつんです。そして、アヤメが咲いたから来ないかとかいって、それは覚えているでしょう、ハギサクさんよく家にお酒飲みにいらしたの……

萩原　ええ、うろ覚えに……。

室生　あのね、アヤメが咲いたとか、今日は中秋の名月だとかいっては朔太郎と佐藤惣之助、福田蘭童、竹村俊郎などの詩人たちが夕方集まって、母の手料理で宴会が始まる。

萩原　私、再び上京してからは父といっしょにお邪魔したことは一度もないです。いま思うと、くっついて行けばよかったわ。

室生　母が作る金沢式の手料理を皆が喜んでくださって。たとえば今頃だと、必ず蕗《ふき》の薹《とう》を煮たりする。私も真似をするのですけど、やっぱり母のようにできない。蕗の薹はよくゆがいてアクを出し、ミジン切りにしてお醤油と味の素で味をつけ、煮るのですが、それを小さな綺麗な豆皿に少量盛りつける。今頃なら菜の花のおひたしなど、そういうものをいろいろ作っていました。母の献立てはいつも同じだったの。鱸《すずき》の切り身を焼いて、木の芽味噌をつけたり、鶏の唐揚げなど……母も私も、お客様が楽しみだったの。とても面白いことがあったの。朔太郎は食べものをこぼすでしょう。

萩原　そうなんです。祖母にいつも叱られながら首からエプロンかけさせられました。

室生　お酒がはじまって、何度も台所と書斎とを徳利をお盆にのせて行ったり来たりしていると、必ず犀星がおおきな声で、

「朝子、新聞紙持って来て」

　と言うのよ。

萩原　父の座っている膝の下に敷くのね。

室生　そうよ。朔太郎は自分の座ってるところから、横のほうに移って、私が新聞紙を敷くのを待っているの。

　客は赤と黒の小さいお膳でのんでいるの。私はいくらなんでも、いいおじさんが新聞紙を敷くのを待ってて、可哀想、気の毒だと思いながら、でもそれを敷かないと犀星に叱られるからお膳をどけて新聞を二枚広げて敷くの。お膳を新聞紙の上に置くと、

「朝ちゃん有難う」

　といい、朔太郎が座るのよ。犀星は、畳を非常に大事にしていて、こぼしてしまわれると……（笑い）。

萩原　すみませんでした（笑い）。

室生　机に向かってものを書くときに、畳は美しくなければならないと、これは我が家の一番大事な必要経費だといって、毎年夏が終わると、畳替えする人だったのです。お魚でもこぼれて、シミができると嫌なのよ。

　それで、新聞紙敷くのなんて失礼だなと思うんだけども……。

萩原　家でも祖母に敷かれてたのよ。

室生　あ、本当？（笑い）。それは知らない。

萩原　晩酌のときは、都新聞を取っていたので、これを敷いたり、大きな前掛けを掛けられ、いま思うとカメラかビデオに撮っておけばよかったわね。大きな赤ん坊みたいだった。

室生　それでね、宴会が終わるでしょう。お開きになると犀星が必ず墨をすってと、いうの。犀星は短冊や色紙を出して来て、みんなが一句書くの。それらの短冊は一枚も残ってはいないの。

萩原　惜しいわね。

室生　交換して持って帰られたり、家に置いて帰ったりしたのかもしれないけど……。たとえばアヤメの宴のときはアヤメの俳句を書いたり、昔作った俳句を思い出して書いたのかもしれないけど。惣之助が、

「朝ちゃん、新聞紙持って来て」

という。惣之助は新聞紙に短冊を縦に包んで、細くたたむ。玄関で、

「またいらしてね」

「さようなら」

といいながら、着物と長糯袢の間に、その短冊をすうっと入れるのです。

萩原　へえ……。知りませんでした。

室生　そうすると短冊は、兵児帯のところで止まるわけよ。酔っ払っても、短冊は折れな

いで無事に家まで届くということなの。そのようなことが、また楽しみだったの。お台所の後片付けを手伝うと、母が、

「今日は、ようお飲みになったわね」

と、いうの。一升瓶が三本も空になっている。日本酒ばかりでしたから、洋酒は飲まなかった。いま考えると本当に懐しいお集りだったわ。私は子供だから、そのときの話の内容など覚えていない。たとえば私が大人になって、朔太郎や惣之助、竹村俊郎などと対等に話ができたらどんなに楽しいだろうかと思うの。

萩原　私もそれは同じ思いです。でも朝子さんは四十歳すぎまで父上と暮らしていらしたから羨ましいわ。

室生　昭和十四年に二人は水戸に一緒に講演に行ったでしょ。

萩原　ええ、写真で見ています。

室生　山村暮鳥夫人を訪ねている。このとき駅で二人で写っている、貴重な写真があるわね。

萩原　二人きりの写真は、あれ一枚きりなのね。

室生　そうね。でもよく、若いときは朔太郎と旅行していたのね。

萩原　父は頼っていたのね、室生さんしっかりしているし、性格は全然違っているから逆に合うのね、書くものも違うし。

室生　そうよね。性格が全く反対だったから、かえってよかったのね。真中に文学というものがあって、そしてそれがお互いに相手を鞭打ち、反発し合いながら……。

萩原　二人とも最初「詩」でも出合ったのだけど、室生さんはそのうち小説書くようになりましたね。小説というのは、くだらないものだ。人の家の中のことを根掘り葉掘り、重箱の隅をつつくように書いて、面白くするなどひどいものだと言ってたということが父の文章の中にありますね。

室生　犀星は朔太郎が、小説に書かれるから気をつけたほうがいいって女房にいっていたことを聞いているのね。そうすると犀星は、じゃあ、良く書けばいいんだろう、なんていうセリフをいうわけよ。

萩原　お互いに反発し合い冗談し合っていたのね。室生さんはすると、君は詩論など、しちめんどうくさいことを書いて面白くもないと言ったこともあります。

室生　そうね。大正十年『初秋随筆』を読んでみます。

軽井沢で電報で呼んだ詩人萩原朔太郎とは、久闊《ひさしぶ》りの旅行だったので、赤倉温泉へ行ってみることにした。萩原は、軽井沢で真珠擬《まが》いの首飾りを小さい妹のために買ったり、妻君へのみやげをしたためたりしたので、私は、頭からすっぽりかぶれる西洋女の白い寝衣の、襟もとに藍で草花をあしらったのを購《もと》めたりした。

田口駅から、妙高山麓の大傾斜をした高原を自働車で走る途中（註・田口駅は今の信越本線の妙高高原です）、運転手は、三度ばかり草むらから湧く清水を、如露《じょろ》に汲んではタンクにおさめた。草むらの清水では、目高がすいいと素早く走り泳いでいた。

香嶽楼の入口には、うすべにの葵が咲き、自働車を下り立った私たちの目を一番さきに刺戟《しげき》した。（中略）

何より浴後冷たい水で洗面したので、さっぱりした。

「萩原、ちょいとベルを押せ。」

「おれはお前の家来ではない。お前押せ。」

ふたりは、こんなことで小競合すると、茶飲みのふたりは、二時間おきに、茶のことで又それが初まった。

「お前上手だから茶をいれろ。」と萩原。

「そのかわりベルを押せ。」

私たちは、そういうあとで、花札を打ち出した。寝るときに、萩原はこう言い出した。

「君はこの座敷で一人寝る気か。」

「そのかわり明日の晩はここで君がねるのだ。かわり番だ。」

「それならいい。君ばかりこの部屋で寝るということはない。」

二人は、同室でねむれないので、別れ別れに座敷でねた。今から六七年前、私や萩原が無名な時分、よく本郷の根津権現の境内の涼しい樹かげで、それこそ文字通り詩作したものである。窮迫していたころで、萩原がたいがい晩にのんであるく酒のかねを払ったものである。ふたりは旺《さか》んに詩作したものだったが稿料なぞはかつて取ったことがなかった。いまではそうではないが、そのころ詩に稿料などを払ってくれるところなどなかった。（中略）

「家へかえっても手紙はやはり出さないからな。」

一年に一本の葉書もよこさない萩原は、そう言って腹立てるなという意味のことを言った。

「いいとも、おれも出さないから。」

汽車に乗ってからも、睡《ねむ》れないので、両方の青いカーテンから顔を出し合うた。しまいに起きて出て、持ってきた酒を飲みはじめた。

「高崎で下りるとき起してくれるな。目がさめると睡れないから。」

「よしよし。」

ひと睡りしたあとで、ふいに時計をみると最《も》う高崎に近かった。給仕が萩原を起している。萩原はあわてて出て行った。

私は、約束どおり黙って出てゆく萩原の靴音を聞き、そっと寝がえりを打ち、心の美しい友だちとかいう風に別れるのを却って寂しく感じた。

あの短い距離をわざわざ寝台に乗らなくてもいいと思う。でも、あの二人が旅をしていたということを考えると、長生きをして晩年に二人で旅行をしたら、どうだったかしらね。

萩原　今、私も思っていたの。今は作家同士や詩人同士の交流が、あんまりないでしょ。親しい人が一緒に旅行に行ったり、というのは仕事以外はほとんど聞かないわね。ツアーや仕事で、半分以上仕事の目的で行くというのはあるけどね。昔は時代が良かったのね。昔の詩人は無頼派が多かったし、小説家は破滅型が多かったけど、今日は、詩人は会社員や大学の先生で小説家は優等生なのね。でも、それは時代がそうさせるのね、きっと。

室生　そうなの。こういう旅行が行なわれていたってことは……。私が作品の中から拾った限りでは、朔太郎と二人で旅行に行ってるのが一番多いわね。ところで朔太郎が亡くなったのは？

萩原　昭和十七年五月です。

室生　そして、犀星が佐藤惣之助と二人で葬儀委員長と友人代表でお葬式をとりしきって……。ある夜、電報が来たの。家は早寝だったから、九時半ごろ電報が着いたときは、もう家には女中さんがいなくて、犀星自身が、台所へ行って電報を受け取ったの。お母様は脳溢血で寝ていたし……。どんなにショックだったかと思うわね。もちろんその晩は寝られなくて、そして次の日の昼過ぎまで母は知らなかった。『我友』という小説に書いてあるけれど。
惣之助さんが朔太郎の追悼文の原稿をどこだかの新聞社に送ったのよね。それで、すぐあとを追うように惣之助さんが死んだのね。
萩原　四日後に急死しました。そのころ、のちに私の小説『天上の花』のモデルになる父の妹・愛子が、当時、惣之助の妻だったので、親戚関係だったのよ。
室生　うんそうそう。朔太郎の妹さんが、惣之助さんの奥さんだった。
萩原　で、そのあとに三好達治さんと一緒になったのです。昔から三好さんは叔母を好きだったのに振られ、父の葬儀のときに何年ぶりかで再会して再燃焼したのです。
室生　アイコちゃん……。
萩原　叔母のほうは詩人は貧乏だから嫌いだったのに、福井県は食べるものがあって、疎開をかねて結婚する気になったのです。でも一年で駄目になった。昭和十九年のころです。それで戦後の四十年に、私の書いた『天上の花』が登場ということになりました。三好達治研究の人たちも、だれも知らないことでビックリしたようです。
室生　そうね。それから戦争が終わって、だんだん世の中が落ち着いて来たころ、あれは昭和三十二年ごろから、葉子さんも書き出して、私も書き出したんです。
萩原　「青い花」という同人雑誌に、山岸外史先生に父の思い出を書いてみないかと勧められて、書いたのがきっかけでした。第一号が出たころ、山岸先生が犀星のところへ送ったらしいのです。私は知らなかったのですが、ある日、郵便ポストに室生先生のハガキがあって、何かと読むと、なんとすごく激励のハガキでした。そのころ、書きながらもう自分は駄目だ駄目だと思う癖があってね。もうやめよう、こんなくだらないもの書いてどうなるかと、思っていたころだったので、激励のハガキを頂いて、すごく勇気が出ました。第四号の出た二年めに筑摩書房から一冊の本にまとまって出たのです。昭和三十四年なの。

室生　三十四年ね。私そのときのこと覚えている。

「君いよいよ萩原葉子が書き出したよ、読みたまえ」

と、私のところへ雑誌が廻って来て……。

萩原　あら、うれしいわ。犀星がそんなこと言ったなんて。一度遊びにいらっしゃいって言って下さったんだけど、私、恥ずかしくて行かれなくて伊藤信吉氏に話したところ、一緒に行ってあげますと、一緒に行ってくださったの。大助かりしました。

室生　縁側で一緒に撮った写真あるわよ。

萩原　そう。ネコと一緒のもあるの？　それから、森茉莉さんと朝子さんの出版記念会で会って、今度は茉莉さんと二人でよく伺いましたわ。夕飯を食べてゆけと言われて、そのころ息子がまだ小さかったので、留守番させているのが心配だったので帰ると言うと、そんなこと言わずに食べてゆけと勧めてくれました。

室生　葉子さんの『父・萩原朔太郎』の出版記念会が新宿の……。

萩原　朝日ビアホールでした。出版記念会なんか、おこがましくて嫌いと言うと、

「いまは、だれもするのが習わいだから、父代わりになってあげるからやりなさい」

と勧めてくださいました。同人たちや山岸氏も働いてくれ、朝子さんの母上の四十九日のあとあたりにすることに決まったようでした。父親がわりになってあげるから、と言われたのがうれしくて、出版記念会をやって頂くことになって……。

室生　三好達治さんもいらしてた。犀星は葉子さんの横へ親代わりに座ったのね。で、そのとき最後に挨拶をたのまれて……。

萩原　そうです。初めから挨拶は嫌と言われていたのに幹事や進行係の人が来て、しつこくたのみました。すると室生さんはパッと立ち上がったかと思うと、「葉子ちゃんが、これから小説家として世の中に出ようと出まいとワシの知ったこっちゃない」（笑い）。

と言ってすぐ座りましたので、みんな呆然としました。

室生　そうそう、そうだったわね。とてもすごい言葉だということが、あとになって分かりました。そのころ、茉莉さんが三年先輩で『父の帽子』で歩き始めて、三人の七光が生まれたようです。で、あるとき犀星が、君たち三人、この世界では絶対助け合えないんだから、せめて今月朝子が原稿を頼まれたら、その編集者に、来月は萩原葉子に頼んでみて、ＯＫだったら今度は葉子さんが原稿を渡すときに、来月は森茉莉さんに頼んでくださいと、

いうようにすると一つの雑誌で三人かわり番に書ける——というのよ。一度くらい、これでやったわよね。
萩原　「こころ」という雑誌、いまないかしら。
室生　「こころ」だったかな、犀星が親心をもって三人の娘たちに知恵をさずけてくれたの。そのころは、いまと比べて三人暇もあったから、よく会ってたわ。葉子さんの家は、夫とも別れてお母様と妹さんしかいないし、つまり男がいないから、非常に気が楽で、たまに編集者の友人なんかを呼んで十一時ぐらいまでワイワイガヤガヤと。葉子さん料理を作れないからと言ってお寿司とったり。でも、ちゃんとおつゆだけは、玉子で作ってくれた。
　犀星は、葉子のところに行くというと、胸のポケットの中からシュッとお札をつまみだして、これはおやつだから、お菓子を買って行きなさいっていって……。で、三奇人の会なんて言われてたのね。三奇人の中でいちばんまともなのが、私なの。次が葉子で、一番おかしいのが茉莉さんだったの。ね、そうよね。
萩原　そのとおりよ。困るのは私も茉莉さんもひどい地理オンチで、よく二人で待ち合わせて行くんだけれども、私よりひどい地理オンチなので、初めから私を頼ってるのね。で、頼られると余計あがっちゃうので間違ったりして、私自身が頼っているのにと怒るのです。

室生　ところで、犀星の小説『黒髪の書』のこと話しましょうか。

萩原　それを今日、この機会に言わせて頂くとありがたいわ。ちょっと書いたことあるんですけれども、嫁嫌いの祖母のいる私の家の中をよく知らないでいらしたので、間違っているのです。そのわけは何度も話したとおり、私の両親が離婚したのは、母が大学生と駆け落ちしたのです。今は不倫だの女の自由だのと言われている時代で、珍しくないんですけど、当時は家の恥であり、夫に対する不貞を働いたことで姦通罪もあったほどですから、普通でさえ嫁が憎くてたまらなかった祖母は、いままで疵《きず》のない萩原家の恥だってことで、すごく母を憎んだわけです。

その憎い嫁の生んだ子だから、私という孫が憎くていじめられて育ちました。年頃になって来て、ものが分かってくる年になり、長女の私が父の死後家のあとを継いでは大変なので、父の弟の子供に継がせようと企みました。そして籍をぬいて追い出そうと苦心してたわけです。そこで父の弟が室生家へ行ってまったく根も葉もない私の悪口を言ってたのです。

つまり、葉子はわがままで欲しいものは何でも買ってもらい、そのうえ萩原家の財産を狙っている、というように。本当は、ブラウス一枚買ってもらうにも、

「鏡を見てからいえ」

と叱られ、居候の身分と一日中いわれ、食べるものも、残飯しか与えられませんでした

のに。それに母親を二十五年ぶりで捜し当てて会いに行くときに、私が三等の船の底の安いので行ったんですけれど、飛行機に乗って楽をして行ったように書いてあって……。小説なので細かいところは、当然違っていいんですが、大きな肝心のところが違うんですって。犀星の生きてらっしゃるときに、思い切って言えたらと、何度もノドまで出かかっても、とうとう言えないの。いまならば、もっと楽に言えたのに、当時は自閉症が強くて……。

室生　言えばよかったのに。

萩原　朝子さんに、そう言って頂くとうれしいです。今度『黒髪の書』が出るときは「月報」に書かせてくださいね。私の『蕁麻の家』にこのことを書いたのです。祖母という特異な人のいる家で育った暗い青春を送った哀れな少女が主人公で、あれを室生さんの生きていらっしゃるときに出せれば、すぐ分かってもらえたのにと残念です。

室生　そうね。残念でしたね。

萩原　去年、父の生誕百年祭で、前橋と東京を結ぶ展示会や講演会があって大変でした。偉い父を持つ子供は悲劇です。よくて当然でだめならバカでしょ。いつも比べてもの言われるから、よくやると言ってくれる人もいるけれど、父親を追いこせないからバカと言う人もいますからね。

生誕百年祭の出しものを考えているとき、父が若いころから口ずさんでいた「野火」という唄があって、それは室生さんの詩に父がふしをつけたこともはっきり分かりました。室生犀星の詩集には無かったそうですけど。

室生　無いですよ。

萩原　「野火」は二人がまだ無名のころ、赤城山の麓を散歩したときのことと推察するんですけど、将来のことを考えたりしながら、作詞したと思うんです。

あわれ山のふもとを這いゆく野火。夕去れば心悲しみにみつ。何となき佗しさに。

室生　野を焼いているのね、野焼き。

萩原　稲刈りしたあとの、稲の束を焼く火のことね。多分、今はあんまり見られないんですけれど、子供のころ前橋は田舎だったから、見たような気がします。一般に知られてなかったのを生誕百年のときに、それをマンドリニストの桑原康夫さんのマンドリンでアレンジして唄ったり踊ったり出来るように、曲をつけてもらいました。

私も「野火」でダンス躍ったんですけど……。とてもいい曲でね。専門家の桑原さんも感心してくれました。

室生　その曲をね、朔太郎の妹さんが覚えてらしたの。

萩原　私も覚えてました。母もずっと唄ってたし。

室生　じゃあ、萩原家ではよく唄われていたのね。

萩原　萩原家の唄っていうふうになったようです。嵐一家の、心やすらぐひとときではないかしらね。もっとも母が姦通する以前のことですが。老母は、のちに趣味のロウケツ染めで「野火」の詩を書いたりしました。

室生　ああ、そうね、見たわ。でも不思議ね。

萩原　あ、それから父親同士としての違いをいつも思うんですけど、室生犀星さんのほうは、すごい子煩悩で小さかった朝子さんを膝の上に乗せたり、それから大人になっても写真を写すとき、口紅まで持って飛んで来たのをみて、とてもビックリしちゃったんですけど。それに比べて父は子供など放ったらかしで、祖母にいじめられ、私がどんな寂しい思いをしているかなんて、まったく知らなかったし、心の中では愛があっても、外には出してくれませんでしたね。実に対照的な父親でした。

もちろん、めったに話をしたこともなかったんです。朝子さんはいいお父様でうらやましいです。

室生　そうね。家庭的なことはちょっと対照的よね。でも、色々考えようでね、あの死んでから後は朔太郎はずい分恵まれていると思うのよ。研究もされたりしてね。

萩原　おかげで私は朝子さんみたいに「書誌」を作ったり、年譜も作らなくてすみますので、自分の書きたい小説を書けるのよね。

室生　やっぱり、そのときに与えられた仕事を、葉子さんも私もですけれど、力一杯、一所懸命やって行くんですよ。

萩原　私は、祖母に娘のころ毎日、お前は五分の魂も持つ資格のない虫ケラ以下の人間だって、言われて来たので、虫ケラよりわたしは知恵のあることを示すためにも、書かなくてはと思うの。
室生　どうも。葉子さん、今日は有難うございました。
萩原　こちらこそ、長いことお喋り聞いて頂いて恐縮でした。

（「第九回犀星忌の集い」一九八七年三月）

底本一覧

『萩原朔太郎全集』（筑摩書房　一九七五〜七八年）、『室生犀星全集』（新潮社　一九六四〜六八年）を底本とし、未収録作品は左記に拠った。

赤倉温泉
初出

芥川龍之介と萩原朔太郎
『芥川龍之介研究資料集成』第二巻（日本図書センター　一九九三年）

萩原朔太郎／萩原朔太郎論のその断片／『卓上噴水』の頃／供物
『萩原朔太郎研究』（思潮社　一九六六年）

萩原葉子著『父・萩原朔太郎』あとがき
『父・萩原朔太郎』（中公文庫　一九八九年）

巻末対談
『犀星とわたし　室生犀星生誕百年記念出版』（ペップ出版　一九八八年）

編集付記

一、本書は、萩原朔太郎と室生犀星の互いに関するエッセイを集成し、巻末に萩原葉子と室生朝子の対談を付したものである。中公文庫オリジナル。

一、正字旧仮名遣いを、新字新仮名遣いに改め、明らかに誤植と思われる語句は訂正した。難読と思われる語句にはルビを付した。

一、本文中に今日では不適切と思われる表現もあるが、発表当時の時代背景と作品の文化的価値に鑑みて底本のままとした。

中公文庫

二魂一体《にこんいったい》の友《とも》

2021年8月25日　初版発行

著　者　萩原朔太郎《はぎわらさくたろう》
　　　　室生《むろお》犀星《さいせい》

発行者　松田陽三

発行所　中央公論新社
〒100-8152　東京都千代田区大手町1-7-1
電話　販売 03-5299-1730　編集 03-5299-1890
URL http://www.chuko.co.jp/

DTP　ハンズ・ミケ
印　刷　三晃印刷
製　本　小泉製本

Published by CHUOKORON-SHINSHA, INC.
Printed in Japan　ISBN978-4-12-207099-8 C1195

中公文庫既刊より

各書目の下段の数字はISBNコードです。978-4-12が省略してあります。

て-8-3
漱石先生
寺田寅彦
自他共に認める別格の弟子が文豪の素顔を親愛の情を籠めて綴る。高等学校での出会いから周辺に集う人々まで。文庫オリジナル。〈巻末エッセイ〉中谷宇吉郎
206908-4

な-73-3
鷗外先生 荷風随筆集
永井荷風
師・森鷗外、足繁く通った向島・浅草をめぐる文章と、自伝的作品を併せた文庫オリジナル編集。巻末に谷崎潤一郎、正宗白鳥の批評を付す。〈解説〉森まゆみ
206800-1

い-38-4
太宰治
井伏鱒二
師として友として太宰治と親しくつきあった井伏鱒二。二十年ちかくにわたる交遊の思い出や作品解説など太宰に関する文章を精選集成。〈あとがき〉小沼丹
206607-6

い-38-3
珍品堂主人 増補新版
井伏鱒二
風変わりな品物を掘り出す骨董屋・珍品堂を中心に善意と奸計が織りなす人間模様を鮮やかに描く。関連エッセイを増補した決定版。〈巻末エッセイ〉白洲正子
206524-6

う-9-4
御馳走帖
内田百閒《ひゃっけん》
朝はミルク、昼はもり蕎麦、夜は山海の珍味に舌鼓をうつ百閒先生の、窮乏時代から知友との会食まで食味の楽しみを綴った名随筆。〈解説〉平山三郎
202693-3

う-9-5
ノラや
内田百閒
ある日行方知れずになった野良猫の子ノラと居つきながらも病死したクルツ。二匹の愛猫にまつわる愛情と機知とに満ちた連作14篇。〈解説〉平山三郎
202784-8

う-9-6
一病息災
内田百閒
持病の発作に恐々としつつも医者の目を盗み麦酒をがぶがぶ……。ご存知百閒先生が、己の病、身体、健康について飄々と綴った随筆を集成したアンソロジー。
204220-9

う-9-7
東京焼盡《しょうじん》
内田百閒
空襲に明け暮れる太平洋戦争末期の日々を、文学の目と現実の目をないまぜつつ綴る日録。詩精神あふれる稀有の東京空襲体験記。
204340-4

う-9-10
阿呆の鳥飼
内田百閒
鶯の鳴き方が悪いと気に病み、漱石山房に文鳥を連れて行く……。『ノラや』の著者が小動物たちとの暮らしを綴る掌篇集。〈解説〉角田光代
206258-0

う-9-11
大貧帳
内田百閒
お金はなくても腹の底はいつも福福である——質屋、借金、原稿料……飄然としたなかに笑いが滲みでる。百鬼園先生独特の諧謔に彩られた貧乏美学エッセイ。
206469-0

う-9-15
追懐の筆　百鬼園追悼文集
内田百閒
夏目漱石、芥川龍之介ら文学者から、親友・宮城道雄、学生、飼猫クルツまで。哀惜をこめてその死を悼み、思い出を綴る。文庫オリジナル。〈解説〉森まゆみ
207028-8

か-18-8
マレー蘭印紀行
金子光晴
昭和初年、夫人三千代とともに流浪する詩人の旅はいつ果てるともなくつづく。東南アジアの自然の色彩と生きるものの営為を描く。〈解説〉松本　亮
204448-7

か-18-7
どくろ杯
金子光晴
『こがね蟲』で詩壇に登場した詩人は、その輝きを残し、夫人と中国に渡る。長い放浪の旅が始まった——青春と詩を描く自伝。〈解説〉中野孝次
204406-7

か-18-9
ねむれ巴里
金子光晴
深い傷心を抱きつつ、夫人三千代と日本を脱出した詩人はヨーロッパをあてどなく流浪する。『どくろ杯』につづく自伝第二部。〈解説〉中野孝次
204541-5

か-18-10
西ひがし
金子光晴
暗い時代を予感しながら、喧噪渦巻く東南アジアにさまよう詩人の終りのない旅。『どくろ杯』『ねむれ巴里』につづく放浪の自伝。〈解説〉中野孝次
204952-9

各書目の下段の数字はISBNコードです。978－4－12が省略してあります。

か-18-14
マレーの感傷 金子光晴初期紀行拾遺
金子光晴
中国、南洋から欧州へ。詩人の流浪の旅を当時の雑誌掲載作品や手帳などから編集する。晩年の自伝三部作へ連なる原石的作品集。〈解説〉鈴村和成
206444-7

か-18-15
相棒
金子光晴
森三千代
放浪詩人とその妻、二人三脚的自選ベストエッセイ集。金子の日本論、女性論、森のパリ印象記ほか。全集未収録の夫婦往復書簡を増補。〈巻末エッセイ〉森乾
207064-6

か-18-16
金子光晴を旅する
金子光晴
森三千代 他
上海からパリへ。『どくろ杯』三部作で知られる四年に及ぶ詩人の放浪を、本人の回想と魅せられた21人のエッセイで辿る。初収録作品多数。文庫オリジナル。
207076-9

あ-84-1
女体について 晩菊
の八篇
安野モヨコ選・画
太宰治／岡本かの子／森茉莉 他
はたかれる頬、蚤が戯れる乳房、老人を踏む足、不老の童女……文豪たちが「女体」を讃える珠玉の短篇に、安野モヨコが挿画で命を吹きこんだ贅沢な一冊。
206243-6

あ-84-2
女心について 耳瓔珞《みみようらく》
の十篇
安野モヨコ選・画
芥川龍之介／有吉佐和子／円地文子 他
わからないなら、触れてみる？ 女の胸をかき乱す、淋しさ、愛欲、諦め、悦び――。安野モヨコが愛した、女心のひだを味わう短篇集シリーズ第二弾。
206308-2

あ-84-3
背徳について 黒い炎
の七篇
安野モヨコ選・画
幸田文／久生十蘭／永井荷風 他
全員淫らで、人でなし。不倫、乱倫、子殺し……濃密に咲き乱れる、人間たちの〝裏の顔〟。安野モヨコの挿絵とともに、永井荷風や幸田文たちの名短篇が蘇る。
206534-5

く-20-1
猫
クラフト・エヴィング商會
井伏鱒二／谷崎潤一郎 他
猫と暮らし、猫を愛した作家たちが思い思いに綴った珠玉の短篇集が、半世紀ぶりに生まれかわる。ゆったり流れる時間のなかで、人と動物のふれあいが浮かび上がる、贅沢な一冊。
205228-4

く-20-2
犬
クラフト・エヴィング商會
川端康成／幸田文 他
ときに人に寄り添い、あるときは深い印象を残して通り過ぎていった名犬、番犬、野良犬たち。彼らと出会い、心動かされた作家たちの幻の随筆集。
205244-4